마신자

魔神仔: 被牽走的巨人

마신자
끌려간 거인

샤오샹선 지음 김지민 옮김

글항아리

차례

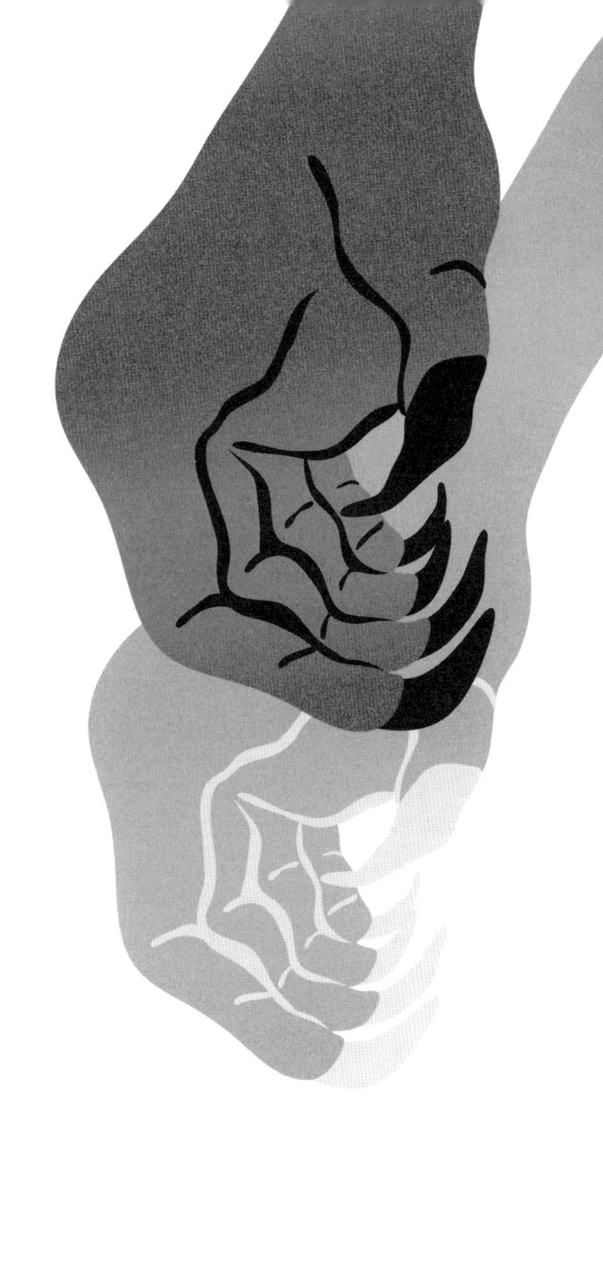

최초에 그 섬에는 이름이 없었다. 섬을 에워싼 은색 파도는 무언가를 찾으려는 듯 언제나 섬에 올라오곤 했지만, 늘 아무것도 얻지 못하고 그들의 하늘색 모친 곁으로 되돌아갔다. 섬의 서남쪽에는 이 섬보다 훨씬 거대한 섬이 있었다. 그 거대한 섬은 훗날 '포르모사'라고 불렸는데, 그건 시간이 깜빡 졸 만큼 아주아주 나중의 일이었다.

시간이 깜빡 졸기 전이라면 그건 언제 적 일일까? 수백 년 전, 아니면 수천 년 전? 그때, 바사이Basay 사람들이 섬에 왔다. 그들은 이곳을 '투만Tuman'으로 부르자고 했다. 이는 작은 섬의 첫 번째 이름이었다. 아, 얼마나 아름다우면서도 아무 의도가 없는 이름인가! 시간도 그러했다. 시간 역시 아무런 의도가 없었다. 조석이 작은 섬과 장난칠 때 시간은 그녀의 두 다리를 움직였을 뿐인데, 사람들은 그녀가 조석을 만들어냈다고 오해했다. 그러나 그렇지는 않았다. 시간은 무척 따분하게 헤아리고 있었을 뿐, 아무것도 생각하지 않았다.

시간이 쓰는 단위를 아는 사람은 없다. 그러므로 헤아리는 것도 헛된 일인 셈이다. 시간이 슬그머니 잠들었을 때 스페인인이 왔다. 그들은 섬에 보루를 세우고 위대한 구세주의 이름을 붙였다. 아, 성스러운 구세주여. 아, 산살바도르여. 그들이 떠난 뒤 보루는 황폐해졌다. 뒤이어 온 네덜란드인들은 보루를 수복하고, 정씨 왕조鄭氏王朝*에 맞서 싸웠다. 무시무시한 전쟁이었다! 그러나 제아무리 많은 포화가 울려도 시간을 깨울 순 없었다. 시간은 저 은색 물결이 달빛 아래 반짝거리듯 비몽사몽간에 자기 다리를 움직였다.

네덜란드인도 떠났다. 시간의 시선을 피하느라 그랬을까? 그들은 동굴에 문자를 남겼다. 그 문자들은 잊힌 것처럼 조용히 남아 있다. 그 기간에 한인漢人**은 이 섬을 '다지룽위大雞籠嶼'라고 불렀고, 나중에는 '서랴오社寮'라고 바꾸었다. 그들은 바사이인과 더불어 선량하게, 이익을 추구하면서, 평화롭게, 권모술수를 부리며 살았다. 뒤이어 온 일본인은 공업 기구, 철근과 시멘트를 가지고 왔다. 원래 투만과 포르모사 사이에는 바다가 놓여 있었다. 그러나 두 섬은 반드시 운명을 함께해야 한다는 듯, 철근과 시멘트가 거대

한 괴수처럼 그들을 한꺼번에 물었다. 운명이 웃었다.

오키나와인은 일본인을 따라서 왔다. 그들이 부르는 섬의 노래는 섬의 네 번째 언어였다. 아니, 다섯 번째, 여섯 번째였을까? 샤미센의 선율이여, 이 작은 섬에도 향수가 있었다. 현대가 슬금슬금 접근하며 제국, 역사, 가치, 의도를 가지고 왔다. 그리하여 작은 섬에 어두운 밤이 강림했다. 그러나 어두운 밤이 오기 전, 작은 섬에는 환상적인 시각이 있었으리라. 그건 황혼이 사라지고 밤이 오기 직전의 짧고 신기한 시각이자, 어떤 연표에도 기록할 수 없는 시각이다.

거인은ㅡ

그때 섬에서 쫓겨났다.

그 기록되기를 거부한 시대, 서랴오에는 어촌이 있었다. 거주민은 바다와 싸우며 날렵한 몸놀림으로 물고기 떼를 잡았다. 그런데 하루는 바다 위로 갑자기 거대한 물체가 떠내려왔다. 은색 물결을 타고 기슭으로 올라온 그것은 바로 해초와 어란으로 뒤넢인 거대한 짚신이었다. 그 짚신은 얼마나 컸을까? 어민들은 마을에서 가장 체구가 크고 가장 발바닥이 큰 사내를 찾아 짚신을 신어보라고 했다. 그 짚신은 그의 발바닥보다 여덟아홉 배나 컸다.

섬사람들은 두려움과 걱정에 휩싸였다. 이 짚신의 주인은 작은 산만큼 커다란 거인이겠지? 거인이 바다를 건너 서랴오에 오면 어쩐다? 갑론을박할수록 거인에 대한 공포가 점점 깊어졌다. 그 거인은 빈랑*을 씹는 것처럼 한 손으로 사람을 붙잡아 입안에 던져

넣을 게 뻔했다! 절망적인 뜬소문이 어촌 안에 퍼져나갔다.

그러나 총명한 섬 주민이 이렇게 건의했다. "우리가 거인을 무서워하는 것처럼 거인도 자기보다 더 큰 거인은 무서워할 거야! 우리가 훨씬 큰 짚신 한 짝을 짜서 바다로 보내자. 그럼 거인도 감히 여기에 오진 못할걸."

아, 이 얼마나 기민하면서도 지혜로운 제안인가? 섬 주민들은 대단히 기뻐하며 그를 찬양했다. 그들은 짚을 잔뜩 가져오고 모든 심혈을 기울여 짚신을 짰다. 최대한 꼼꼼한 솜씨로, 최대한 튼튼한 재료로 만든 이 짚신은 떠내려온 짚신보다 세 배는 컸다! 사람들은 짚신을 들고 엄숙하고 진지하게 대해로 들어갔다. 바다의 물결이 그들의 무릎을 넘고, 허리께를 삼켰다. 그들은 주문을 외우며 이 환상 속 거인의 발 도장을 짚신이 떠내려온 방향으로 떠밀었다.

거인은 이렇게 쫓겨났다.

거인에게는 이게 얼마나 슬프면서도 한스러운 일일까? 거인을 쫓아내느라 섬사람들은 무시무시하게 날뛰는 허황된 꿈을 창조했다가 그 허황된 꿈을 쓰레기처럼 버렸다. 허구에만 존재하는 거인은 바다 끝으로 내몰려 떠돌아다니기만 할 뿐, 기슭에는 영영 올라갈 수 없다…….

이건 거인에 관한 이야기다.

• 檳榔, 동남아시아 일대에서 각성 효과를 위해 씹는 빈랑나무의 열매.

1

"날고 싶지 않아."

조종실 안, 기장의 이 갑작스러운 고백에 부기장은 눈을 휘둥그레 떴다. 그와 동시에 머릿속에서는 공포스러운 생각이 몇 가지나 스쳤다. 그들은 고공 3만5000피트, 킬로미터로 환산하면 땅에서 약 10킬로미터 떨어진 곳에 있었다. 생물의 모피와도 같은 지구 바깥의 대기층이 있는 곳, 에베레스트보다 훨씬 높은 곳에 진입한 것이다. 인류가 이 고도에 도달할 수 있었던 것은 과학의 기적이다. 그러나 그들은 죽음의 가볍고 얇은 날개에서 활공하는 거나 마찬가지였다. 대류권과 성층권 사이에는 미생물을 제외하면 인류가 관측할 수 있는 규모의 생명체가 없기 때문이다. 영하 수십 도의 추위는 동물계의 열에너지를 순식간에 빼앗고, 생명의 징조를 영으로 만든다. 사람이 살아 있을 수 있는 건 이 공중 온실이 사람에게 알맞은 온도와 기압을 보장해주기 때문이다. 그러나 단 하나의 실수(또는 악의)만 있어도 만유인력은 승객 수백 명을 지구 표면으로 끌어내릴 것이고, 해양은 철퇴로 변할 것이다. 그들은 얻어맞아서 벽에 붙은 채 죽은 모기처럼 납작해지리라.

부기장이 당황할 걸 예상하지 못했던 듯, 기장은 겸연쩍은 기색을 감추지 못하고 어리둥절한 표정이 됐다가 곧 연유를 깨닫고는 웃음을 지었다. "무슨 생각을 한 거야? 난 이번 비행을 말한 게 아니야! 내 말은, 조종사 일을 그만두고 싶단 뜻이었어. 날지 않겠다고."

부기장은 휘파람 섞인 한숨을 호들갑스럽게 내쉬었다.

"깜짝 놀랐습니다. 그런 농담은 하지 마십시오! 선배님."

3만5000피트 상공에 올라와놓고 날지 않겠다니. 이는 부기장으로 하여금 몇 달 전의 일을 떠올리게 했다. 어느 독일 저가 항공사의 기장이 자살을 결심하고 400여 명의 승객을 태운 채로 산에 돌진했단다. 진짜로 정신이 나갔지! 얼마 전에 일어난 이 비극 때문에 부기장도 예민해져서 그 평범하기 짝이 없는 말을 오해했는지도 모른다.

그런데 기장은 왜 사직하려는 걸까? 부기장은 새로운 의문이 들었다. 기장은 고작 서른 살쯤 됐고, 늘 좋은 평가를 받았다. 별다른 일이 없다면 퇴직까지 안정적으로 일하고, 남이 부러워할 만한 봉급과 퇴직금을 누릴 수 있었다. 게다가 그토록 많은 훈련을 받고, 그토록 비인간적인 파견 업무까지 견뎠는데, 이직해버리면 그

간의 희생들도 모조리 물거품이 될 것이다.

"선배님, 왜 날지 않겠다는 겁니까? 혹시 어디 편찮으십니까?"

비행 안전을 고려하면 기장의 건강은 당연히 중요했다.

"왜냐하면 내가 가장 좋아하는 작가가 얼마 전에 세상을 떠났거든."

뭐라고? 부기장은 어리둥절했다. 기장은 그의 반응을 보고 입꼬리를 끌어올리며 그 감정을 짐작하기 힘든, 기계로 만들어낸 듯한 미소를 지었다. "농담이야. 그런데…… 음, 사실 딱히 특별한 이유는 없어."

기장은 전방을 보았다. 시야 끝, 구름층과 우주 공간에서 산란하는 푸른 빛이 합쳐지며 직선을 이뤘다. 그 선은 영영 변치 않을 것이며 접근할 수도 없다. "봐, 저 앞에는 아무것도 없어, 그렇지?"

"어……. 최소한 구름도 있고, 밑엔 바다도 있습니다만."

기장이 또 웃었다. 여전히 자기하고는 상관없다는 식의 웃음이었다.

"내 말은…… 봐, 저기엔 아무것도 없지? 지도상의 경위선도, 국경선도 없어. 나는 국경선이 전부 사라지는 느낌이 좋아서 나는 거거든. 그런데 사실상 국경선은 존재해. 궤도를 조금만 이탈해서 날아도 경고를 받지. 영공이란 민감한 거니까. 그렇다면, 내가 왜 날아야 하지?"

부기장은 이 말에 대답하지 못할 뻔했다. 첫 번째 이유는 문학청년의 말처럼 들렸기 때문이다. 그래도 최소한 이유라고 할 수는 있었다. 그런데 방금 그 말은 뭐지? 허무하면서도 다정했다. 어쩌면 첫 번째 이유보다 훨씬 문학청년다웠다! 부기장이 말했다. "그럼 카르만 선까지 날아갈 생각은 해봤습니까? 거긴 영공이 관여하지 못하는 곳인데요."

카르만 선은 우주 공간과 대기권의 경계선이다. 기장은 부기장이 농담하는 것을 뻔히 알면서도 말했다. "흥, 해발 30여 만 피트나 되는 곳이잖아. 참 아쉽지만 애초에 비행할 수가 없는 곳이지. 그런데 그 말도 맞아. 그런 환경이라야만 국경선에서 벗어날 수 있겠지. 인류는 절대로 요행히 생존할 수 없는, 비행기도 머무를 수 없는 환경이라야만……."

와, 이 양반이 지금 시라도 읊자는 건가? 부기장은 한숨을 쉬었다. "선배님, 솔직히 전 이해가 안 됩니다. 그런 것 때문에 안 날겠단 겁니까? 너무 아깝잖습니까. 게다가 비행을 안 하면 뭐 하시게요? 지상 근무요?"

"그렇게 많이 생각해보진 않았는데."

"그럼 그렇게 서두르지 마십시오. 결혼할 사람도 있다면서요? 결혼하려면 돈 많이 깨져요."

부기장은 유경험자처럼 말했지만, 사실 남들이 하는 소리를 따라 했을 뿐이다. 그에게는 여자친구조차 없었다. 어쩌면 자기가 잔소리하는 역할을 맡았다는 데 도취한 탓에 기장의 미간과 눈꼬리에 숨은 우수를 알아채지 못한 건지도 모른다.

"난 결혼할 생각 없어."

"뭐라고요? 둘이 사귄 지 5년이나 됐다면서요? 여기서 2년만 더 지나면 권태기가……."

그 말에는 저속한 의미의 인생 혐오가 담겨 있었다. 남녀가 오래 지내다보면 바람이 난다는 뜻의 '7년 차 권태기'라는 표현은 누가 먼저 썼는지 몰라도, 부기장의 이 말에는 기장이 2년만 지나면 바람을 피우리라는 뜻이 숨겨져 있었다. 누군가는 이런 농담을 친밀함의 표현으로 여길 것이다! 그러나 기장의 표정은 변함없었고, 대답도 없었다. 전방을 직시하는 그의 모습은 진짜로 우주까지 날아가려는 듯했다. 부기장은 자기가 말실수했다는 생각에 바로 화제를 돌렸다. "죄송합니다. 저 화장실 좀 다녀오겠습니다."

기장이 대답하기도 전에 부기장은 인터폰을 들어 승무원에게 화장실에 간다고 알리고, 무언가로부터 도망치듯 조종실에서 나와 화장실로 숨었다.

선배님이 날지 않겠다니. 부기장은 바지를 벗은 뒤 좀 쓸쓸한 기분이 들었다. 참 신기했다. 이런 감상이 어디서 왔는지 이해할 수가 없었다. 그는 기장과 친하다고 할 수 없었기 때문이다.

그렇지만 기장에게는 사람을 편안하게 해주는 고요함이 있었다. 이는 동료로서 그 사람을 그리워하게 하는 특성이 아닐까? 언젠가 지상에서 기장이 음료를 들고 유리 너머의 고요하다 못해 거의 투명한 하늘을 바라보는 걸 본 적이 있었다.

"국경선이 없다, 라……."

사실 부기장도 아예 이해 못 하는 건 아니었다. 경계선이 없고,

구속당하지 않는다는 건 그 무엇으로도 영혼을 묶어둘 수 없다는 것을 방불케 한다. 홀로 이어폰을 끼고 쾅쾅 울리는 록 음악에 잠길 때의 쾌락처럼, 그런 피아를 구별할 수 없는 꿈같은 즐거움을 젊은 영혼이라면 누구나 숭배하지 않을까? 그러나 현실은 그리 찬란하지 않다. 하늘을 난다고는 하나 사실상 10여 시간, 20시간을 좁은 조종실에 갇혀 있어야 한다. 착륙 후에도 거리를 돌아다닐 수 없다. 금방 다시 출항하거나 공항과 가까운 숙소에 머무를 뿐이다. 아무 자유도 없는 공중의 유리 항아리. 이것이야말로 진실이다.

기장은 꿈에 환멸을 느끼고 날지 않겠다고 하는 걸까? 그러나 현실과 타협할 줄 모르면 어른이 될 수 없다. 부기장은 자기가 기장보다 젊은데도 훨씬 현실 감각이 있다는 데서 우월감을 느꼈다. 심지어 기장의 낭만에 안타까움을 느끼고, 그가 소년 같다고 여기기까지 했다.

갑자기 비행기가 흔들렸다. 기장의 목소리가 들렸다.

"승객 여러분, 전방에 난기류가 있습니다. 안전벨트를 착용해주십시오."

전체 방송이었다. 난기류구나. 부기장은 조종실로 돌아가려고 바지를 입고 벨트를 채웠다. 그런데 기장의 목소리가 계속 흘러나왔다. "어? Appa, 어떻게 여기에 계세요?"

방송을 안 껐나? 부기장은 저도 모르게 투덜댔다. 프로답지 못하다고 진상들이 항의하진 않겠지? 그나저나 선배님이 타이완어를

灣語[•]로 말하다니, 별일인데…….

자, 잠깐. 선배님이 누구한테 말한 거지? 조종실에는 분명 선배님뿐일 텐데! 어떤 예사롭지 않은 예감이 부기장의 발끝에서 올라와 정수리를 관통하며 두피까지 저릿해졌다.

"그래요, 저도 알아요. 바다는 아주 드넓죠……. 어디에 가시려고요. 저도 가고 싶어요……."

전파 간섭이 있는 듯 방송에는 잡음이 섞여 있었다. 곧이어 날카로운 소리가 전해졌고, 인터폰이 무언가에 부딪히기라도 한 듯 폭발을 연상케 하는 소리가 났다. 선배님이 왜 조종실에서 혼잣말을 하는 거지? 부기장은 한 가지 가능성을 떠올렸다. 고공으로 인해 발작한 정신병. 혼잣말하는 것뿐이면 그렇다 치겠지만, 부기장이 조종실에 없는데 무슨 일이라도 벌어지면 막을 수가 없다! 책임감이 찬물처럼 머릿속으로 쏟아져 들어오며 온몸이 굳어졌다. 자책감과 공포는 불 붙은 알코올처럼 타올랐다. 그는 화장실에서 뛰쳐나와 조종실로 달려가서 힘껏 문을 두드렸다.

"선배님, 들리십니까? 저 들어갑니다!"

목소리가 너무 컸다. 이러면 승객이 불안해할 수도 있다. 하지만 부기장은 생각할수록 두려워졌다.

선배님이 문을 안 열면 어떡하지? 몇 초 뒤 비행기가 부자연스

[•] 타이완에서 가장 널리 사용되는 민난어閩南語 계통의 방언으로, 17세기 푸젠성福建省에서 타이완으로 이주한 한족들이 사용하던 언어에서 유래했다. 일본 통치 시기와 국민당 통치 시기에는 공식 언어로 인정받지 못했으나 현재는 타이완의 대표적인 방언으로 자리 잡았다.

럽게 기울어지기 시작하면 어떡하지? 내가 여기서 힘껏 문을 두드리는 건 그 독일 항공사 부기장과 똑같지 않나? 느닷없이 운명의 파도에 휩쓸린다는 게 이토록 무력할 줄이야! 이때 조종실의 문이 열렸다. 부기장은 발광하는 선배를 제압할 작정으로 달려들어갔다. 그러나 눈앞에 펼쳐진 광경에 그는 어안이 벙벙해졌다.

조종실에는 아무도 없었다.

이럴 수가?

하지만 진짜로 아무도 없었다. 조종실은 한눈에 다 보일 만큼 좁았으므로 사람이 숨을 수는 없었다. 그걸 뻔히 알면서도 부기장은 강박적으로 모든 사각지대를 뒤졌다. 기내 방송용 인터폰이 바닥에 떨어져 있었다. 부기장은 손 가는 대로 그것을 제자리에 되돌려놓았다. 황망한 나머지 머리카락이 곤두서는 듯했다.

불가능해, 진짜로 불가능해. 방금 누가 조종실 문을 안에서 열었다고! 하이재킹 같은 사고에 대비하느라 비행기가 이륙한 이후로 조종실 문은 밖에서는 열 수 없고 안쪽에서만 열 수 있다. 문이 열렸다면 문이 열린 그 순간, 안쪽에 사람이 있었단 뜻이다.

어떻게 이럴 수가?

부기장은 승무원 연락용 인터폰을 집어들었다.

"부기장입니다. 방금 기장님을 본 사람 있습니까?"

"없습니다. 방금 기내 방송은 어떻게 된 겁니까?"

"기장님이 조종실에 없습니다!"

부기장은 다급해진 나머지 마음속의 공포를 쏟아냈다. 누구라도 좋으니 답을 주길 바랐다. "방금 화장실에 갔다가 기내 방송을 듣고 나왔는데 조종실에 와보니까 기장님이 안 보인다고요!"

"네? 어떻게 그럴 수 있죠?"

"제가 어떻게 압니까! 얼른 좀 찾아보세요. 승객들에게 영향이 가게 하진 마시고요."

인터폰을 제자리에 놓고 나자 부기장은 제 반응이 얼마나 비상식적이었는지 서서히 깨달았다. 예상 밖의 일이 벌어지면 갈팡질팡하는 게 그의 단점이었다. 그런데 당황할 일이 뭐가 있지? 선배님이 조종실에는 없어도 기내에는 분명히 있을 텐데. 여긴 3만 5000피트 상공이라고!

승무원이 기장을 찾아낼 것이다. 조종실의 문도 이유가 있었겠지. 어쩌면 1000만 분의 1 확률로 고장이 났을지도 모르고, 자기는 때마침 운이 좋았던 것이리라. 부기장은 기장석에 앉아 조종간을 쥐었다. 손에 땀이 흥건했다. 그의 제복도 식은땀으로 흠뻑 젖었다. 어째서일까. 기장은 분명 기내에 있을 텐데도 부기장은 그를 찾지 못하면 어떡하지, 하고 생각하기 시작했다.

아니, 아니, 반드시 찾을 수 있을 거야. 선배님은 금방 돌아올 거야.

그나저나, 정신착란 상태였다고 쳐도 선배님은 환각 속에서 누구와 얘기한 걸까? 따라가고 싶다고 했던 곳은 어디지……?

2

긴 현도縣道를 빠져나오면 바다였다. 택시에서 내린 뤄쉐펀은 캐리어를 끌며 언덕을 올랐다. 이 적나라하게 갈라진 시멘트 도로는 해안과 평행했다. 떠밀려온 나무가 흰 모래를 뒤덮었고, 용맹한 녹조가 조간대의 돌 틈을 뚫고 나와 있었다. 온 해변의 백사장이 황폐해진 시간을 보여주는 모래시계 같았다. 백사장으로 통하는 작은 계단 옆에는 익사 사고가 빈번하다는 경고판이 붙어서 관광객의 주의를 일깨웠다.

택시에서 내다봤을 때 이 항구는 쉐펀의 기억 속 모습과 별 차이가 없었다. 그러나 그녀가 알아차리지 못했을 뿐, 많이 변했을 수도 있다. 저번에 왔던 게 10여 년 전이니까. 세세한 부분은 고사하고 인상마저 모호해져서 단편적으로 자잘하게 기억날 뿐이었다. 낭떠러지 암석 옆에서 까불거렸던 일, 뜨거운 태양 아래서 건 넌 거대한 흰색 다리, 다리 옆에서 말리던 어망과 시야를 가득 채웠던 생선.

이런 기억들은 지나치게 소소했지만, 어쩔 수 없는 노릇이다. 당시 쉐펀은 동아리 사람들과 여행을 온 것뿐이었고, 인솔하는 친구를 따라다니기만 했다. 심지어 도착하기 전까지 여기가 난팡아오南方澳인 줄도 몰랐다. 그때 그들은 남천궁南天宮의 금으로 된 마조媽祖* 신상을 보러 왔다. 무게는 200킬로그램, 가치는 몇천만이나 나간다는데, 국제 금값 파동에 따라 억대를 호가할 수도 있단다. 그래서 이 금 마조는 중요한 보물로 모셔졌고, 사당 안 곳곳에는 CCTV가 있었다.

지금에 이르러 그 금 마조의 크기나 형태는 전혀 기억나지 않았다. '너무 촌스럽다'라는 당시의 감상만 기억날 뿐이다. 그러나 이런 생각도 젊은 시절의 오만에 불과했다. 이제 쉐펀은 사회면 기자로서 금 마조가 단순히 부를 과시하는 수단이 아니라, 지역의 응집력을 상징한다는 것을 잘 알고 있었다.

기억 속 쉐펀은 마조에 대해 아무런 흥미가 없었다. 두 손을 합장하고 마조에게 절해서 예의를 갖추자마자 사당 밖으로 나와버렸다. 사당 맞은편은 배가 물샐틈없이 들어찬 어항이었다. 저 배들은 도대체 어떻게 나가는 거지? 그렇게 생각하고 있을 때 사당 입구에 있던 천신야오가 오른쪽을 가리키며 말했다. "제 본가가 바로

---

* 중국 대륙의 동남 연해 지역과 타이완에서 널리 숭배되는 바다의 여신.

저기예요."

그건 무척 갑작스러운 화제였다. 그러나 다른 동아리 사람은 흥미를 보이며 캐물었다. "여기가 네 고향이었어? 그럼 난팡아오에 대해서 잘 알겠네! 이 근처에 또 놀 만한 데가 있을까?"

쉐펀도 신야오가 뭐라고 대답했는지 기억나지 않았다. 그저 이렇게 대답했다는 것만 어렴풋이 기억났다. "제 본가는 바다를 등지고 있어요. 난팡아오긴 하지만 난팡아오가 아니고, 난팡아오의 안쪽이에요." 이 말은 좀 뜬금없었고, 뜬구름을 잡는 것 같기까지 해서 지금까지 인상에 남아 있었다. 누군가가 계속 캐물었던 것 같지만 화제는 곧 사라졌다. 난팡아오는 종점이 아니었고, 그들은 일정을 계속해야 했으니까. 신야오가 난팡아오를 얼마나 잘 알든 간에 갑자기 일정을 바꿀 수는 없었다.

"오늘 숙박하는 뤄쉐펀 님이시죠?"

민박집 사장이 정중하게 물었다. 오늘은 그녀를 제외하면 숙박객이 없는 모양이다. 쉐펀은 "네" 하고 대답하고 예약 확인증을 꺼냈다. 사장은 서류를 확인한 뒤 방으로 안내해주고 웃으며 말했다. "여긴 경치가 참 좋아요. 바다도 볼 수 있고요. 날씨가 좋을 땐 기가 막히죠."

사장 말대로 이 민박집은 바다 만의 끝자락에 있었다. 거리는 좀 떨어져 있었지만 가장 먼 곳에 있는 곳도 볼 수 있었다. 그러나 아쉽게도 방의 벽지는 좀 촌스러웠다. 호텔 스타일로 인테리어를 하려다가 자금이 부족해서 저렴한 제품을 쓸 수밖에 없었던 모양이다. 그 결과 고급스러움도 사라졌고, 해안가에 숙박한다는 정취도 사라져버려서 아쉬웠다.

창문으로 보이는 이 해안의 일부는 집에 가로막혀 있었다. 저 멀리 있는 곳을 따라서 이뤄진 만은 소녀의 미소처럼 호선을 그리고 있었는데, 최근 몇 년 새 유명한 관광지가 되어 연인만이라고 불렸다. 날씨가 좋았다면 가슴속에서 훈훈함이 우러나오지 않았을까? 그러나 오늘따라 회녹색의 바다만 보였다. 천둥처럼 요란한 소리와 함께 파도가 배밀이를 하며 다가오는 모습은 무정하면서도 음울했다.

'연인만'이란 이름은 낭만적으로 들리지만 바다의 본질을 바꾸지는 않았다. 이 바다는 타이완 동해안의 위험한 성격을 계승했다. 바다 방향으로 걷다보면 처음에는 수심이 얕지만 어느 곳에서는 푹 꺼지기도 한다. 자칫 부주의하면 사고가 벌어지기 십상이다. 아름다움과 죽음은 늘 가까이 있다. 이렇게 말하면 격정적인 위험을 떠올리는 사람도 있으리라. 적과 흑, 사랑과 죽음, 장미와 총. 그러나 이 바다에 존재하는 것은 확연히 다른 것이었다.

쉐펀은 사장에게 고맙다고 말한 뒤 문을 닫았다. 많지 않은 짐을 내려놓고, 핸드폰을 꺼내 녹음 기능을 켰다.

"2015년 6월 12일 오후 4시, 방금 난팡아오 민박집에 도착했다. 이곳은 천신야오의 고향이다. 딱히 근거는 없지만 천신야오 실종의 실마리를 찾을 수 있을지도 모른다. 나는 몇 가지 루트를 시도해봤지만 전부 벽에 부딪혔다. 만약 여기서도 찾지 못한다면……."

여기까지 말한 쉐펀은 말을 어떻게 이어가야 할지 몰라 정지 버튼을 눌렀다.

천신야오는 대학 동아리에서 알게 된 후배였다. 두 사람은 말이 잘 통했다. 당시 동아리에서는 짝을 찾는 분위기가 짙었지만, 두 사람은 썸 타는 사이로 발전하진 않았다. 쉐펀이 천신야오에게 느낀 호감은 남녀 관계와는 무관했다. 그리고 천신야오가 주변에 두는 거리감에 그녀는 편안함을 느꼈다. 졸업한 뒤에도 한두 해는 동아리 후배들을 불러내 밥을 먹기도 했는데 그중에는 신야오도 있었다. 그러나 그녀가 바빠질수록 이 관계도 소원해졌다. 천신야오는 페이스북을 자주 하지 않았으므로 쉐펀은 그의 근황을 알 길이 없었다. 그래서 다시는 만날 일이 없겠거니 했는데, 이 후배의 소식은 예상 밖의 형식으로 그녀의 귀에 들어왔다.

쉐펀은 침대에 앉아 천천히 대자로 편안하게 누웠다. 장기간 불면증을 앓은 탓에 침대에 눕기만 하면 잠을 자고 싶었지만 그러지는 못했다. 그녀의 신체와 대뇌가 아무 의미 없는 긴장 상태를 늘 유지했기 때문에 잠이 들려는 순간 소스라치며 깨어났다. 쉐펀은 지금까지 발생한 사건들을 정리해보려고 했다.

이레 전, 타이완발 일본행 여객기 한 대가 간사이 공항에 착륙했다. 그러나 탑승객은 이동이 금지됐고, 두 시간이 지난 뒤에야 입국할 수 있었다. 이 이상한 사건은 기장 천신야오가 조종실에서 미스터리하게 사라진 일과 관련돼 있었다. 부기장이 관제탑에 보고한 뒤, 천신야오의 행방을 확인하느라 비행기가 착륙하자마자 공항 직원이 비행기에 올라와서 수색했다. 그러나 구석구석 샅샅이 뒤졌는데도 기장을 찾아내지는 못했다.

탑승 인원수와 하기 인원수가 일치하지 않으면 문제가 발생한다는 점은 쉐펀도 이해했다. 예를 들어 누군가가 밀입국했을 수도 있었다. 비록 여객기를 통해 보란 듯이 밀입국하는 건 사실상 너무나 어리석은 짓이고, 출입국의 각종 절차는 말할 것도 없으니 거의 불가능하지만 말이다. 그러나 사람 수가 줄어든 걸 알게 됐고, 그 사람이 기장이니만큼 아무 일도 없었던 것처럼 시치미를 떼기는 불가능했다. 그리하여 공항 고위층은 당장 회의를 열었다. 승객들은 두 시간 동안 갇혀 있다가 공항 고위층과 정부 측이 합의를 보고 지시를 전달한 뒤에야 풀려날 수 있었다. 이 일과 관련된 계급으로 보건대 두 시간이면 제법 빠르게 처리한 셈이다.

이런 괴사건이 벌어졌으니 소식은 전국으로 전해졌고, 당장 뉴스를 타서 네티즌의 열렬한 토론을 불러일으켰다. 하루도 지나기 전에 인터넷에서는 일종의 음모론이 나타났다. 천신야오는 일본 간첩으로, 공항 직원이 비행기에 탑승해 수색한 것은 사실 그를 보호한 것이란다. 그런 것이라야만 천신야오가 비행기에서 사라진 게 설명된다고 했다.

그런 음모론들을 보며 쉐펀의 마음속에는 어떤 감정이 조용히 타올랐다.

일본이 간첩을 보낼 필요가 있고 없고를 떠나, 최소한 쉐펀이 아는 천신야오라면 간첩일 리가 없었다. 10년간 만나지 못했다지

만 그녀의 기억 속 후배는 절대로 약삭빠르다고 할 수 없었다. 당시의 천신야오는 동아리에서 늘 책을 읽곤 했다. 동아리에는 만화책도 있었지만 그는 자기가 가지고 온 소설만 읽었다. 쉐펀이 가장 자주 본 건 진작 너덜너덜해진 진순신陳舜臣●의『류큐의 바람琉球の風』이었다. 때때로 천신야오는 쉐펀에게 소설을 추천하기도 했다. 늘씬한 손가락으로 누렇게 변한 책의 단락을 가리키던 자태는 문학청년다웠다.

물론, 문학청년이 타국의 간첩이 되지 말란 법은 없다. 운명의 악의적인 장난에 농락당한 사람이라면 쉐펀도 많이 봐왔다. 그러나 가능성이 있다는 것만 가지고 그녀가 믿어도 된다는 뜻이 되지는 않았다. 이는 사물의 본질에 대한 그녀의 통찰이라고 할 수도 있을 것이다. 어떤 본질에는 운명조차 침범할 수 없다. 천신야오는 섬세했다. 그 민감하고 고독한 영혼은 간첩이 될 리가 없다. 그런데도 이런 사람이 인터넷에서 심심풀이용 망상의 재료로 취급되는 것을 쉐펀은 도저히 납득할 수 없었다. 사람들이 뜬소문을 떠들어대고, 양념을 쳐서 부풀리는 것은 전부 인성의 일부분이라 어쩔 수 없다는 건 그녀도 알았다. 그러나 인성의 경솔함에 쉽게 협조해버리면, 기자로서의 가치는 어디 있단 말인가?

그래서 쉐펀은 윗선에 요청했다. 지금 여러 대형 신문에서도 천

● 1924~2015, 일본에서 활동한 타이완계 일본인 작가로, 중국을 소재로 한 역사소설과 역사 저술로 유명하다. 우리나라에 잘 알려진 작품으로는『진순신 이야기 중국사』시리즈 등이 있으며, 류큐의 역사를 다룬 소설『류큐의 바람』은 NHK 드라마로 제작되기도 했다.

신야오의 사건을 보도하고 있었다. 그러나 대부분은 일본 측 성명이나 타이완 정부의 성명, 항공사 성명 위주였고, 천신야오 본인에 관한 조사와 보고는 빠져 있었다. 쉐펀은 말했다. 그런 보도는 천신야오를 알려는 게 아니라, 소비하려는 것일 뿐이다. 허구적일수록 오락적인 요소가 강해진다. 이런 것은 보도라고 할 자격이 없다. 자신이라면 진실과 힘을 갖춘 것을 제공할 수 있다. 상부에서는 쉐펀의 요청에 동의하고, 천신야오를 중심으로 하는 기사를 쓰라고 했다. 그러나 그 기사는 눈길을 끌 수 있어야 하며, 진부한 소리만 늘어놓는다면 실어주지 않겠다고 했다.

역시 윗선에서는 뉴스의 계량화된 클릭률을 신경 쓰는 거겠지? 쉐펀은 이 점을 잘 알았다. 게다가 그녀가 추구하는 것도 진실이나 힘 같은 순수한 무엇이 아니었다. 인터넷상의 대중은 패스트푸드 같은 정보를 후루룩 삼킨다. 정보를 발표하는 언론은 사고를 거친 것 같지만 사실 대세를 따라 흘러갈 뿐이다. 기왕 그렇다면, 그녀의 뉴스가 물의 흐름을 바꾸지는 못하더라도 봄날의 연못에 잔물결을 일으킬 수는 있으리라. 기자로서 쉐펀이 추구하는 것은 진상도, 정의도 아닌 존엄이었다. 쉽게 모욕당해도 되는 사람은 없다. 사실 지인의 일이 아니라 해도 쉐펀은 똑같이 전력으로 비호하려 했을 것이다. 그러나 과거의 인연 덕분에 그녀는 더욱 진실에 근접한 위치에 있었다. 이것도 그녀가 자유를 발휘해도 좋다는 상부의 동의를 얻을 수 있었던 밑천이다.

그러나 뜻밖에도, 대학 시절 신야오와 사이가 좋았다고 자부한 게 무색하게도 쉐펀은 조사를 시작하자 곳곳에서 벽에 부딪혔다. 그녀는 자기가 진정한 신야오를 모르는 게 아닐까, 하는 의심까지 들었다. 신야오의 직장 동료들은 다 그의 인상이 무척 좋았다고 했다. 그러나 누구와 특별히 친했냐고 물으면 아무도 없었다. 신야오는 모든 사람과 거리를 유지했고, 사적인 일은 일절 말하지 않았다. 유일한 예외라면 오랫동안 사귄 여자친구가 있다고 말했던 것이다. 그러나 그 여자친구의 이름이 뭔지, 어떤 일에 종사하는지를 아는 사람은 없었다. 사진을 봤다는 사람도 없었다. 페이스북에 '연애 중'이라는 정보조차 없었다.

어떻게 이럴 수가 있지? 사회적 평판이 나쁘지 않았는데도 신야오는 동료들이 보기에 수수께끼 같은 사람이었다.

쉐펀은 조사 방향을 집안으로 돌렸지만, 이쪽도 어려움이 잇따랐다. 신야오의 부모는 그가 어릴 적 사고로 세상을 떠났고 할머니가 그를 거뒀다. 그의 부친은 외아들이었다. 아니, 엄밀히 말해 누나가 한 명 있었지만 누나는 어릴 적에 병으로 사망했다. 천 씨 집안은 문의할 만한 사람도 없을 만큼 단출했다. 현재 천신야오와 가까운 유일한 친척은 이모였다. 외할아버지, 외할머니는 몇 년 전 잇달아 세상을 떠났다.

하지만 이모의 말에 따르면 둘은 거의 왕래하지 않았다고 한다.

"내가 마지막으로 아야오阿堯•를 본 게…… 걔가 어릴 때예요.

• 이름의 한 글자에 '아阿' 자를 붙여서 친밀하게 부르는 표현.

그때 내가 거둘까 생각하긴 했는데, 내 월급 가지고는 도저히 못 키우겠더라고. 게다가 개를 거두면 결혼 상대 찾기도 힘들어지잖아요. 애 딸린 걸 어떻게 설명하겠어요? 어쨌든 개 할머니가 키우겠다고 고집을 피우니까 나도 포기했지."

설마 그의 외할아버지, 외할머니도 외손자를 만나지 않으려 했을까? 쉐펀은 조금 믿기 힘들었다.

"아이고, 시집간 딸은 출가외인인걸. 사실 처음엔 부모님도 짬을 내서 아야오를 보긴 했어요. 근데 내가 결혼한 다음부턴 부모님도 내 애한테 관심을 더 기울이셨죠. 이것도 인지상정이죠. 당연히 우리도 그렇게까지 매정하진 않았어요. 우리 애가 결혼할 때는 청첩장도 보내서 개 할머니한테 전해달라고 부탁했다고요. 개가 안 온 거지."

결론적으로 그를 키운 할머니를 제외하면 천신야오는 친척과 거의 왕래하지 않았다. 천신야오의 동창도 그와 친하지 않았고, 그에 대한 인상은 진순신의 소설을 무척 좋아했다는 데 머물러 있었다. 참 야멸차네. 처음에 쉐펀은 그렇게 생각했다. 그러나 자기라고 그들과 다를 게 뭔가? 쉐펀 역시 자신이 천신야오의 친구라고 여겼지만 그가 부모를 전부 여의었다는 것은 몰랐다.

유일하게 풀린 수수께끼는 과거 천신야오가 말했던 '난팡아오의 안쪽'이라는 말이었다. 그의 할머니가 어디에 사는지를 물었을 때, 이모는 이렇게 말했다.

"'리난팡裡南方'*에 살아요……. 지금은 '네이피쯔內埤仔'라고 부르는 거 같던데? 난팡아오는 만의 남쪽이잖아요. 항구를 따라 있는 부분이 난팡아오인데, 동남쪽 바다와 난팡아오 사이에 산이 하나 있거든요. 작은 길을 통해서 들어가면 무릉도원으로 가는 느낌이 좀 들어요.”

그랬구나. 난팡아오와 산 하나를 사이에 두고 있어서 난팡아오면서도 난팡아오가 아닌 건가? 당시 천신야오가 ‘난팡아오의 안쪽’이라고 말했던 건 ‘리난팡’이라는 이 지명 때문이었을 것이다. 실제 지리적 공간을 보면 그곳은 사실 난팡아오의 바깥쪽이지만.

“주소를 가르쳐줄게요. 근데 지금 가봤자 소용없을 거예요. 걔 할머니가 안 계시거든요.”

“언제 돌아가셨어요?”

“돌아가신 게 아녜요.” 그의 이모가 비밀스럽게 말했다. “사라졌어요.”

“사라졌다고요?”

“그래요! 아, 이번에 아야오가 사라진 거랑 좀 비슷하지 않나? 그런데 그때 우리도 마신자魔神仔에게 끌려갔다느니 그랬어요. 신문에서도 그렇게 말했고요. 저도 보고 깜짝 놀랐어요. 아이고, 이거 아야오네 할머니 아냐? 원래는 아야오한테 연락하려고 했는데, 우리도 아야오 연락처를 모르고 걔 할머니 것만 알고 있더라고요. 어쨌든 걔 할머니는 실종된 게 확실해요.”

• 리난팡의 ‘리裡’ 자는 안쪽이라는 뜻이다.

이모가 말한 신문 기사는 쉐펀이 미리 찾아보고 핸드폰으로 찍어두었다. 2012년 9월 30일 자 신문이었다.

이란현宜蘭縣 쑤아오진蘇澳鎮 난팡아오 네이피 어항 부근에 사는 71세 여성 천황칭쯔 씨가 신비하게 실종된 일이 어제 밝혀졌다. 천황칭쯔 씨의 손자 천 씨는 조모를 방문했을 때 조모가 행방불명된 것을 알고 경찰에 신고했다. 이웃 황 씨의 증언에 따르면 천황칭쯔 씨는 매일 외출해 산책했으나 25일 이후로 종적을 감추었다고 한다. 황 씨가 마지막으로 천황칭쯔 씨를 보았을 때 천황칭쯔 씨는 이상한 표정으로 허공을 향해 말하고 있었으며, 누가 자기를 찾으러 산으로 갔다고 말했다고 한다. 이 기이한 장면을 목격한 사람은 한두 명이 아니며, 현지에서는 천황칭쯔 씨가 마신자에게 끌려갔다는 소문까지 돌고 있다. 천 씨는 마신자 설을 강력하게 반대했고, 경찰 측에서도 조사를 시작했다.

마신자라……. 쉐펀은 당연히 이런 설을 믿지 않았다. 그러나 천신야오 할머니의 기묘한 실종은 다소 신경이 쓰였다. 그 기간의 신문을 뒤지자 기사를 몇 편 더 볼 순 있었지만 새로운 정보는 없었다. 이는 할머니의 인간관계가 상당히 단출했으며, 이용할 거리도 없다는 뜻이었다. 그 뒤로 한 달 치 분량을 찾았지만 후속 보도는 없었다. 할머니의 시체를 발견하지 못했으니 그녀가 세상을 떠났다는 걸 증명할 수도 없었다. 쉐펀은 다른 사람에게 부탁해서 보험사의 의견도 조사해보았다. 법적으로 천황칭쯔는 확실히 실종된 것이고, 사망한 게 아니었다.

뭐라도 찾아낼 수 있을 줄 알았는데. 짙은 안개 속으로 들어가서 뭔가를 더듬었는데 정작 막다른 길이었음을 알아차린 기분이었다. 물론 아무것도 없을 리는 없다. 막다른 골목이라도 구멍을 뚫을 수는 있으니까. 그저 방법을 아직 찾지 못했을 뿐이다. 이론상 쉐펀은 천신야오의 여자친구를 추적해야 했다. 그런데 그 여자친구라는 사람이 진짜로 존재하기는 하나? 이렇게 생각해도 될지 모르겠지만, 그녀는 넘겨짚지 않을 수 없었다. 어쩌면 천신야오의 성적 취향이 동성이라서 정식으로 연인을 공개하지 않은 건 아닐까. 동성연애를 하는 쉐펀의 친구만 해도 대외적으로는 이성 파트너가 있다고 말했다. 이 사회에서는 싱글을 실패자로 여기니만큼, 동성연애자는 싱글을 가장하기도 힘들었다.

뭐가 어떻든 간에 그 여자친구라는 인물이 존재하는지도 알 수 없었고, 어떻게 연락해야 할지도 몰랐으므로 쉐펀은 포기할 수밖에 없었다. 게다가 천황칭쯔의 수수께끼 같은 실종도 머릿속에서 맴돌았다. 천황칭쯔가 겪은 일과 신야오가 겪은 괴사건 사이에 연관이 있을까? 솔직히 말해 직접적인 연관성은 알아볼 수 없었다. 그러나 쉐펀에게는 어떤 직감이 있었다. 역사를 무시하지 마라. 하물며 신야오가 어떤 사람인지 묘사하려면 그를 길러냈을 뿐 아니라, 그보다 앞서 신비하게 사라진 천황칭쯔 씨야말로 가장 좋은 출발점이 아닐까?

너무 막연했다. 이미 사라진 사람이 무엇을 제공할 수 있을까?

난팡아오에 도착하기도 전에 쉐펀은 갖가지 좌절과 타격을 겪고 자기 판단에 회의를 품기 시작했다. 그러나 모든 가능성을 모색해 보기 전까진 포기할 수 없었다. 희망을 품어서라기보다는 자기의 무능함에 묵묵히 분개하고, 오기가 발동해서 맹목적으로 전진하는 것에 가깝긴 했지만.

결국, 신야오를 위해 무언가를 할 수는 없는 걸까? 쉐펀은 다시 녹음 버튼을 눌렀지만 머뭇대기만 했다. 급기야 '완료'라는 말만 남기고 기능을 종료한 뒤 핸드폰을 침대로 던져버렸다.

3

태양이 녹아 뜨거운 쇳물이 되어 내 오장육부로 쏟아져 들어온다면 꼭 지금 같은 느낌이 아닐까? 내 모든 모공을 통해 따스함이 들어왔다. 머나먼 꿈나라처럼, 양수에 감싸인 것처럼……. 물론 나한테 그토록 아득한 기억은 없다. 어머니 뱃속에서의 일을 기억하는 사람은 없겠지? 가장 이른 기억이라면, 그렇다. 확신컨대 8할은 형에 관한 기억이다.

그때 형의 나이가 얼마였는지는 확실하지 않다. 나보다 고작 한두 살 많았을 것이다. 그러나 기억 속의 형은 나보다 두 배는 컸고, 머리도 높은 데 달려 있었다. 정오의 태양을 보는 것처럼 고개를 한껏 젖혀야만 형의 얼굴을 볼 수 있었다.

나는 왠지는 몰라도 불퉁한 기분으로 형에게 붙들려 항구로 갔다. 그게 내가 불퉁했던 원인일 수도 있고, 아니면 항구 근처에 가고 싶지 않았던 걸 수도 있다. 훗날 아무리 생각해봐도 형이 왜 날 거기로 데리고 갔는지 떠오르지 않았다. 우리가 사는 곳은 항구 입구에서도 좀 떨어져 있었기 때문이다. 항구는 훨씬 번화한 곳이었지만, 놀기에는 연못가가 훨씬 만만했다. 나는 연못 속에서 자랐으니까.

그때는 구름 한 점 없는 날씨라 하늘에 있는 모든 게 똑똑히 보였다. 내 기억이 틀렸을 수도 있지만, 나는 태양을 직시해서 완벽한 원형까지 볼 수 있었다. 형은 내 손을 잡아당기고 쪼그려 앉더니 "신야오, 화내지 마! 형아가 아이스케키 사줄게"라는 말로 나를 데리고 부두 옆에서 빙과를 파는 아저씨를 찾아갔다. 사실 빙과를 샀는지 안 샀는지는 확실하지 않다. 어쩌면 훗날의 기억과 섞였을 수도 있다. 나는 심통을 부리는 것처럼 형을 두고 멀리 가면서도, 형이 날 버리고 가지 않았다는 것을 확인하느라 자꾸 고개를 돌렸다. 이때 하늘에서 거대한 새가 날아왔다. 내가 예전에 봤던 어떤 새보다도 커서 넋을 잃을 지경이었다. 나는 마음속의 불만도 잊고 이 흥분과 놀라움을 불러일으키는 물건을 얼른 온 세상에 알리고자 크게 소리쳤다. "형! 형! 하늘 좀 봐!"

형이 고개를 들었다. 그 거대한 새가 태양과 한데 겹쳤고, 곧 알을 낳았다. 햇빛 속에서 빛나던 알은 그야말로 또다른 태양으로 변한 것 같았다. 나는 넋을 잃고 쳐다보느라 형의 표정을 알아채지 못했다. 뒤이어 벌어진 일은 그다지 잘 기억나지 않는다. 알이 항구 주변에서 깨지면서 커다란 소리가 울렸고, 나는 하늘을 날기 시작했다. 마치 투명한 손이 '높이높이 날아라' 놀이를 하는 것처럼 날 허공에 던졌는데 받아주는 사람은 없는 것 같았다. 그다음은 진짜 뜨겁고 뜨거웠다. 지금처럼 뜨거웠다. 땅에 떨어진 나는 형이 얼른 와서 달래주기를 바라면서 악을 쓰고 울었다. 그러나 형은 오지 않았다.

집에 어떻게 돌아왔는지는 기억나지 않는다. 다른 사람이, 부드러운 손이 내 손을 잡았던 건 어렴풋이 기억한다. 그러나 그 손의 주인이 누구였는지는 기억에 남아 있지 않다. 아버지는 그 사람들이 전한 사건의 경과를 듣고 어머니와 함께 울음을 터트리면서 욕을 퍼부었다. "씨발! 천벌 받을 놈들! 그 미군 양키 놈들이!"

그건 미군이 난팡아오에 한 유일한 공습이었다. 그전에 난팡아오 사람들은 공습이란 말을 들은 적이 있고, 방공 경보를 듣고 대피한 적도 있었다. 그러나 공습과 관련된 모든 것은 소문일 뿐이었다. 다들 난팡아오는 폭격할 만한 가치가 없으니까 딱히 걱정할 필요 없다고 여겼던 게 아닐까. 그날까지는.

이상하다. 왜 이렇게 오래된 일이 떠오르지? 내가 형을 생각하지 않은 지도 몇십 년이나 됐다. 형은 내 유년기의 절반 이상 부재했으므로 슬픔도 잔불로만 남았다. 눈을 감고 있으려니 또다른 기억이 조수를 타고 쏴쏴 소리를 내면서 날 삼켜버리려는 듯 살그머니 다가온다.

그 기억은 내가 칭쯔를 처음 만났을 때다. 시간은 형을 잃었을 때와 엇비슷하게 오래됐다.

우리는 '리난팡'이라는 곳에 살았다. 이 지방은 산을 등지고 바다를 마주했다. 마을은 '카우카우Qauqaut 연못'이라는 거대한 연못을 에워싸고 있었다. 나는 카우카우가 무슨 뜻인지 물어본 적이 있다. 아버지는 이 일대에 카우카우인이 살았으며, 카우카우인은 아타얄인과 마찬가지로 번인番人*이지만 아타얄인과는 사이가 나쁘다고 했다. 나중에 무슨 이유에서인지 카우카우인은 느닷없이 사라져버렸다. 요컨대 한인과 일본인은 그 이후에야 리난팡에 들어와 살았다.

나는 어릴 적부터 카우카우 연못에서 '목욕했고', 다른 집 아이들과 연못 속에서 얼마나 오랫동안 잠수할 수 있는지 내기했다. 카우카우 연못에 물고기가 살긴 했지만 물이 너무 혼탁해서 나는 손으로 눈을 가리고 잠수했다. 우리는 잠수도 했고 놀이 동무의 몸에 진흙을 바르기도 했다. 놀이 동무 중에는 오키나와인도 있었다. 그러나 전쟁이 끝나고 몇 년 안 돼 오키나와 친구들은 하나하나 사라져버렸다. 그야말로 마신자에게 끌려간 것 같았다.

그날 우리는 카우카우 연못에서 벌거숭이가 되어 서로 더러운 물을 튀기고 괴성을 지르며 놀고 있었다. 별안간 카우카우 연못에서 무언가가 솟아나왔다. 우리는 괴물인 줄 알고 깜짝 놀라 사방팔방으로 흩어졌다. 남동생도 나를 따라 도망치다가 발이 미끄러져 진흙탕에 빠졌고, 그 자리에서 울음을 터트렸다. 나는 얼른 되돌아

---

* 옛날 타이완 한인이 타이완 원주민을 가리키던 명칭.

가 남동생을 구했다. 안 그랬다간 어머니한테 변명할 말이 없을 테니까. 그런데 자세히 봤더니 연못 속에서 솟아난 건 괴물 따위가 아니라 진흙투성이 사람이었다. 나이는 우리 또래로 보였다. 처음에 우리가 놀랐던 건 아까만 해도 연못이 물결 한 점 없이 고요해서 그 속에 사람이 있을 거로는 상상조차 못 했던 탓이었다.

그 아이는 진흙투성이 손으로 얼굴을 훔치고 얼굴에 쓴 것을 벗었다(나중에야 그게 미카간みーかがん이라고 불리는 오키나와의 물안경이라는 것을 알았다). 물속에서 빛나는 맑은 구슬 같은 눈이 드러났다. 놀라서 달아났던 아이들도 돌아왔다. 그런데 그 진흙투성이 아이는 모두를 신경 쓰지 않고 묵묵히 기슭으로 올라오더니 그대로 가버렸다.

오키나와 아이가 알려줬다. 쟤는 황 씨네 칭쯔야.

칭쯔의 모친은 오키나와의 요나구니與那國섬 출신으로 성인이 되자 타이완에 왔다. 처음에는 지룽基隆으로 가서 일자리를 찾았지만, 일자리를 잃었는지 어쨌는지는 몰라도 마지막에는 난팡아오로 와서 어부인 오빠에게 의탁했다. 바로 카우카우 연못 남쪽에 사는 위청네였다. 그녀는 계속 신세 지기가 불편했는지 나중에는 황 씨네로 시집갔다. 칭쯔는 그 집 맏딸이었다.

타이완인과 오키나와인의 혼혈은 난팡아오에서 드물지 않은 편이었다. 그러나 난 칭쯔 어머니의 기구한 신세에는 전혀 흥미가 없었다. 그저 칭쯔를 적으로 취급했다. 피맺힌 원한이 있는 숙적까지는 아니었다. 하지만 우리가 카우카우 연못에서 그렇게 오래 놀았는데도 발견하지 못했을 정도라면, 칭쯔는 연못 속에서 얼마나 오랫동안 숨을 참고 있었던 걸까? 진지하게 헤아리지도 않았고 확실하지도 않았지만 아주 오랫동안이라는 건 틀림없었다. 나는 내 잠수 능력에 늘 자부심이 있었다. 그런데 그날따라 타격을 받았으니 울화가 치밀다 못해 칭쯔를 가상의 적으로 삼았다.

그 이후 나는 때때로 칭쯔에게 도전했다. 어린 시절이란 게 그렇다. 이 호승심이 도리어 우리가 가장 자주 같이 놀게 만들었다. 칭쯔는 어머니에게 부탁해 나와 남동생에게 '미카간'을 만들어줬다. 나는 보물을 얻은 기분으로 서둘러 카우카우 연못에 들어갔다. 이렇게 연못 밑바닥 경치를 볼 수 있으리라고 예전엔 상상조차 하지 못했다. 비록 연못 바닥은 혼탁하기 짝이 없게 사방이 오물과 진흙이었고, 빗물을 따라 쓸려들어온 것은 모두 연못 밑바닥에 가라앉아 빠져나가지 못했지만 말이다. 말하고 보니 이상하다. 우리는 더러운 연못에서 노는 걸 왜 그렇게 좋아했을까? 설령 오키나와 물안경을 끼고 있어도 우리는 물속에서 서로를 볼 수 없었다, 그렇지 않나?

나는 칭쯔와 싸웠던 일이 떠올랐다.

어린 시절의 말다툼이 아니다. 우리는 어른이 되고 무수한 세월을 함께 보내면서 늘 같은 주제로 입씨름을 벌였다. 이런 것들이 떠오르는 건 내가 카우카우 연못 바닥에서 환영을 보았기 때문일 것이다. 언젠가 카우카우 연못에서 칭쯔와 잠수 시합을 했을 때다. 칭쯔가 부근에 있다는 것은 알았지만 보이지는 않았다. 나는 물안경을 통해 보면서 연못 밑바닥의 진흙을 손으로 더듬었다. 물속에는 온갖 것이 떠다녔다. 그러나 그 더러움 속에서 사물의 윤곽이 대단히 흐릿해진 순간, 그 윤곽들이 칭쯔의 모습으로 조립되어갔다. 그러나 그건 평상시의 칭쯔가 아니었다. 분노를 띤, 마귀 같은 칭쯔였다. 나는 그토록 강렬한 표정을 본 적이 없었다. 깜짝 놀란 나머지 얼른 수면 위로 올라왔다. 내 몸이 일으킨 소란을 느낀 듯 칭쯔도 떠올랐다. 그녀는 물안경을 벗고 햇살 아래 윤슬 속에서 활짝 웃었다. "네가 졌어!"

칭쯔의 목소리는 여름 같았다. 그때는 전쟁 마지막 해였고, 일본 제국이 투항하기까지는 아직 두 달이 남은 시점이었다.

전쟁이 끝난 뒤 나는 칭쯔가 갑자기 사라질까 두려웠다. 짧은 몇 달 사이에 사람들이 난팡아오로 쏟아져 들어왔다. 그들은 송환 대기 중인 오키나와인이었다. 패전 후에 대다수 일본인은 지룽항에서 출발했다. 그러나 오키나와는 난팡아오와 매우 가까웠다. 칭쯔의 어머니가 살았던 요나구니섬은 난팡아오와 고작 100여 킬로미터 떨어져 있었다. 이 거리는 타이완의 머리끝에서 발끝까지의 거리보다 짧았다. 우리 리난팡으로 말할 것 같으면 영향을 그리 크게 받지는 않았다. 그러나 칭쯔의 어머니는 오키나와인이었다. 설마 칭쯔도 송환되는 걸까?

나는 칭쯔도 형처럼 사라질까봐 두려웠다. 형은 영문을 알 수 없이, 아무 이유도 없이 돌아오지 않았다. 내 말은, 왜 형이었을까? 왜 형은 포탄에서 그토록 가까운 곳에 서 있었을까? 왜 그날 형은 날 데리고 항구로 갔을까? 나는 이 모든 것에 아무 이유가 없다고 여겼다. 영원한 이별이란 갑작스레 닥쳐오는 것이다. 그래서 나는 남동생과 다른 놀이 동무까지 버리고 예전보다 훨씬 칭쯔에게 달라붙었고, 급기야 그녀를 화나게 했다. 칭쯔가 씩씩대며 물었다. "넌 할 일도 없니? 너희 아빠 바다에 나가시니까 도와드려야 할 일도 많잖아. 가서 아빠 일이나 좀 돕지 그래?"

사실 어구를 정리하고, 세척하고, 말리는 것 같은 집안일이라면 전부 거들고 있었다. 그러나 그 외의 시간에는 늘 칭쯔를 찾아갔다. 아버지가 말했다. "너 그 황 씨네 집 딸내미한테 뻔질나게 찾아가던데, 혹시 걔 좋아하냐?" 분명 날 놀리는 거였다. 난 "아니요!"라고 대답했을 뿐, 더는 해명하려 하지 않았다. 진지하게 설명하는 게 더 민망하지 않나? 당시 난 어른들은 이해하지 못할 거라 여기고, 칭쯔와 보내는 마지막 시간을 묵묵히 붙들고 있을 뿐이었다. 송환 속도가 느리다지만 언제 가속도가 붙을지 누가 알겠는가? 칭쯔에게 미움을 받은 건 내 예상 밖의 일이었다. 나는 배신당하고 버림받은 느낌이 들었고, 화도 좀 났다. 앤 우리의 마지막 시간을 왜 소중히 하지 않는 거지? 그래서 우리는 대판 싸웠고, 나는 부주의하게 내 두려움을 드러내고 말았다.

칭쯔는 그제야 내 불안을 이해했다. 그녀는 날 비웃지 않았다. 걱정하지 말라고, 자기 어머니는 타이완인과 결혼했으니 모녀 둘 다 타이완에 남을 수 있다고 차분하게 말했을 뿐이다. 송환되는 사람들은 전부 결혼하지 않았거나 남성이었다. 일본 남성은 타이완인과 결혼했다고 해도 일본으로 돌아가야 했다. 오키나와로 송환될 필요가 없다고 했을 때…… 칭쯔는 어떻게 생각했을까? 당시의 그녀에게서는 기쁨도, 슬픔도 읽어낼 수 없었다. 마치 어떤 숙명을 받아들이기라도 한 것 같았다. 그러나 난 그런 것들을 신경 쓰지 않았다. 칭쯔가 사라지지 않을 것을 알고 나자 무척 기뻤다. 사라진다는 것에 대한 공포는 완전히 제거되지 않고, 모종의 형태로 내게 달라붙어 있긴 했지만.

얼마 안 돼 칭쯔는 소학교에 갔다. 그때 소학교는 아직 지어지지 않아서, 소학교 학생들은 난팡아오 극장에서 수업을 받았다. 극장은 낮에는 학교로 쓰였고 밤에는 영화를 틀었다. 손으로 그린 포스터가 극장 대문에 하나하나 붙어 있었다. 최신 영화는 학생들 사이에서 유행하는 화제가 됐다. 나는 나이가 많은 편이라 진작 국어國語*를 배우고 있었다. 그래서 칭쯔에게 주음부호注音符號**를 가르친다는 구실로 접근했다. 아마 그때쯤이었을 것이다. 나는 칭쯔가 가끔 내비치는 두려움과 슬픔이 담긴 표정에 신경이 쓰였다. 그러나 내가 이유를 물을 때마다 칭쯔는 늘 아무것도 아니라고 대답했다.

지금 생각해보면 이게 내가 칭쯔에게 부단히 신경을 쓴 원인일지도 모른다. 칭쯔의 그 상심한 나머지 언제든 떠날 것 같은 얼굴은 내 마음속에 풀기 힘든 문제의 씨앗을 심었다. 누가 칭쯔를 괴

* 현재 타이완 각 족군 간의 공용어. 표준 중국어를 뜻한다.
** 타이완에서 쓰는 중국어 발음 표기 기호.

롭게 했을까? 칭쯔는 왜 괴로워할까? 어느새 나는 늘 이런 일들을 생각하고 있었다. 칭쯔 아빠가 칭쯔를 때리나? 아니면 3학년의 그 우락부락한 아융이 칭쯔를 다치게 했을까? 만약 진짜로 아융이 그랬으면 내가 어떻게 복수해준담? 이런 망상이 내 마음속을 차지했다. 그 바람에 나는 현실과 환상을 구분하지 못했고, 칭쯔에게 해를 가할 만한 사람이라면 까닭 없이 적대시하기까지 했다. 이런 이야기는 칭쯔에게 하지 않았다. 물어봐도 칭쯔는 대답하지 않을 테니까. 칭쯔의 마음속 한구석에는 그 누구도 접근할 수 없는 영역이 있었다. 최소한 난 접근할 수 없었다. 그러나 그것을 제외하면 리난팡의 학생들이 등하교할 때 우리는 아이들 무리에 섞여 늘 함께 걸었다. 나는 칭쯔를 내 여동생처럼 여겼고, 내가 어떤 복잡한 감정을 품고 있는지는 아직 자각하지 못했다.

그 씨앗에서 꽃이 피었다고 알아챈 건 몇 년 뒤 아버지와 함께 '무인도 모험拚無人島'●을 떠났을 때였다.

소학교를 졸업할 무렵, 난팡아오에는 '무인도 모험'이라는 풍조가 생겼다. 무인도는 아주 멀었다. 구이산龜山섬보다 멀었고, 멀리서 보면 소라 같았다. 아무도 살고 있지 않았으므로 섬 곳곳에는 바닷새와 새알이 널려 있었다. 부근에 물고기도 많은 걸 직접 봤다. 무인도에 가려면 날씨와 해류가 가장 좋을 때라도 열여섯, 열일곱 시간이 걸렸고, 돌아오는 데는 꼬박 하루가 걸렸다. 그래서

● 타이완어의 拚이라는 단어에는 생활을 위해 노력하다, 목숨을 걸고 상대방과 대결하다 등의 뜻이 있다.

무인도에 가려면 목숨을 걸어야 했다. 운이 나쁘면 초상을 치를 수도 있었기에 '무인도 모험'이라고 부른 것이다.

원래 난팡아오의 사람들은 무인도 모험을 하지 않았다. 섬이 너무 멀었기 때문이다. 그러나 전쟁 후에는 적지 않은 어민이 구이산섬, 헝춘恆春, 샤오류추小琉球에서 이주해왔다. 그들은 장기간 바다에 나가서 일하는 데 익숙했으므로 무인도 모험에 도전하기 시작했다. 점차 우리 난팡아오 사람들도 질 수 없다는 생각에 따라서 뛰어들었다. 아버지는 나를 배의 취사부 삼아서 데리고 갔다. 나는 온갖 잡일을 해야 했으므로 학교 수업은 빠졌다. 칭쯔와 어울리는 시간도 많이 줄어들었다.

바다는 무시무시하다. 그러나 취사부 노릇을 하는 동안 나는 바다에 의지해 살아가는 사람들의 삶을 보았다. 그건 고독에서 우러나온 긴밀함이었다. 뱃사람들은 나를 실컷 부려먹었다. 내게 술을 먹이기도 하고, 두건에서 담배를 꺼내 피우는 법을 가르쳐주기도 했다. 나는 또다른 가족에 들어간 것 같았다. 고생스럽지만 즐거운 나날이었다. 하루는 작은 산처럼 커다란 물고기가 어망에 걸려 펄떡대는 모습을 보면서 마음속에 이런 생각이 떠올랐다. 내가 바다에서 일해 큰돈을 벌면 장래에 칭쯔를 먹여 살릴 수 있고, 칭쯔를 행복하게…….

나는 화들짝 놀랐다.

끝없는 바다를 마주하고, 동년배의 친구가 곁에 없어 외로웠던 탓에 내가 칭쯔에게 특별한 감정을 품었다는 것을 갑작스럽게 차각했다. 좀 무섭기도 했지만 미약한 용기가 싹텄고, 노력을 기울일 만한 목표를 찾았다고 느꼈다. 지금 생각해보면 그건 첫사랑이라고도 할 수 없는 미성숙한 사랑이었다. 그 시절 나는 아직 성욕이 없었고, 아버지와 어머니를 모종의 잣대로 삼아 가족이 아닌 사람과 가족이 된다는 것을 동경했을 뿐이기 때문이다. 잃어버린 형의 빈자리를 채우기라도 하려는 것처럼.

그래서 나는 칭쯔의 비밀을 찾는 데 그토록 집착했다. 가족이라면, 비밀이 없어야 하지 않나? 당시 우리는 아직 가족이 아니었지만 난 칭쯔의 가족이 되기 위해 계속 노력했다. 결국 칭쯔는 내 가족이 되었고, 내 성을 원래의 성 앞에 붙여 천황칭쯔*가 되었다.

그 이후 칭쯔는 행복했을까?

'행복'이란 심오한 것이다. 나는 때로 그게 부자나 교양 있는 사람의 전유물이라고 느꼈다. 그러나 우리는 함께 평온한 나날을 보냈으니 이것도 행복했던 게 아닐까? 칭쯔가 맏이를 낳았을 때 딸이긴 했어도 최소한 난 행복에 잠겨 있었다. 이 세상에 진짜로 나와 연결된 무언가가 존재한다는 느낌이 들었고, 내 모든 것을 딸에게 물려주고 싶었다. 칭쯔도 그렇게 생각했겠지? 우리도 말다툼을 하곤 했지만, 딱 한 가지 일로만 반복해서 싸웠을 뿐이다.

참 이상하다. 왜 문득 이런 것들이 떠올랐을까? 카우카우 연못 바닥에서 본 악귀 같았던 칭쯔의 환영처럼, 지난 세월 동안 칭쯔가

---

* 타이완과 홍콩에는 여성이 결혼 후 배우자의 성을 본래의 성 앞에 추가하여 사용하는 제도가 남아 있다.

화내던 얼굴도 앨범을 넘기는 것처럼 거듭되는 파도 소리 속에서 떠올랐다. 한번은 칭쯔가 나한테 칼까지 겨누면서 씩씩대기도 했다. "또 그딴 식으로 말할 거면 이혼해!" 그때 칭쯔의 눈빛에서는 분노뿐만 아니라 절망도 비쳤다. 하지만 나는 어떻게 해도 이해할 수가 없었다. 휴, 설마 카우카우 연못에서 본 환영이 정말로 모종의 징조였을까? 어느 날, 칭쯔가 내 심장을 칼로 찌를까? 만약 그런 날이 온다면 애한텐 보여주면 안 되는데.

파도 소리 속에서 앨범이 맨 마지막 페이지로 넘어갔다. 이때의 칭쯔는 지금의 모습을 하고 있다. 그러나 칭쯔는 도대체 어떤 표정을 짓고 있는 걸까? 몇십 년간 그래왔듯 칭쯔의 손을 잡고 위로해 줘야 하는데. 그러나 나는 눈꺼풀로 눈물을 가두기라도 하려는 것처럼 눈을 감고 있었고, 뜰 엄두를 내지 못했다. 칭쯔를 쳐다보면 악귀 같은 시선을 마주하게 될까봐, 아니면 그 까닭 모를 분노를 마주하게 될까봐 두려웠다. 나의 칭쯔는 어쩌다 이렇게 변해버렸을까?

사실 나는 원인을 알고 있다. 나쓰코 오바상 때문이다. 이 모든 것은 칭쯔의 엄마로 인해 빚어진 것이다. 그래서 몇십 년 내내 나는 나쓰코 오바상을 용서하기 힘들었다.

4

쉐펀은 천황칭쯔의 주소를 핸드폰에 저장했다. 이날 아침, 그녀는 해안을 따라 천황칭쯔가 살던 곳으로 걸어갔다. 해안 옆 학교에서 모퉁이를 돌아 높낮이가 일정하지 않은 주택, 거대한 배의 닻과 버려진 기계가 놓인 구불구불한 작은 골목을 지나면 난팡아오에서 뻗어 들어간 네이피 어항에 도착한다. 바다의 파도가 이 항구로는 들어오지 못해서인지, 셀 수 없이 많은 배가 전혀 흔들림 없이 정박해 있었다. 천황칭쯔의 집은 어항 남단에 줄줄이 늘어선 집들 사이에 숨어 있었다. 그 이층집은 쇠락하고 황폐한 기운을 짙게 뿜어냈다. 철문의 한 짝이 땅바닥에 쓰러져 있었는데, 그 빈 곳을 통해 내부가 훤히 들여다보였다. 이곳이 노출된 지 얼마나 됐는진 모르겠지만, 최소 몇 개월은 되지 않았을까? 햇빛 아래 보이는 곳에는 태풍이 휩쓸고 간 것처럼 알루미늄 케이스, 전기스탠드, 탁자와

의자가 널려 있었다. 땅바닥에는 유리 조각과 먼지, 플라스틱 파편이 있었다. 또 얇으면서 한 덩어리가 되어 바람에 말라붙은 게 있었는데, 신문일 수도 있지만 지금으로선 알아볼 수 없었다. 하물며 안쪽은 어둠이 짙어, 사람 잡아먹는 괴물이 이 집에 어리석은 사람이 들어오기만을 숨어서 기다리는 것 같았다.

손전등 빛이 어둠 속으로 미끄러져 들어갔다. 그 빛은 미약하긴 해도 어둠과 각축전을 벌일 만했다. 쉐펀은 빛을 방 안에서 이동시켰다. 특히 사각지대에 주의를 기울인 다음에야 실내로 들어갔다. 호러물을 적지 않게 봐왔으므로 폐허가 무섭지는 않았다. 손전등에서 나온 둥근 빛이 공중에서 변형되면서 위로 올라갔다. 거실 중앙에 조명이 있긴 했지만 형광등이 없는 거로 보아 바닥의 유리 파편이 깨진 형광등인 모양이었다. 그녀는 옆에 떨어진 등갓을 찾아냈다.

집에 들어오기 전, 쉐펀은 천황칭쯔에 관해 수소문해보았다.

천황칭쯔는 유명인이 아니었다. 최소한 지방의 주요 인물 같은 것은 아니었다. 그러나 이웃은 모두 그녀를 알았는데, 그녀의 손에 기묘한 문신이 있었기 때문이다. 손등의 그 문신은 조폭 두목이 새길 법한 용이나 봉황 도안이 아니라 간단한 기하학 도형이었고 색깔도 한 가지만 쓴 것이었다. 이런 문신은 오키나와 전통 같았는데, 모든 사람이 그녀의 오키나와 혈통을 받아들였으므로 대수롭지 않게 여겼다. 쉐펀은 난팡아오가 오키나와와 이토록 가깝다는 사실을 처음 알았다. 이게 바로 항구의 특색, 족군族群* 혼잡이 아닐까. 특별히 주의를 기울이지 않았건만 어제만 해도 그녀는 피부가 새까만 외국인 어부를 많이 보았다.

이 집이 황폐해진 바람에 이웃들도 곤란해하고 있었다. 자기들이 수리하고 싶어도 그럴 수가 없었다. 이 집을 처리할 권리가 누구에게 있느냐를 따지면 당연히 천황칭쯔의 손자인 천신야오에게 있었기 때문이다. 원래는 모두가 천황칭쯔와 신야오를 동정했다. 그러나 관리할 이가 없어 집이 심하게 황폐해지자 이런 상황을 좌시할 순 없었다. 천황칭쯔가 실종된 지 몇 달 뒤, 천신야오가 이 집에 돌아왔을 때 이웃은 집을 팔아버리라고 권했다. 그러나 그는 팔고 싶지 않다고, 설령 낡아가더라도 이대로 두겠다고 했다. 그 바람에 이웃은 조금 화가 났다. 그러나 천신야오는 이렇게 말할 뿐이었다. "할머니는 제가 집을 파는 데 동의하지 않으실 거예요. 게다가 할머니는 실종된 것뿐이지 돌아가신 게 아닙니다! 어느 날 할머니가 돌아오시면 어쩌라고요?"

이 집은 2년 넘게 비어 있었다. 그리 긴 시간이라고 할 순 없지만 이렇게까지 황폐해졌을 줄이야. 이웃의 말에 따르면 천신야오가 수도세와 전기세를 계속 납부했으므로 집의 기능은 살아 있다고 한다. 그러나 물과 전기가 공급된다고 한들 쉐펀이 보기에도 이 집에서 사람이 살 수 있을 것 같진 않았다. 사람이 안심하고 밤을 지낼 수 있을 정도로 수리하려면 대공사를 벌여야 할 것이다.

• 조상과 혈연, 역사, 문화, 풍속, 언어, 지역 등을 공유하는 일련의 군체群體.

"야오쯔幺仔*가 비행기에서 갑자기 실종됐단 뉴스는 봤어요. 며칠 전에요. 저는, 그럼 이 집을 처리할 수 있는 사람이 진짜로 아무도 없겠구나 싶네요……. 법원에서 경매에 부칠지 모르겠네요? 집을 계속 내버려두는 건 마신자보고 들어와서 살란 소리잖아요?"

"아주머니, 천신야오를 잘 아세요?" 쉐펀이 물었다.

"아뇨, 걔가 어릴 적 여기에 살아서 우리도 야오쯔라고 불렀죠. 근데 걘 워낙 낯을 가려서 남의 집 애들하고 놀지도 않았어요. 고등학교 졸업한 다음엔 외지로 나가서 방학 때나 돼야 돌아왔고요. 근데 걔가 칭쯔 아주머니랑은 사이가 좋았어요! 걔 할아버지는 일찍 세상을 떠났고요. 바다에 나갔다가 못 돌아왔거든요. 그러고 보면 신기한 게, 그날은 바람도, 파도도 없고 해도 쨍쨍했는데 사람도 안 돌아오고, 배도 못 찾았지 뭐예요. 말이 나와서 말인데 걔 할아버지 이름도 '신야오'였어요! 참 희한하죠. 신야오란 이름은 칭쯔 아주머니가 남편을 너무 그리워한 나머지 아들한테 손자의 이름을 할아버지 이름과 똑같이 지으라고 한 게 아닐까요?"

쉐펀은 퍼뜩 깨달았다. 예전에 그녀는 '신야오鑫珏'라는 이 이름이 참 흔치 않다고 생각했다. 옛날에는 사람이 출생한 시각으로 점을 쳤는데, 팔자에 부족한 오행이 있으면 그것을 이름에 넣었다고 한다. 예를 들어 팔자 중에 금金이 부족하면 금 부수가 들어간 글자

* 이름이나 호칭 뒤에 '자仔' 자를 붙여서 친근하게 부르는 표현.

로 이름을 짓는다. 또 팔자 중에 무슨 겁난이 있으면 그에 상극하
는 오행을 이름에 넣는다. 수재를 당할 팔자를 타고났다면 토土가
수水를 극하니, 토 부수가 있는 글자를 이름으로 쓰는 식이다. 쉐펀
은 이상하다고 여겼지만, 신야오라는 이름이 할아버지에게서 온
거라면 이런 전통을 반영했을지도 모른다고 생각했다. 그런데 피
휘避諱* 문제는 없었을까?

이웃 중에는 신야오를 잘 아는 사람이 없었다. 천황칭쯔의 실종
전후에 있었던 일을 물었지만, 그들도 딱히 자세한 이야기는 들려
주지 못했다. 그 기간에 난팡아오에는 훨씬 중요한 일이 있었으므
로 실종된 노부인을 신경 쓰는 사람은 없었다. 그러나 한 중년 여
인이 천황칭쯔는 마신자에게 끌려간 거라고 단호하게 말했다.

"내가 없는 소릴 하는 게 아니야. 칭쯔 아주머니는 분명 마신자
한테 농락당한 거야. 마신자한테 잡혀가기 며칠 전, 칭쯔 아주머
니가 허공에 대고 말하는 걸 내가 직접 봤다니까. 그 양반이 예전
엔 그런 적이 한 번도 없었거든. 내가 왜 그래요? 누구한테 말하는
거예요? 하고 물었더니 친구가 리치를 줬다고 하는 거 있지. 10월
이 다 되어가는데 리치를 어디서 딴단 말이야? 그래서 어떻게 됐
냐면, 아이고! 안 봤으면 모를까, 칭쯔 아주머니가 죽은 쥐를 들고
있더라니까. 세상에! 진짜 식겁했어! 내가 얼른 그 쥐를 쳐서 떨
어트리고 '아이고, 칭쯔 아주머니, 눈이 침침해진 거 아녜요? 이

* 조상, 국왕, 성인이 쓰는 이름이나 국호, 연호와 같은 글자를 사용하지 않는 것.

게 무슨 리치예요!' 하고 말했더니, 그 양반은 도리어 나한테 제 정신이 아니라면서 화를 냈지 뭐야! 내 딴엔 저를 생각해서 그런 건데! 나도 그 양반한테 늙어서 노망났으니까 얼른 정신병원에나 들어가라고 쏘아붙였지! 휴, 이럴 줄 알았으면 나도 좋게 좋게 말할걸, 그랬으면 일이 이 지경이 되진 않았을지도 몰라. 마신자는 칭쯔 아주머니를 놔줄 생각이 없어서 끌고 간 게 분명해!"

마신자는 타이완에서 명성이 자자한, 산간에 출몰하는 정괴精怪• 다. '끌고 가다'라는 표현은 마신자가 사람을 불가사의한 지점에 데려다놓는 것을 타이완인이 설명하느라 쓰는 동사다. 예를 들어 길을 잃은 사람이 부지불식간에 몇십 킬로미터가 넘는 곳까지 갔다거나, 무척 높은 나무에 올라갔다거나, 대단히 거센 하류를 건넜다거나, 가시대나무 숲에 갇히는 등 이론상 벌어지기 힘든 일이 확실히 벌어졌는데도 당사자는 어찌 된 영문인지 알아차리지 못할 때, 사람들은 '마신자에게 끌려갔다'라고 말한다.

"근데 뉴스에서는 칭쯔 아주머니를 누가 산으로 데려가려고 했다던데요. 여기 산은 다 이렇게 낮고, 경찰도 온 산을 다 뒤졌을 텐데, 만약 칭쯔 아주머니가 진짜로 마신자에게 끌려갔다면 왜 아직도 못 찾은 걸까요?" 쉐펀이 물었다.

여인이 눈을 희번덕거리며 가소롭다는 듯 말했다. "그 무슨 바보 같은 소리야? 마신자의 대단한 능력이 바로 사람을 생뚱맞은

• 타이완 민속학에 따르면, 동물이 사후에 변한 것 또는 동물이 천지의 정화를 흡수하여 이루어진 것을 뜻한다.

데로 끌고 가는 거잖아. 내 말이 틀렸어? 마신자한테 끌려갔으면, 못 찾는 게 뭐가 신기해!"

여인은 그렇게 말했지만, 쉐펀이 아는 바에 따르면 절대다수의 케이스는 그렇지 않았다. 이 마신자의 괴사건에서 사람이 불가사의한 곳으로 끌려갔다는 것을 알 수 있는 이유는 당사자가 생사를 불문하고 발견됐기 때문이다. 사람이 그냥 사라져버린다면 그런 것들이 이상한지조차 알 방법이 없다.

천황칭쯔의 실종을 마신자에게 끌려간 것으로 간주하기에는 증거가 부족했다. 그러나 사라지기 전, 환각을 본 듯했던 그녀의 모습은 마신자가 사람을 홀린다는 소문과 확실히 부합했다. 전설에서 마신자는 인간의 모습으로 변한 뒤 피해자를 어떤 곳으로 유인해 융숭하게 대접한다. 하지만 이는 사실상 잡초, 흙, 동물의 분변으로 만들어낸 환영이다. 피해자가 발견됐을 때 입안이 이런 것들로 가득 찬 경우가 왕왕 있었다.

그런데 천황칭쯔는 나이가 많았다. 이런 괴이한 행동이 뇌에 어떤 병변이 생겨서 나타난 건 아니었을까? 물론 쉐펀은 모든 노인이 다 그렇다고 생각하지는 않았다. 그러나 노화가 어떤 증상을 쉽게 드러내는 것도 사실이다. 더군다나 천황칭쯔는 혼자 살고 있었다. 고독감도 정신질환을 유발하는 기폭제 중 하나라고 할 수 있다. 천황칭쯔의 집에 들어가기 전, 쉐펀은 과학과 이성의 유물 정신을 활용해 천황칭쯔에게 벌어진 일에 대해 사고해보았다.

하지만 암흑으로 들어간 뒤, 고독감보다 더욱 강렬한 어떤 것이 쉐펀의 몸을 검은 꿀처럼 휘감았다. 괴력난신을 믿는 건 아니었지만, 냉장고를 열었을 때 흘러나오는 냉기처럼 공포가 흘러넘치는 게 똑똑히 느껴졌다. 쉐펀은 천황칭쯔의 괴이한 행위는 설명할 수 있어도, 천신야오에게 벌어진 일은 설명할 수 없다는 게 떠올랐다. 불가사의, 이게 바로 마신자에게 끌려간다는 것의 주요한 특징이었다.

이는 아무 논리도 없는 영감이 번뜩인 것이었다. 천황칭쯔가 마신자에게 끌려갔을 가능성을 알기 전까지만 해도 쉐펀은 이런 생각을 하지 않았다. 너무 황당했으니까. 하지만 천신야오는 비행기를 떠날 수 없는 이상 상황에서 실종됐다. 선례는 없지만, 이는 마신자에게 끌려간 극단적인 케이스가 아닐까? 게다가 천신야오도 환각을 본 듯, 자기만 있는 조종실 안에서 존재할 리 없는 사람에게 이야기했다…….

설마 마신자의 영역은 산간과 황야만이 아니라 인류 과학기술의 결정체인 고공을 비행하는 기계까지 포함하므로, '그'의 마법을 막을 수는 없는 걸까?

쉐펀은 황폐한 거실을 지나 집 안쪽으로 가서 벽의 스위치를 켰다. 이웃 말대로 이 집의 수도세와 전기세를 내는 사람이 있어서 계단과 주방의 등이 소리를 내며 켜졌다. 그러나 너무 오랫동안 방치된 탓인지 주방 등은 빛과 빛 사이가 헐거워진 것처럼 육안으로도 알 만한 빈도로 깜빡거렸다. 주방 등이 조명의 기능을 다하지 못한 탓에 주방은 창백한 어둠으로 덮여 있었다. 쉐펀은 주방 등을 끈 다음 손전등을 들고 들어갔다. 그녀는 휴지통 뚜껑을 열어보고, 빛을 조리대의 수챗구멍 거름망에 비춰보고는 주방이 정돈돼 있다는 점을 알아챘다. 사람이 갑자기 실종됐다면 음식물 쓰레기가 조금은 남아 있어야 했다. 그러나 2년여 간 쌓인 먼지를 제외하면 생활의 흔적이라곤 아무것도 찾아낼 수 없었다. 그녀는 손 가는 대로 수도꼭지를 틀어보았다. 물이 흘러나와 조리대로 떨어지면서 속이 빈 금속성이 울렸다.

갑자기 위층에서 '덜컹' 소리가 났다. 발소리 같기도, 무슨 물건이 바닥에 떨어진 것 같기도 했다. 쉐펀은 경각심이 들었다. 수도꼭지를 잠그고 손전등으로 주방 입구를 비춰보며 귀를 기울였지만, 다른 기척은 없었다. 그녀는 놀란 고양이처럼 온몸이 뻣뻣해졌다.

"누구 있어요?" 쉐펀이 고개를 내밀고 계단을 향해 소리쳤다. 대답은 없었다. 담황색 불빛이 2층으로부터 은은히 비춰왔다. 창을 통해 들어온 햇빛이 여러 번 굴절된 끝에 지쳐서 떨어진 것이리라. 그녀는 왼손에 손전등을 들고 오른손으로 계단 난간을 짚으며 천천히 계단을 올라갔다. 산뜻한 빨간색으로 칠한 철제 난간의 표면은 병든 것처럼 딱지로 뒤덮여 있었다. 손전등의 빛은 난간에 반사되는 바람에 유난히 새하얗게 보였다.

쉐펀은 2층으로 매우 느리게 접근했다. 눈에 가장 먼저 들어온 것은 책력이 함께 적힌 전통 일력이었다. 일력은 흐르는 공기 속에서 부르르 떨리고 있었다. 마지막 날짜는 9월 24일이었다. 올라가는 도중 계단 옆에서 거미줄로 온통 뒤덮인 낚싯대, 어망, 기계가 포함된 잡동사니도 잔뜩 발견했다. 그 옆에는 신탁神卓 비슷한 가구가 있었다. 그 안에는 위패가 놓여 있었고 지금은 먼지투성이였다. 이는 모골이 송연해질 만한 광경이었지만, 왠지 몰라도 쉐펀은 이런 생각이 가장 먼저 들었다. 신야오가 위패를 가지고 가지 않으면 제사 지내줄 사람이 없을 텐데, 그럼 저 위패의 주인은 떠돌이 영혼이 되지 않을까?

그녀는 무의식적으로 신탁을 피했다. 흰색 바닥 타일에는 쉐펀의 발자국이 뚜렷이 남을 만큼 먼지가 두껍게 쌓여 있었다. 계속 앞으로 가자 일본식 미닫이문이 나왔다. 그러나 완전히 닫혀 있지는 않아서 열린 미닫이문을 통해 햇빛이 계단으로 들어왔다.

빛은 미닫이문에 발린 종이(쉐펀은 이걸 쇼지가미障子紙라는 이름으로 알고 있었다)를 투과한 까닭에 부드러운 담황색으로 변한 건지도 몰랐다. 2층에서 보면 황혼 같았다. 시간은 바깥세상의 걸음을 쫓아가지 못했다. 쉐펀이 "누구 안 계세요?" 하고 다시 물었다. 이번엔 작은 목소리였다. 여전히 대답은 없었다. 그녀는 최대한 소리를 내지 않으며 미닫이문을 열었다.

빛이 맞은편 유리를 통해 직접 들어왔기 때문에 이즈음에는 손전등이 필요하지 않았다. 미닫이문 뒤에는 다다미를 깐 방이 있었다. 매우 가지런하게 정돈되어 있었고, 목제 장롱과 그 위에 쌓아둔 소형 장식품 외의 물건은 없다시피 했다. 구석에는 공업용 스타일의 금속 선풍기가 있었고, 탁자에는 소형 텔레비전이 놓여 있었

다. 지금은 21세기인데, 이 방의 인테리어 때문에 쉐펀의 마음속에
는 '쇼와 감성'이라는 네 글자가 스쳤다. 참 이상했다. 황폐해졌는
데, 계단 아래는 이런 분위기도 아니었는데, 이 방은 왜 다를까?

방의 맨 바깥쪽에는 사각형 압화 유리문이 있었다. 밖으로 나가
면 철제 창틀로 공간을 둘러싼 베란다가 나왔다. 그리고 창틀을 관
통하는 가로대 하나가 있었는데, 뭔가를 널어두는 데 썼을 것이다.

베란다에서는 네이피 어항을 내려다볼 수 있었다. 맞은편 난팡
아오로 통하는 도로도 어렴풋하게 보였다. 사람과 차가 모형처럼
작았다. 그 분위기는 집 안과 완전히 달랐다. 편안한 바닷바람이
구릉을 넘어 어항으로 불어 들어오면서 너무나 온순해졌고, 약간
의 비 냄새까지 머금고 있었다.

이곳은 적막하면서도 아름답고, 일체를 똑똑히 볼 수 없을 만큼
드넓은 지방이었다.

'딸랑' 하는 소리가 났다. 베란다 바닥에 떨어져 있던 풍경을 걸
어찬 것이다. 쉐펀은 풍경을 주워들었다. 뜻밖에도 이 연약한 유리
제품은 망가지지 않았다. 그녀는 기분 내키는 대로 풍경을 가로대
에 걸고 뒤돌아 실내로 들어섰다.

"앗!"

쉐펀의 전신이 굳어지고, 곧 뒤쪽으로 튕겨나가 창틀에 부딪혔
다. 금속이 구리종처럼 낮은 소리를 내며 공명했다. 그녀는 저주에
걸리기라도 한 것처럼 옴짝달싹할 수 없었다.

방에는 언제 나타났는지 몰라도 한 노부인이 무릎을 꿇고 앉아

있었다.

그녀는 온통 백발이었고, 방금 파마한 것처럼 굽슬굽슬한 머리카락을 어깨까지 단정하게 늘어트렸다. 얼굴은 백분을 바른 것처럼 창백했고, 입술은 새빨간 색이었다. 지나치게 화사한 나머지 어색함이 드는 가짜 같았다. 그녀의 복장도 계절에 맞지 않았다. 외출하려는 것처럼 잘 차려입고 진주 목걸이도 하고 있었지만, 이 계절에 입기엔 너무 두꺼운 옷이었다.

방은 사람에게 속한 것이다. 사람이 방에 있으면 인간미가 더해져야 한다. 그러나 노부인은 오히려 인간성을 결여해서 종이로 만든 인형 같다는 인상을 주었다. 쉐펀은 입을 막고 비명을 지르지 않으려 노력했지만, 심장은 가슴을 때리는 것처럼 제멋대로 수축과 팽창을 맹렬하게 반복했다! 머릿속에서 사고가 급회전했다. 이 노부인은 언제 나타났을까? 이 사람은 누구지? 어떻게 아무 소리도 내지 않을 수가 있었지? 이 사람은 진짜 사람일까?

이때 쉐펀은 노부인의 손을 의식했다.

문신.

아타얄이나 파이완의 것처럼 보였다. 원주민이 손등에 새길 법한 것이었다. 아니, 답이 불현듯 쉐펀의 마음속에 떨어졌다. 방금 문신에 관해 듣지 않았었나? 오키나와 여성도 손에 문신을 새긴다고 했다. 천황칭쯔는 이로써 자신의 신분을 드러냈다. 설마 이 노부인이 천황칭쯔, 그 마신자에게 끌려가서 실종된 지 2년이 넘었다는 신야오의 할머니일까?

노부인과 시선이 교차하자 쉬펀은 붙들린 듯한 느낌이 들었다. 노부인의 눈은 모종의 웃음기를 띠고 있었다. 그건 따뜻한 웃음이 아니었다. 피에 굶주린, 사냥감이 손에 떨어졌다는 데 득의한 웃음이었다. 쉬펀의 영혼이 덜덜 떨었다. 노부인이 입을 벌려 웃었다. 이를 노출한 모습은 음식을 입에 넣으려는 것처럼 보였다.

"아이고, 드디어 왔구나! 널 계속 기다렸단다. 자자자, 얼른 앉으렴. 너한테 줄 게 있단다."

노부인은 예의 차린 말을 하면서도 몸은 전혀 움직이지 않았다. 말을 하면서 어깨조차 들썩이는 기색이 없었다. 쉬펀은 모골이 송연해졌다. 무의식적으로 노부인에게 뭘 주려고요? 하고 되물을 뻔했다. 그러나 직감이 저지했다. 그녀는 자기가 낭떠러지 끝에 서 있으며, 자칫하면 만 길 심연으로 떨어지리라는 것을 느꼈다. 이때 베란다 아래에서 아득한 목소리가 들렸다. "저기요…… 누구 안에 있어요?"

모르는 여성이었다. 쉬펀은 무의식적으로 어깨 너머의 철제 창틀을 흘긋 보았다. 그러나 이 각도에서는 아무것도 보이지 않았다. 불현듯 그녀는 저주에서 풀리기라도 한 것처럼 자기가 자유롭게 움직일 수 있다는 것을 알아채고, 얼른 고개를 돌려 방 안을 보았다.

안에는 아무도 없었다. 그저 느닷없는 무無만 남았을 뿐이다.

쉬펀은 벼락을 맞은 것 같았다. 머리로는 이게 절대로 불가능하다는 것을 알았다. 그녀가 시선을 뗀 건 고작 1초 동안이었다! 그녀의 시각에 남은 영상에서는 아직도 노부인의 복장부터 문신의 디테일까지 볼 수 있었다! 설마 아까 그건 귀신이었을까? 아니면 환각이나 망상이었을까? 하지만, 이토록이나 사실적인데.

그녀는 재빨리 방에서 뛰쳐나왔다. 그 방에 날카로운 이빨과 발톱을 가진 괴수가 있기라도 한 것처럼 고개조차 돌리지 않았다. 따스할 터인 햇살이 피비린내 나는 숨결 같았다. 그녀는 우당탕퉁탕 소리를 내며 세 걸음 거리를 두 걸음 만에 내려왔다. 놀라움이 섞인 여자의 목소리가 다시 계단을 통해 들려왔다. "누구세요? 누구 안에 있어요? 신야오? 너야?"

1층으로 뛰어 내려간 쉐펀은 햇빛이 있는 대문을 바라보았다. 질문한 여자가 그곳에 서 있었다. 빛을 등지고 있어 얼굴은 흐릿했고, 넉넉히 긴 스커트나 심플한 양장 종류를 입었다는 것만 알아볼 수 있었다. 사람이다. 순간적으로 안심한 쉐펀은 어둠 속에서 뛰쳐나와 백주의 항구를 향해 미친 듯이 뛰어갔다. 그 여자는 쉐펀이 다가오는 것을 보자 경계하며 물러났다. "이, 이, 이봐요! 당신 누구예요! 무슨 짓을 하려고요!"

쉐펀은 숨을 헐떡거렸다. 드디어 여자의 외모를 뚜렷하게 볼 수 있었다. 원피스를 입은 여자는 서른 살 전후로 보였다. 피부는 새카맸고, 작고 말랐다는 인상을 주었다. 그러나 사지가 길었고, 쌍꺼풀진 눈은 포용력 있어 보였다. 최소한 믿을 만한 사람 같았다.

"당신 누구예요! 왜 이 집 안에 있죠? 이건 가택 침입이잖아요?" 여자는 조금 당황했지만, 비에 젖은 작은 동물을 보호하려는 것처럼 전혀 물러나지 않고 몸을 꼿꼿이 세웠다. 쉬펀은 당장 어떻게 해명해야 할지 몰랐다. 무의식적으로 문에서 좀더 멀어지면서 입에서 나오는 대로 대답했다. "기자예요."

"뭐라고요? 기자요?" 여자는 눈을 휘둥그레 뜨고 쉬펀을 보며 서슬 퍼렇게 말했다.

"맞아요. 아, 아니지. 저는…… 저는 신야오의 선배예요." 쉬펀은 그제야 시선을 돌렸다. 이성과 경험이 공포라는 안개 속에서 천천히 귀환했다. 그렇다고 해도 방금 본 사물을 이해할 수는 없었다. 그것을 비과학적이거나 비현실적이라고 표현하기보다는, 현실에서 누락돼 허무 속으로 떨어졌으나 모종의 거대한 질량으로 인해 인력을 얻은 것이라고 표현하는 게 적절하리라.

"선배요? 그럼 그쪽도 조종사란 말이에요?" 여자의 얼굴에 불신이 더해졌다. 쉬펀은 당장이라도 여기에서 벗어나고 싶었고 멀어질수록 좋기는 했지만, 이 여자의 신임을 잃었다가는 만회하기 힘들리라는 것을 알았다. 그래서 이를 악물고 정신을 집중했다.

"미안해요. 제가 말을 똑바로 안 했네요. 전 조종사가 아니에요. 제가 신야오의 선배라고 한 건 대학 동아리에서 신야오를 알았기 때문이에요. 걔가 저보다 두 학번 아래거든요. 전 졸업한 뒤에 기자가 됐어요. 대학 다닐 때 신야오랑 좀 친한 편이었는데, 신야오가 실종됐다길래 도대체 무슨 일이 있는지 알고 싶어서요. 이거 제 명함이에요."

쉬펀이 명함을 내밀었다. 여자는 적대적이라고 할 만한 거리감을 유지하고 있었지만, 명함을 보자 굳어진 표정이 천천히 풀렸다. 쉬펀은 그녀가 첫인상보다 훨씬 활발한 사람이라는 것을 알아차렸다. 여자가 고개를 들었다. "인제 보니…… ××신문사의 뤄쉬펀 기자님이셨군요! 저 기자님 알아요!"

"맞아요!" 쉬펀은 그녀가 자기를 알아보자 안도함과 동시에 좀 놀랐다. "신야오가 제 얘기를 한 적 있나요?" 좀 민망해졌다. 이렇게 오랫동안 연락하지도 않았고, 신야오가 조종사가 된 것조차 모르고 있었는데. 여자가 환하게 웃었다. "기자님이 쓴 기사를 본 적이 있거든요. 기사가 참 좋길래 신야오한테도 보여줬더니, 기자님이 대학 시절 동아리 선배라는 거예요. 또 기자님이 대학 다닐 때 동아리 신문을 만들었다는 얘기도 들려줬어요. 그때부터 기자님이 능력자라는 걸 알아봤다고 했죠."

"아뇨, 천만에요. 전 승진도 못 하는 말단 기자인데요." 쉬펀이 쓴웃음을 지었다. "그런데 그쪽은 신야오하고 어떤 사이인지……."

"저는 중유어라고 해요." 여자의 대답은 쉬펀의 예상 안에 있었지만 예상을 벗어나기도 했다. "신야오는 제 남자친구…… 아니, 약혼자라고 해야겠네요."

5

내가 처음 나쓰코 오바상을 본 건 칭쯔네 가게에서였다.

황 씨네는 과수원을 갖고 있어서 수확한 과일 일부를 리난팡에 있는 가게에서 팔았다. 가게라고는 하지만 사실은 천막에 가까워서 바람이 잘 통했다. 이 가게는 나쓰코 오바상이 관리했다. 전쟁이 끝나자 칭쯔도 가게에 자주 드나들었다. 나쓰코 오바상이 국어를 할 줄 몰라서 때때로 칭쯔에게 통역을 부탁해야 했기 때문이다. 그러나 칭쯔는 아직 어렸고 숙제도 해야 해서 일손이 달릴 때는 내가 거들기도 했다. 나는 국어를 배우기 시작했지만 여전히 그녀를 '나쓰코 오바상ナッコおばさん'이라고 불렀다. 리난팡 사람들도 전부 일본어로 그녀를 불렀고, 외지인에게 말할 때만 우리는 그다지 표준적이지 못한 국어로 어색하게 바꿔 불렀다. 4성 샤夏, 3성 쯔子. 샤쯔. 샤쯔 아주머니.

그녀는 내 어머니와는 달리 조용한 여인이었다. 타이완어에 능숙하지 않다는 게 그 조용함의 진정한 원인이었는지도 모른다. 처음 만났을 때 나는 그녀 손의 문신을 보고서 번인과 관련이 있는 줄 알고 깜짝 놀랐다. 그러나 그녀는 그게 고향 요나구니섬의 전통이고, 이미 피부밑까지 스며들어서 어떻게 해도 지울 수가 없다고 말했다. 나쓰코 오바상은 가게 일을 거드느라 자주 드나든 나를 아껴주었고, 용안과 바나나도 챙겨주었다. 그러나 그녀는 어딘가 우울해 보였다. 늘 먼 곳을, 바다 맞은편의 기슭을 내다보곤 했다. 그녀가 이런 표정을 짓는 걸 볼 때면 나는 그녀와 칭쯔가 진짜로 모녀 사이가 맞네, 하고 생각했다. 오래지 않아 칭쯔의 눈빛에도 그런 매혹적인 우울이 스미기 시작했다.

원래 나는 나쓰코 오바상에게 그다지 신경 쓰지 않았다. 그래도 칭쯔의 어머니였기에 어느 정도는 예의 바르게 굴려고 했다. 이후에 한 사건이 벌어지고 나서야 그녀가 칭쯔에게 얼마나 큰 영향을 끼쳤는지 알게 되었다. 그건 칭쯔가 학교에 다니기 시작한 후 어느 월요일 아침의 일이었다. 우리 리난팡 아이들은 함께 극장으로 출발했는데, 가는 도중 다른 아이들과 마주치면 시비가 걸리거나 도발을 당하기 일쑤였다. 그때, 나는 칭쯔가 계속 뒤로 숨는 것을 눈치챘다. 게다가 그녀의 오른손은 까맸다. 무슨 일인지 묻자 칭쯔는 얼른 손을 감췄다. 창피해서 그런다기보다는 원망과 분노를 띤 것 같았다. 칭쯔는 수업이 끝나면 설명해줄 테니까 캐묻지 말라고 했다. 나도 그녀 손에 있는 흔적을 못 본 척하고 아무 일도 없다는 듯

극장으로 갔다.

하교 후, 우리는 핑계를 대고 리난팡의 아이들과 다른 길로 가다가 바닷가로 달려갔다. 칭쯔는 손을 바닷물에 담그고 벅벅 씻었다. 난팡아오는 바다에 맞닿아 있었지만 생활용수는 충분하지 않았다. 그녀는 어제 벌어진 일을 말해주었다.

몇 년 새 난팡아오에는 외부에서 온 사람이 늘었다. 내가 말하는 건 난팡아오로 이사 온 어민이 아니다. 여기 살기만 하면 다 난팡아오 사람이지만, 교사나 공무원으로 파견된 이들은 우리 사람이라고 할 수 없었다. 그 주 일요일, 칭쯔가 가게 일을 거들고 있을 때 한 모자가 왔다. 칭쯔는 그들이 어느 선생님의 처자식으로, 피란 때 그를 따라 타이완에 온 것을 알고 있었다. 나쓰코 오바상은 국어를 할 줄 몰랐으므로 칭쯔가 상대했다.

평소 이런 외래인들은 이렇게 외진 곳까지 오진 않았다. 그들은 과일을 사러 왔다고 했다. 그런데 아이까지 데리고 있는 걸 보면 여기저기 산책하느라 그랬을까? 외성* 여인이 돈을 낼 때 아이는 나쓰코 오바상의 손을 뚫어져라 쳐다보고 있었다. 나쓰코 오바상이 과일을 그 아이에게 건네자 아이가 고개를 홱 돌리고 엄마에게 물었다. "엄마, 저 아줌마는 왜 손에 까만 그림을 그렸어요?"

아이는 문신에 관해 물은 거였다. 외성 여인은 나쓰코 오바상의 손을 응시하더니 모든 걸 이해했다는 양 아이에게 설명했다. "저분은 산지인山地人*이라서 그래. 산지인은 몸에 문신이 있거든."

칭쯔는 참지 못하고 반박했다. "사모님, 저희 엄마는 산지인이 아니에요. 엄마는 류큐인이에요." 칭쯔는 자기 딴에는 부드러운 어조로 말했다고, 그만하면 예의 바르게 굴었다고 여겼다. 정작 외성 여인은 깜짝 놀랐다. 어찌할 바를 몰랐다고 해야 할까. 아이가 또 큰 소리로 물었다. "류큐인이 뭐예요? 본성인인가요?"

거북해진 외성 여인은 목소리를 낮춰 말했다. 그러나 칭쯔는 그 말을 듣고 말았다. 그녀는 이렇게 말했던 것이다. "아니, 류큐인은 일본인이야."

"일본인? 일본인이 왜 아직도 여기에 남아 있어요?"

소년의 또랑또랑한 국어가 마을에 메아리쳤다.

"걔가 하는 소리 들으니까 진짜 한 대 콱 쥐어박고 싶더라!" 칭쯔가 씩씩대며 말했다. "사모님도 잘못한 걸 알았는지 걔한테 입 다물라고 하더니 끌고 가버렸어. 그래서 엄마가 방금 무슨 일이 있었냐고 묻길래 내가 말해줬거든."

원래 칭쯔는 엄마가 자기와 함께 투덜댈 줄 알았다. 그런데 나쓰코 오바상의 얼굴이 얼어붙을 줄 누가 알았겠는가. 그녀가 요나구니어로 말했다. "왜 우리가 일본인이 아니라 우치난추ウチナーンチュ라고 말하지 않았니? 우리가 일본인이야? 내가 너한테 가르친

말, 네가 일본 가서 하면, 그 사람들이 알아듣기나 할 줄 알아!"

우치난추, 이는 오키나와인이 스스로 부르는 명칭이다. 나쓰코 오바상의 분노는 기회를 엿봐 쏟아진 폭풍우, 구름 뒤에 숨은 번갯불 같았다. 칭쯔는 어머니가 이렇게 화내는 걸 본 적이 없었다. 그러나 그녀는 무척 억울했다. 내 입으로 우리가 일본인이라고 말한 적도 없는데, 엄마는 왜 저렇게까지 말하는 걸까? 이 무지막지한 태도에 그녀는 대들었다. "우치난추가 일본인이 아니면, 미국인이라도 돼?"

나쓰코 오바상은 화를 참지 못한 나머지 손을 들어 따귀를 치려다가 가까스로 참았다. 그녀는 탁자를 내리치며 말했다. "우치나ゥチナー•는 그냥 우치나야. 왜 꼭 남의 노예가 돼야 해? 다신 그런 말 하지 마!"

나중에 칭쯔는 나한테 설명했다. 사실 그녀는 어머니가 그렇게 화를 낸 이유를 알고 있었다. 당시 오키나와는 미군이 대신 관리하고 있었다. 그러나 전쟁 말기, 오키나와는 연합군의 극렬한 공습을 받았다. 타이완으로 피란 온 사람의 말에 따르면 오키나와 제도에 있던 사람들은 모조리 죽었다고 했다. 다들 그렇게 지독한 공습에서 생환할 수 있는 사람은 아무도 없다고 믿었다. 수많은 시신이 황야에 널려 있었다. 사람들도 무감각해졌다. 전쟁이 끝날 때까지도 그 시체들을 수습하는 사람은 없었다.

• 오키나와.

그러나 나쓰코 오바상은 일본인도 용서할 수 없었다. 마찬가지로 전쟁 말기, 한 일본 장교가 오키나와에서 집단 자살을 선동했던 것이다. 자살한 사람 중에는 그녀의 가족도 있었다. 수많은 오키나와 사람이 말하길, 그들은 애초에 일본인 취급을 받지 못했다고 한다.

그날 밤, 나쓰코 오바상은 칭쯔를 눈앞에 불러다놓았다. 낮의 분노는 없었다. 그녀는 문어 먹물을 묻힌 대꼬챙이로 칭쯔의 손등에 문신 도안을 그리며 말했다. "이건 문신 따위가 아니라 '하지치ハジチ'라는 거야. 원랜 더 일찍 해줬어야 했는데, 내가 너무 멍청했어. 우리가 우리 손을 들여다보지 않으면, 우리가 어디서 왔는지를 어떻게 알겠어? 이 '하지치'를 완성하려면 10년이 걸릴 수도 있어. 내가 준비를 시작할 거야. 내가 없더라도 네가 완성해야 해, 알았지? 이제 무슨 도안을 새길 건지 알려줄게……."

칭쯔가 해주는 이야기는 아득한 옛날이야기 같아서 나로서는 알아들을 수 없었다. 이 이야기를 들으면서 내 시선은 원래는 희었으나 이젠 먹물로 오염된 그녀의 손에 못 박혀 있었다. 이제부터 그녀의 손등에 원시적이고 괴상한 도형 같은, 어처구니없는 문신이 생긴다고? 나는 칭쯔를 가엾이 여길 수밖에 없었다. 현대 사회에서 구식 문신을 하고 있으면, 칭쯔는 구습에 미래를 빼앗길 것이다. 나쓰코 오바상은 자기가 칭쯔에게 한 일이 얼마나 잔혹한 건지 몰랐을까?

나는 아직도 기억한다. 그때 칭쯔는 대해를 바라보며 손등을 쓰다듬다가 별안간 나지막하게 노래를 부르기 시작했다. 그건 내가 들어본 적 없는 언어였다. 바다 안개가 그녀의 표정을 삼켰고, 노랫소리가 바다로 흘러들어가 해옹海翁[•]과 닮은 거대한 생물로 변했다. 나는 조금 화가 났다. 불현듯 그녀의 손을 와락 잡아끌고 바다로 들어가고 싶다는 생각이 들었다. 나쓰코 오바상이 그녀에게 지운 운명에서 도망치기 위해.

난 진짜로 그래야 했는지도 모른다. 그 이후 칭쯔의 손에는 그 '하지치'라는 것이 점차 나타나기 시작했다. 내가 보기엔 검은색 누에가 피부뿐만 아니라 뼛속까지 잠식하는 것 같았다. 나쓰코 오바상이 사라진 뒤에도 칭쯔는 중단하긴커녕 오히려 스스로 하지치를 완성했다. 그건 나쓰코 오바상이 칭쯔의 몸에 남긴 저주와도 같았다. 나는 그 문신이 있는 두 손이 무섭고 미웠다.

칭쯔는 줄곧 나쓰코 오바상의 저주 아래 살았다. 내가 어떻게 해도 그녀를 구해낼 수는 없었다. 그러나 지금에 이르러 나는 불현듯 무언가를 깨달았다. 어쩌면 내가 진짜로 칭쯔에게 잘못한 건지도 모른다. 그 두 손을 미워함과 동시에 난 칭쯔를 실망시킨 게 아닐까? 무인도 일이 떠올랐다. 우리는 일찍이 50년대부터 무인도 모험을 시작했다. 무인도는 우리의 어장이었다. 물론 우리도 독점하진 않았다. 무인도에 사는 사람이 없다면, 그곳은 모든 어민의 것이 아니겠는가? 그래서 우리는 일본, 오키나와의 어민과도 교류

[•] 타이완 민간 전설에 나오는 바다의 괴수.

했다. 그러나 이 10여 년 사이에 모든 것이 바뀌었다. 일본이 무인도를 자기네 것이라고 주장하기 시작한 것이다.

사실 이런 분쟁들에 관해서는 나도 모른다. 그러나 모두가 무인도라고 하는데, 그게 누군가의 것이 될 수 있을까? 분명 그런데도 우리가 예전처럼 무인도 부근에 가기만 하면 일본인에게 쫓겨나니, 열받아 죽을 지경이었다! 몇 달 전, 나는 참다못해 칭쯔에게 불평을 털어놓았다. 그런데 그녀는 매우 미묘한 표정을 지었다. 미간에는 어떤 거부감을 들킨 감정이 응축돼 있어 어린 시절의 그녀를 떠올리게 했다. 칭쯔가 말했다. "우리가 아무 데도 소속돼 있지 않으니까 무인도처럼 제멋대로 점령당하는 거야."

당시 나는 칭쯔가 내 말에 맞장구쳤다고 여겨서 깊이 생각하지 않았다. 지금 생각해보니 칭쯔는 자기를 무인도에 비교한 것이었다. 내가 칭쯔를 모종의 고독에 빠트린 것은 아닐까? 설마, 나쓰코 오바상이 내린 저주로부터 대항하려 했던 게 본말이 전도돼 내가 도리어 그녀를 외롭게 한 걸까? 내가 칭쯔와 이토록 오랜 세월을 다툰 건, 전부 소용없는 짓이었을까?

나의 칭쯔.

모든 게 그날부터 시작됐겠지? 나의 혐오, 너의 원망에는 도망칠 수 없는 근원이 있었다. 때는 민국 40년[*] 봄이었다. 똑똑히 기억한다. 왜냐하면 내가 중학교에 올라간 다음부터는 칭쯔와 함께 학

---

* 1951년.

교에 다닐 수 없다는 문제로 고민하던 때였으니까. 곧 여름이었다. 그건 내가 칭쯔와 함께 등교할 수 있는 마지막 여름이었다.

그토록 평화롭고, 온 세상의 전란이 리난팡과는 무관해 보였던 여름. 나쓰코 오바상이 돌연 마신자에게 끌려갔다.

<h1 style="text-align:center">6</h1>

분홍색 식탁에는 방금 행주로 훔친 물기가 남아 있었다. 식탁 한가운데에 쉐펀이 본 적 없는 생선회가 차려졌고, 으깬 와사비와 간장이 얕은 종이 접시에 가득 담겨 곁들여졌다. 그 밖에 수련 볶음, 아귀 간 찜, 복어 조림도 있었다. 두 사람 앞에는 종이 그릇에 담긴 쌀밥이 나왔다. 유어는 타이완 골드메달 맥주를 탁자 가장자리에 놓고 말했다. "기왕 난팡아오에 왔으니까 이 가게의 음식을 꼭 먹어봐야 해요! 자, 쉐펀 언니, 제가 한 잔 따라드릴게요."

그녀는 유리잔의 8할을 채웠고, 쉐펀은 고맙다고 했다. 여긴 유어가 추천한 가게였다. 그녀는 기세등등하게 쉐펀을 데리고 와서 못 먹는 음식이 있는지 묻더니, 익숙한 태도로 척척 주문한 다음 이렇게 말했다. "사실 추천하고 싶은 메뉴가 더 있긴 한데 여자 둘이서는 다 못 먹을까봐서요." 쉐펀은 유어가 이렇게 기분파일 줄은 몰랐다. 그러나 그 덕분에 자기가 기자 신분으로 상대방을 대해야 할지를 고민하지 않아도 됐다. 어쨌든 의례적인 말을 하지 않았는 데도 유어가 먼저 술술 말했다.

천황칭쯔의 집 앞에서 그녀들은 서로에게 왜 난팡아오에 왔는 지 물었다. 물론 둘 다 천신야오를 위해서였다. 그러나 유어의 이 유는 조금 달랐다.

"말해도 믿기 힘드실 테지만", 유어는 쉐펀과 함께 네이피 어항 을 돌고 있었다. "며칠 전에야 신야오가 실종됐다는 것을 알았거든 요. 요즘 박사 논문에 파묻혀 있느라……. 게다가 신야오는 새벽까 지 비행을 하잖아요. 핸드폰으로 연락이 안 돼도 이상할 게 없죠. 며칠 전에야 뉴스를 보고 일이 커진 걸 알고서 얼른 뛰어왔어요."

"이상할 게 뭐가 있어요. 논문 쓰는 게 힘들단 건 저도 알아요. 제 친구도 예전에 논문 쓰다가 실종된 적이 있는데, 나중에 보니까 란위蘭嶼에 있는 게스트하우스에 콕 틀어박혀 있더라고요. 한 이 주일쯤 살았을걸요? 게스트하우스 스태프로 일하면서 숙식을 해 결했다곤 해도 참 황당한 노릇이죠. 그런데 유어 씨는 왜 여기로 왔어요? 여기에 무슨 단서라도 있다고 생각했나요?"

"사실 저도 확실하진 않지만…… 제가 황당한 생각을 했거든요. 웃지 마세요!" 유어가 말했다. "신야오가 조종실에서 누군가와 말 하면서, 상대방을 '앗파あっぱー, Appa'라고 불렀다는 내용을 뉴스에 서 봤거든요……. 이건 남류큐 방언인데 '할머니'란 뜻이에요. 전 원래 신야오는 가짜로 실종됐고, 사실은 그냥 어디 숨어버린 건데

자기가 어디 숨었는지 저한테 암시하느라 일부러 '앗파'라는 말을 남긴 건 아닐까, 하는 망상을 했어요. 죄송해요. 제 생각이 너무 과했나봐요. 뤄 기자님, 아까 집에서 뭐라도 찾으셨나요? 신야오가 돌아왔던 흔적은 없었나요?"

'앗파'가 할머니란 뜻이었구나. 쉐펀은 이를 깨닫자 방금 본 노부인이 떠올라 모골이 송연해질 수밖에 없었다. 다행히 그녀들은 그 집에서 멀어졌다. 쉐펀은 방금 본 것에 관해선 말하지 않고, 그저 방 안에는 먼지가 두껍게 쌓여 있었으며 다른 사람의 발자국은 못 봤다고만 말했다. 쉐펀은 섣불리 추측하고 싶지 않았다. 방금 본 광경도 환각이라며 일단 스스로를 설득했다.

그녀들은 신야오에 관해 이야기하기 시작했다. 이때만 해도 아직 서로를 떠보려는 의도가 있어서였을까? 유어는 과거의 세세한 일을 물었다. 솔직히 말해 쉐펀은 마지막으로 신야오를 본 게 10년 전이라서 딱히 자신은 없었다. 그러나 신야오가 진순신의 책, 특히 『류큐의 바람』을 즐겨 읽었다고 말했을 때, 유어가 갑자기 흥분하기 시작했다. "뭐라고요! 뤄 기자님도 그 책을 봤어요? 무지 너덜너덜할 텐데, 한 20년은 됐을걸요!"

"어! 신야오가 그 책을 아직도 갖고 있어요?" 쉐펀도 엄청 놀랐다. 책 한 권을 20년간 갖고 있는 게 이상한 일은 아니지만 웬만해서 다시 꺼내들지는 않을 것이다. 그런데 신야오의 여자친구까지 그 책을 봤을 줄이야. 여자친구라고 하니까 말인데, 사실 유어가 자칭 약혼녀라지만 쉐펀은 신야오에게 결혼 이야기가 오가는 중일 거라고는 생각도 못 했다! 좀 실례되는 말이기는 했지만, 신야오는 여자의 환심을 살 줄 아는 사람 같지 않았던 것이다.

"당연히 갖고 있죠!" 유어가 대들듯이 말했다. "그 책엔 신야오의 우상의 사인이 남아 있잖아요. 바로 첫 페이지에 저자 진순신의 사인이 있고 신야오에게 써준 글까지 있어요. 뭐 기자님, 안 봤어요?"

이 이야기가 나오자 쉐펀은 그런 일이 있었다는 게 떠올랐다. 당시 그녀는 진순신에게 관심이 없었기에 인상이 깊지는 않았다. 그런데…… 맞아, 신야오가 이 일을 얘기한 적이 있었지. 전후 인과는 기억나지 않지만, 영화 얘기를 하던 중이었던 것 같다. 곧 화제가 마무리되려던 때 신야오가 "참" 하고 말하면서 『류큐의 바람』을 꺼냈다.

도대체 왜 그랬을까? 쉐펀은 이 화제가 불쑥 튀어나왔다고만 기억하고 있었다. 신야오는 줄곧 그때만을 기다려온 것 같았다. 그는 책에 관해 조금 이야기하다가 속표지를 펼쳐서 보여주고, 거기 쓰인 글자들을 가리키며 어떻게 생각하느냐고 물었다. 그 어린아이 같은 얼굴은 이해와 공감을 구하는 듯했다. 아쉽게도 쉐펀은 그 말을 이미 잊었고, 당시 자기가 어떻게 대답했는지도 잊었다. 솔직히 말해 어찌할 바를 몰랐다는 것만 기억났다. 상대방은 무척 진지했는데, 자기는 그 진지함에 상응할 능력이 없었다. 그래서 도망쳤다.

그 말이 도대체 뭐였길래 신야오가 책 속에 20년 동안이나 조심스럽게 간직해온 걸까?

"본 적은 있는데…… 잘 기억나진 않아요. 자유랑 관계된 말 같았는데요?" 쉐펀이 말했다.

"네, '아무런 국경이 없는 바다는 자유의 상징이다'. 이게 진순신이 어디서 한 말 같더라고요. 신야오가 무슨 수를 썼는진 몰라도 진순신을 찾아가서 그 말을 써달라고 부탁했다고 해요."

아, 맞아. 그 글자는 확실히 그랬다. 유어가 말한 다음에야 쉐펀은 기억이 또렷해졌다. 그 글씨체까지 눈앞에 선했다. 어쩌다 이걸 잊었을까? 신야오는 그때 그토록 진지했는데. 심지어 갈망에 근접한 태도였다. 이는 쉐펀에게 이런 착각이 들게 했다. 자신이 어떤 시기를 놓친 게 아닐까……. 어떤 시기? 그를 구원할 시기, 아니면 이해할 시기? 물론 그녀가 누구를 구원할 의무는 없다. 그러나 생 뚱맞게도 그런 느낌이 들었다.

사고의 흐름을 되돌려보자. 신야오는 사라지기 전에 '바다는 아 주 드넓죠'라고 말했다는데, 설마 이 글과 관련이 있는 걸까……? 아니야, 그냥 우연의 일치일지도. 쉐펀은 이 가능성을 염두에 두 었다.

『류큐의 바람』은 그녀들 사이의 서먹함을 날려버린 듯했다. 유 어가 쉐펀을 부르는 호칭도 부지불식간에 '쉐펀 언니'로 바뀌었다. 그러나 쉐펀은 경계를 완전히 늦추지는 않았다. 정오에 가까워지 자 유어가 항구 근처에 가서 밥을 먹자며 쉐펀을 데리고 갔다. 가 는 도중 쉐펀은 핸드폰으로 신문사의 후배 샤오쑤에게 '중유어'라는 사람과 추가로 몇 가지 문제를 조사해달라고 몰래 부탁했다. 식탁에 앉자 이번엔 유어가 질문할 차례가 됐다.

"쉐펀 언니, 벌써 며칠이나 지났는데 신야오한테 무슨 일이 벌어졌는지, 단서가 있나요? 어떤 단서라도 괜찮아요."

"유감이네요." 쉐펀이 고개를 저었다. 사실 자기가 최선을 다했다고 말할 수는 없었다. 국제적인 문제 및 비행 때의 세부 사항과 관련해서는 다른 동료가 맡고 있었다. 그녀가 자청해서 맡은 부분은 신야오의 실종이 가능했던 이유를 과거로부터 조사하는 것이었다. 그러나 유어가 알고 싶은 건 가장 현실적인 문제일 것이다. 이런 상황에서 신야오는 도대체 어디에 있을까, 무슨 일을 겪었을까. 쉐펀은 아무렇게나 둘러댈 순 없다고 여겨 자발적으로 말했다. "사실 제 동료들이 더 잘 알 거예요. 제가 동료들한테 물어보고 알려줄게요. 제가 여기에 온 건 신야오의 할머니도 여기서 미스터리하게 실종됐다는 얘길 들어서예요. 유어 씨랑 똑같죠. 저, 아니, 제 생각이 더 엉뚱한 망상일 거예요. 저는 이 미스터리한 실종 두 건에 무슨 관계가 있는 건 아닐까, 하고 생각 중이거든요."

돌연 유어의 얼굴에 기묘한 표정이 스쳤다. 마치 누군가가 갑자기 그녀의 그림자를 밟은 것처럼, 그러나 이렇게 훅 들어오게 놔둘 작정은 아니었다는 것처럼 말이다. 쉐펀은 이를 알아차렸지만 내색하지 않고, 뜸을 들였다. 유어가 고개를 끄덕였다. "아, 그랬군요. 쉐펀 언니는 참 대단하네요. 할머니가 실종되신 지도 2년이 넘었는데, 찾아내셨네요."

"사실 별거 아녜요. 신야오의 이모님이 알려주셨거든요."

"신야오의 이모님이요?"

유어는 좀 갈팡질팡하다가 곧 천천히 고개를 끄덕였다. "아, 확실히 이모님이 계셨던 거 같긴 해요. 근데 제가 알기로 그분은 신야오랑 완전히 연락이 끊겼는데요? 상견례 때는 할머니가 오셨고요. 저희가 약혼 얘기를 할 때 신야오도 그 이모님을 초대할 계획은 없어 보였어요."

"실례지만 제가 궁금해서 그러는데, 유어 씨는 신야오랑 어떻게 알게 된 거예요? 불편하면 말 안 해도 괜찮아요."

"그런 건 아니에요. 저흰 학술 세미나에서 만났어요."

"학술 세미나요?" 쉐펀이 눈썹을 치켜올렸다. 이건 진짜로 예상 밖이었다.

"네, 오스트로네시아족에 관한 학술 세미나요." 유어가 고개를 끄덕였다. "전 인류학과 박사생이에요. 그 세미나의 발표자 중 한 명이었고요. 그때 제가 발표한 주제가 '타이완 유래설'이었거든요."

유어는 '타이완 유래설'에 관해 최대한 간단히 소개했다. 타이완 원주민을 포함하는 오스트로네시아족이라는 이 집단은 전 세계에 드넓게 분포한다. 동쪽으로는 모아이 석상으로 유명한 남미대륙 근처의 이스터섬에 이르고, 서쪽으로는 아프리카 옆, 섬에 있는 동식물 90퍼센트가 자생종인 마다가스카르에, 북쪽으로는 우리의 보물섬 타이완에, 남쪽으로는 '길고 하얀 구름의 땅'이라고 불리는 뉴질랜드에 이른다. 이 지방의 거주민이나 원주민은 대부분 오스트로네시아족 언어를 쓴다. 그래서 이들을 오스트로네시아족이라고 통칭한다.

오스트로네시아족이 이렇게 드넓게 분포하므로 학술적인 각도에서는 해상 곳곳으로 이동한 그들의 기점이 어디인지 궁금해하는 게 당연하다. 소위 '타이완 유래설'이란 오스트로네시아족이 타이완에서 사방으로 뻗어갔다는 가설이다. 누군가는 이런 의문을 가질 수도 있겠다. "타이완이 그렇게 중요한가?" 그러나 이 가설은 터무니없는 것이 아니다. 심지어 당대의 인류학자들 사이에서 의견 일치에 가장 가까운 관점이다. 미국의 언어학자 블러스트는 언어학적 관점에서 1256종의 오스트로네시아어를 10개의 어파로 분류했는데, 타이완 원주민의 오스트로네시아어는 그중 9개의 어파를 차지했다. 언어가 가장 다양한 지방은 그 어계의 고향일 가능성이 있다. 타이완은 설령 그 고향이 아니라고 해도 매우 중요한 위치를 점하고 있을 것이다.

그 밖에도 생물학상의 증거가 있다. 7년 전부터 타이완대학 삼림과에서는 태평양 꾸지나무의 혈연에 관한 국제적인 연구 프로젝트를 시작했다. 오스트로네시아족의 문화에서는 꾸지나무의 수피를 벗겨내 두드려서 옷을 만들었으므로 이주할 때 꾸지나무 종자를 가져가곤 했다. 연구자들은 DNA 염기서열 분석법을 통해 태평양 꾸지나무의 족보를 만들고, 오스트로네시아족이 가지고 다닌 꾸지나무의 고향이 어디인지 추적했다. 이 프로젝트의 결과가 최근에 나왔다. 답은 바로 타이완이었다.

유어의 발표 주제는 '타이완 유래설'을 둘러싸고 전개됐다. 발표가 끝난 뒤 한 참석자가 도전적인 어조로 질문했다. 소위 오스트로네시아족이란 것은 서양의 관점이고, 마오리족은 타이완에서 그렇게 멀리 떨어져 있는데, 단순하게 지연으로만 본다면 타이완 원주민은 중국 동남쪽에서 온 소수민족일 가능성이 더 높지 않을까요?

유어는 이 자리에서 이토록 비학술적인 관점을 듣게 될 줄은 예상치 못했다. 그러나 이 사고의 배후에 있는 논리를 추론할 수는 있었다. 타이완은 중국과 분할될 수 없는 일부분이다. 국족國族● 정체성은 개인의 자유라지만, 학술에서는 그로 인한 배임 행위를 해서는 안 된다. 그래서 그녀는 직접적으로 대응했다.

호모사피엔스라는 물종의 이주사를 보면 모든 현대인의 기원은 아프리카다. 이는 미토콘드리아 계보를 근거로 얻은 결론이다. 그래서 정말로 기원을 추적하자면 중국에서 왔다기보다는 아프리카에서 왔다고 하는 게 정확하다. 게다가 고고학적으로 봐도 원주민은 최소한 7000년 전부터 타이완에서 활동했다. 당시에는 중국이라는 개념이 아직 형성되지 않았다. 이주론으로 보면 원주민의 선조가 아시아 대륙을 거쳤을 가능성이 크다는 건 확실하

● 문화적으로 인접한 다른 민족을 정치, 문화 등의 방식을 통해 동일한 국가의 족군으로 만드는 개념. '민족'에 자치권 및 국가의 형태가 반드시 필요하지는 않은 데 비해, '국족'에는 반드시 국가적 실체가 있어야 한다는 차이가 있다.

지만, 이는 현재의 국족주의 아래에서 상상해낸 중국과는 전혀 관계가 없다.

이 답변은 특별하지 않았다. 어디까지나 학계의 상식이었다. 그러나 세미나가 끝난 뒤 한 젊은 남자가 유어를 찾아와서 개인적으로 질문했다. 타이완과 남류큐가 이렇게 가까운데, 이 두 지방 사이에는 문화나 언어상의 관계가 있을까요?

남자가 쓴 '남류큐'라는 단어에 유어는 정신이 번쩍 들었다. 타이완 사람 대부분에게 류큐는 그냥 류큐로, 하나의 덩어리였다. 하지만 사실상 류큐는 북, 중, 남 3개의 문화권으로 세분할 수 있었다. '남류큐'라고 구별해낸 남자는 보통 사람이 아닌 게 분명했다. 그 젊은 남자가 바로 신야오였다. 유어는 그가 학계 사람이 아니라 비행기 조종사라는 것을 알고는 꽤 놀랐다. 그러나 당시 그녀의 답변은 신야오를 만족시키지 못했다.

유어는 이렇게 말했다. 현재의 고고, 문물, 언어 등의 각도에서 보자면 타이완과 남류큐의 관계를 증명할 수는 없다. 그리고 관련성을 알아볼 수 없으므로 무관할 가능성이 비교적 크다고 말해야 할 것이다. 두 지역의 거리가 그토록 가까운 점을 고려한다면 이런 현상은 흔치 않지만, 이와 관련된 토론이 아직은 불충분하다.

원래는 여기서 끝나야 했다. 기껏해야 한 차례의 학술적인 검토고, 학자가 문외한의 질문에 대답한 거였다. 그러나 천신야오의 실망한 표정은 너무나 심각했다. 그는 질의하거나 반박하지도 않고, 자신을 억누르듯 답변을 받아들였다. 그 바람에 유어는 자기가 녀무 성의 없이 대답했나, 하는 경각심까지 들었다. 자기가 류큐 전문가라고 할 수도 없는데, 정말 이토록 단호하게 판단할 자격이 있을까?

"이렇게 하죠. 제가 오키나와에서 유학하는 선배를 알거든요. 루 씨인데, 그 선배를 소개해줄게요. 그분한테 이 질문에 답변해달라고 해보죠."

이렇게 해서 그들의 인연이 한데 엮였다. 유어도 어쩌다 이 청년에게 호감이 생겼는지는 설명하기 어려웠다. 굳이 말하자면 뜻밖의 박식한 지식과 무시하기 어려운 고독감 때문일까? 그들은 함께 오키나와에 가서 그 박사생을 만나기까지 했다. 이는 예상 밖의 여정이었다. 원래 유어는 이메일로 소통하면 충분하다고 생각했지만, 신야오는 얼굴을 보고 질문하고 싶다며 강력하게 피력했다. 나중에야 유어는 이해했다. 신야오에게 이 문제는 서신상의 예의 차린 말만 가지곤 납득할 수 없을 만큼 중요했다는 것을.

다행히 루 선배는 후배인 유어를 생각해 성의껏 대답해주었다.

"사실 기물의 외형으로 보면 미야코宮古, 야에야마八重山 제도를 포함한 사키시마先島 제도의 선사시대 유적지가 타이완의 선사시대 유적지의 문물과 관련 있다고 증명할 수는 없어요. 왜냐하면 너무 단순하거든요. 비슷하다고 말하면 비슷할 수 있긴 해요. 하지만 너무나 기본적인 도구라서 외형이 비슷하다고 해도 이상하진 않아요. 그래서 그걸 증거라고 할 순 없어요." 루 선배는 종이에 석기의 몇 가지 형태를 그려주었다. "그렇지만 사키시마 제도의 시모타바루下田原 시기* 유적지 자체는 신석기시대 전기의 유적지예요. 사실 타이완의 일부 유적지와 비슷한 점이 있긴 하죠. 제가 아직 증거를 완전히 정리하진 못했지만, 그런 유적지에 직접 가서 보면 바로 알 수 있을 거예요. 이런 곳들의 지리적 환경은 타이완 동해안의 유적지와 흡사하거든요. 고도高島**에 있고, 도기도 똑같이 붉은 칠을 했고, 석기도 부분적으로만 가공을 했죠. 무토기無土器 시대***가 되면 취락이 저도低島****로 이동하고, 기물도 조개를 이용해 만든 것을 위주로 썼어요. 이때야말로 타이완과 달라요."

그들은 즉석 고고학 수업을 들은 셈이다. 루 선배는 결론을 내주었다. 남류큐의 시모타바루 시기 유적지는 시간상 화롄花蓮 시커우溪口의 화강산花崗山 유적지와 겹친다. 두 곳의 기물을 고찰하면 두 곳이 비슷한 기술 지식을 갖고 있었다는 것을 알 수 있다. 이것이 바로 교류의 증거다. 루 선배가 말했다. "제 말은, 한 지방에 사람이 있다는 건 분명히 어디선가 이동해왔다는 거예요. 그럼 남류큐의 원주민은 어디에서 왔을까요? 선사시대의 기물을 보면 남류큐와 중국 동남쪽 유적지의 기물은 완전히 다르니까 타이완에서 왔을 가능성이 비교적 크긴 해요."

* 사키시마 제도를 중심으로 한 시대 구분의 하나로, 유토기有土器 시대라고도 하며 약 4300~3500년 전으로 측정된다.

** 높은 산이 있는 섬.

*** 사키시마 제도를 중심으로 하는 시대 구분의 하나로, 12세기경까지로 측정된다. 시모타바루 시기 이후 약 2000년간 사람이 생활한 흔적이 전혀 발견되지 않는 공백기를 거친 뒤, 토기를 사용하지 않았던 시기를 가리킨다.

**** 높은 산이 없는 섬.

그때 유어는 처음으로 신야오의 만족스러운 웃음을 보았다. 그녀는 기뻐함과 동시에 거대한 궁금증이 떠올랐다. 신야오에게는 이 일이 왜 이토록 중요한 걸까?

"저도 궁금하네요. 이 일이 신야오에게는 왜 그토록 중요했을까요?" 쉐펀이 물었다.

유어가 젓가락을 내려놓았다. 우울이 안개비처럼 그녀의 눈 속으로 스며들어간 듯했다. 그녀는 무슨 말을 우물거리다가 급기야 목이 멨다. "제가 신야오의 여자친구이긴 해도 신야오의 심정을 대신 설명할 순 없어요."

그 말에 담긴 뜻은 신야오가 추구하는 답이 모종의 프라이버시와 연관돼 있다는 듯했다. 그러나 유어는 어느 정도 결론을 낸 게 분명했다. 쉐펀은 이를 알아볼 수 있었지만, 성급하게 답을 알아내려 해서는 안 된다는 것을 알았으므로 부드럽게 말했다. "괜찮아요. 그냥 호기심이 좀 생겨서 그랬어요. 마음에 두지 말아요. 참, 천황칭쯔 씨를 뵌 적이 있나요? 유어 씨가 그분 실종 사건의 자초지종을 잘 아는지 모르겠네요. 전 신문 기사 몇 개를 찾아본 게 고작이라서요. 보세요."

쉐펀은 핸드폰에 저장한 기사를 불러와 유어에게 건넸다. 유어는 핸드폰을 건네받아 몇 페이지를 넘겼다. "다 찾아내셨는데요. 근데 가장 일찍 나온 이 기사는 아주 정확하진 않아요……. 신야오도 모든 사정을 얘기한 건 아니라서 기자 탓을 할 순 없지만요."

"무슨 뜻이에요?"

"첫째, 기사에서는 '천 씨는 마신자 설을 강력하게 반대했다'라고 썼죠. 일반적으로 보기엔 신야오가 과학적인 각도에서 미신을 반대하는 것 같죠? 근데 사실은 그렇지 않아요."

"아니라고요?"

"네. 우리 모두 그 상황이 상식적이지 않다는 건 잘 알잖아요. 신야오는 할머니가 귀괴鬼怪*에게 끌려갔다는 설에 반대한 게 아니에요. 그 귀괴가 마신자라고 여기지 않은 것뿐이에요. 그리고 신야오가 말하지 않은 일도 있어요. 3년 전, 신야오는 9월 29일에 할머니를 마지막으로 봤어요. 사실 저와 함께 봤죠. 솔직히 말해서 저도 그게 상식으로는 설명이 안 되는 괴현상이라고 생각해요……."

쉐펀이 눈을 크게 뜨고 얼른 물었다. "무슨 일이 있었나요?"

유어가 뒤이어 말한 내용은 대단히 심상치 않은 일이었다. 그 전까지만 해도 유어는 고작 하루 동안 겪은 일이 그들의 인생에 영향을 끼치리라곤 생각조차 못 했다. 그렇지만 전조가 아예 없었던 것은 아니다. 그들이 난팡아오에 도착했을 때는 열기가 휩쓸고 지나간 성대한 경관이 남아 있어서 꼭 며칠 전에 무슨 큰 행사라도 있었던 것 같았다. 어항 근처에 축제 이후의 쓰레기가 남아 있어서가 아니라, 광란의 분위기는 원래 그렇게 빨리 잠잠해질 수가 없기 때문이다. 특히 지역색이 강한 항구에서는 별다른 조짐이 드러나지 않더라도 투명한 심장이 고속으로 뛰는 것을 느낄 수 있었다.

* 일본의 '요괴妖怪'와 대비되는 타이완 고유의 표현이다.

그러나 유어와 신야오는 이런 기묘한 세부 사항에는 매달리지 않았다. 두 사람이 이번에 난팡아오에 온 건 할머니와 약혼 과정을 상의한다는 중요한 일이 있었기 때문이었다.

사실 그들은 이미 적당한 날짜를 몇 개 골라두었다. 원래는 전화로 할머니의 의견을 물어보면 끝날 일이었지만, 신야오는 시간을 좀더 할애해서 할머니와 함께 있고 싶어했다. 할머니는 그에게 세상에서 유일하게 가족이라고 할 만한 사람이었으니까. 유어는 자기도 곧 이 가족의 일원이 되리라고 생각했다. 두 사람은 팔짱을 끼고 난팡아오에 도착했다. 할머니를 뵈러 가기 전, 우선 연인만에 가서 바닷바람을 쐬며 산책했다. 그 무렵 연인만은 이미 관광지가 되어 있었다. 심지어 어느 안내판에는 여기서 구혼해 성공한 사람도 제법 있다고 쓰여 있기까지 했다. 진짜로 여기서 프러포즈하는 사람이 있을까? 프러포즈에 성공한 사람의 사례를 복제하면, 일생에 한 번이라는 특수성이 어디 있겠어? 이렇게 시니컬하게 생각하긴 했지만, 유어의 마음속은 따스함으로 가득했다. 곧 결혼식장에 들어갈 거라서가 아니라 미래가 예상했던 방향으로 전진하고 있어서였다. 발전을 추구하지 않는 비천한 항해가라 해도 정확한 별을 보았을 때는 기도하고 은혜에 감사할 자격이 있다.

그들은 자기네가 갈 거라고 할머니에게 사전에 알리지 않았다. 그러나 이상하게도 할머니 집에 도착했을 때, 할머니는 일찌감치 그들을 기다리고 있었던 듯했다. 그녀는 일부러 단장한 것처럼 잘 차려입고 있었다. 유어는 할머니를 몇 번이나 봤고, 이 어르신을 좋아했다. 그러나 그 순간, 유어는 할머니의 화사함에 약간의 거리감을 느꼈다. 할머니가 거실이 아닌 2층에서 그들을 엿보고 있는 것만 같았다.

할머니가 웃으면서 인사말을 건넸다. "아이고, 드디어 왔구나! 널 계속 기다렸단다. 자자자, 얼른 앉으렴. 너희한테 줄 게 있단다."

할머니는 자른 수박을 내오고 옆에 은색 숟가락을 놓았다. 수박은 냉장고에서 갓 꺼낸 듯 냉기가 흘렀다. 신야오는 약혼 이야기를 꺼냈지만 할머니는 말했다. "서두르지 마라. 내가 너희한테 줄 게 있다고 했잖니?"

그녀는 천으로 된 상자를 꺼내 손을 넣었다. 문신이 새겨진 깡마른 손은 주먹을 쥐자 흡사 매의 억센 발 같았다. 곧 할머니는 유어의 손을 잡아당겨 무언가를 건네주었다. 산호 목걸이였다. 여기까지 이야기한 유어는 목에 걸지 않고 핸드백 깊은 곳에 숨겨뒀던 목걸이를 쉐펀에게 보여주었다. 소박해 보이는 목걸이는 흰색 산호에 구멍을 뚫어서 엮은 것이었다. 다듬지 않은 산호에는 작은 구멍이 남아 있어서 호흡할 수 있을 것처럼 보였고, 옅은 분홍빛이 은은하게 감돌았다.

그러나 쉐펀은 자세히 들여다보지 않았다. 그녀는 또다른 일을 생각하고 있었다. 당시 천황칭쯔가 유어네에게 했던 말. 드디어 왔구나, 너희에게 줄 게 있어. 이 말은 아까 천황칭쯔의 방에 나타났던 노부인이 했던 말과 똑같지 않은가? 이게 무슨 뜻일까? 쉐펀은 전율을 느낄 수밖에 없었다.

유어의 회상 속에서 천황칭쯔는 또 다른 것도 꺼내 신야오에게 주었다. 흑백 사진 한 장이었다. 할머니가 말했다. "이건 우리 어머니 사진이다. 내가 잘 보관해왔지. 신야오, 이제 너한테 줄 테니까 잘 보관해야 한다."

기모노를 입고 있지만 얼굴 윤곽이 꽤 깊은 여자의 사진이었다. 그녀가 류큐인인 것을 유어가 몰랐더라면 원주민이라고 여기지 않았을까? 여인의 손에는 문신이 있었는데 사진을 찍을 때 가릴 생각이 없었는지 매우 자연스럽게 드러냈다. 얌전하던 신야오의 얼굴에 의혹이 떠올랐다. "앗파, 이건 갑자기 왜 꺼내셨어요?"

할머니는 대답하지 않고 상자를 구석으로 치웠다. "우선 수박 먹고 있거라. 나중에 얘기해주마." 말을 마치자 그녀는 묵묵히 위층으로 올라갔다. 신야오와 유어는 서로를 쳐다보았다. 둘 다 할머니의 태도가 평소와 다르다고 느꼈던 것이다. 그때 유어는 이미 불길한 예감이 들었다. 그녀는 할머니와의 첫 만남을 떠올렸다. 할머니는 그토록 살가웠고, 그녀의 손까지 잡고 이렇게 말했다. "정말 고맙구나. 우리 신야오가 옆에 있어줄 사람을 찾지 못할까봐 내가 얼마나 걱정했는지 몰라. 게다가 박사님이라니! 이렇게 똑똑하다고!" 할머니는 상견례 때도 매우 점잖았다. 그런데 왜 인제 와서 거리감이 드는 걸까? 내가 뭘 잘못했나?

두 사람이 수박을 먹고 나자 신야오가 제 집인 양 쟁반을 주방으로 가져가서 설거지했다. 그들은 거실 소파에 앉아 서로의 손을 잡았다. 신야오는 유어가 조금 불안해하는 것을 알아차리고, 할머니가 그녀를 얼마나 좋아하는지 자기가 안다고 말했다. 아까도 목걸이를 선물하셨잖아? 좋아하지 않는 사람에게 선물하는 경우는 없어. 하지만 유어는 신야오가 자기보다 훨씬 불안해할 수도 있다는 걸 알았다. 그건 말로 설명하기 어려운 어떤 예감이었다. 마치 막 정오가 지났는데 하늘에 노을이 깔린 것처럼, 그런 천체 운동 규칙의 부조화에 모골이 송연해지는 것과 같았다.

시간이 한 단락씩 잘려나갔다. 기다리다 못한 신야오가 말했다. "우리 올라가서 살펴보자." 유어도 동의했다. 사실 그녀도 진작 그렇게 하고 싶었지만, 아직은 남이라서 사적인 공간인 2층에 올라가자고 먼저 말을 꺼내기가 곤란했다. 이 커플은 계단을 오르고 감실을 지났다. 신야오가 일본식 미닫이문 밖에서 '앗파' 하고 외쳤지만 대답이 없었다.

그들은 문을 열었지만 방 안에는 아무도 없었다. 베란다로 통하는 유리문은 잠겨 있었다. 신야오가 유리문을 열었지만 할머니는 베란다에도 없었다. 유어는 소스라치게 놀랐다. 그러고 보니 이 방에서 나갈 방도가 없었다. 베란다는 철창으로 막혔다. 유리문도 잠겼다. 그럼 계단 옆은? 그녀는 신야오를 끌고 계단 옆에 있는 방으로 갔다. 그곳은 창고였는데, 잡동사니로 가득 차 있었지만 밖으로 나가는 통로는 없고 창문 하나만 있었다. 그러나 창문도 잠겨 있었다.

그렇다면 할머니가 어떻게 2층에 없을 수가 있지? 방금 그들은 소파에 앉아 있었다. 만약 할머니가 내려왔다면 그들이 반드시 보았을 것이다!

신야오의 상태도 심상치 않아 보였다. 온 얼굴을 찡그린 채 턱이 고통스럽게 벌어지고 혀가 나온 게 꼭 구토하려는 것 같았다. 이 무시무시한 모습에 유어는 겁이 났다. 그러나 신야오가 유어를 꽉 붙들고 있었으므로 그녀도 그의 섬세한 내면을 지탱해주기로 마음먹었다. 유어는 신야오에게 딱 달라붙어 자기가 곁에 있다는 것을 알리며 작은 목소리로 말했다. "걱정할 거 없어. 아무것도 걱정할 필요 없어. 할머니는 이 집의 주인이잖아. 집 안에서 사라지실 리가 없어! 갑자기 무슨 일이 생긴 바람에 할머니만 아시는 방법으로 방에서 나가신 걸 거야."

신야오는 힘껏 고개를 저었다. 곧 울음을 터트릴 것 같았다. 그는 두 음절을 발음했다. "Shikkii……."

"Shikkii?" 쉐펀은 되풀이해 발음해보았다. 그녀는 이 단어를 들어본 적이 없었다. 발음도 중국어 같지 않았다. 쉐펀은 궁금한 표정으로 유어를 쳐다보았다. "Shikkii가 뭐예요? 이것도 오키나와 방언인가요?"

그러나 유어의 표정을 본 쉐펀은 깜짝 놀랐다. 눈앞의 인류학 박사생은 혼나는 소녀처럼 고개를 푹 숙인 채 감정을 억누르고 있었다. 쉐펀은 지금 이 순간에는 캐묻지 말아야 한다는 것을 깨달았다. 감정을 추스를 시간이 필요할 테니까. 그렇지만 유어의 고백을 기다렸다기보다는 친구와 함께 있어줬다고 해야 할 것이다. 이때의 쉐펀은 기자가 아니었고, 상대방을 후배의 약혼녀로 대하고 있었다. 이럴 때 기자로서의 기교를 발휘해 상대방의 입을 억지로 열었다가는 스스로를 용서하지 못할 것이다.

"쉐펀 언니." 유어가 한숨을 쉬듯 입을 열었다. "신야오는 언니한테 Shikkii에 관해서 말한 적 없겠죠. 신야오가 할머니의 어머니에게 무슨 일이 벌어졌는지 말해준 적이 있나요?"

"아뇨, 들은 적 없어요."

"그럼, 제가 말하면 안 될지도요. 제 추측으로는 그게 신야오의 마음속 깊은 곳에 숨겨진 비밀이거든요. 그저……." 유어는 고개를 저었다. 목소리는 연못에 쏟아지는 비 같았다. "제가 보기에 신야오는 세상의 더 많은 사람이 자기를 이해해주길 바라는 것 같았어요. 그게 너무 흔치 않아서, 아주 힘든 일이라고 해도요. 신야오는 벽에 몇 번이나 부딪혔고, 결국엔 절망했겠죠. 그런데 전 쉐펀 언니라면 이해해줄 수 있을 거라 생각해요. 그러니까 쉐펀 언니한텐 말해줄게요……. 그리고 이 얘기를 듣고 나면 쉐펀 언니도 절 이해해주기를 바라요."

사실상 유어는 지나치게 진지했다. 두 눈에는 상대방을 질식시킬 만한 억압된 분노와 슬픔이 서려 있었다. 그건 절대로 가벼이 받아들일 만한 일이 아니리라. 쉐펀은 이런 표정을 본 적이 있었다. 기자로서 그녀는 무수한 비밀을 지켜왔다. 모든 비밀에는 무게가 있었다. 어떤 비밀들은 사람이 한 발짝도 떼기 어려울 만큼 무거웠다. 바로 그래서 쉐펀은 자기가 이대로 나 몰라라 해서는 안

된다는 걸 알았다. 한 사람이 자기에게 이해를 구할 때, 그녀가 도
망칠 수 있을까? 그녀는 진작 결심했다. 애초에 물러날 공간도 없
었다.

"알았어요. 이해하려고 최대한 노력해볼게요." 쉬펀은 유어의
손을 쥐었다. 유어의 손은 조금 차가웠다. 그 손은 난팡아오의 햇
빛으로도 데울 수 없었다.

7

나는 마신자를 본 적 있다.

나쓰코 오바상은 마신자에게 끌려갔다. 그 이후 칭쯔는 변했다. 아니, 칭쯔뿐만 아니라 그녀의 아버지도 변했다. 당시 리난팡에는 아무 근거도 없는, 악독하기까지 한 뜬소문이 돌았다. 그 사람들은 나쓰코 오바상이 딴 남자와 도망쳤다고 말했다. 칭쯔 아버지는 이런 소리를 들을 때마다 상대방과 끝장을 보려들었고, 그 사람들이 가게에 손님으로 와도 문전박대했다. 처음에는 그를 동정하는 사람도 있었지만 시간이 지나자 그는 도리어 마을 사람들에게 미움을 샀다.

칭쯔 아버지는 마신자를 믿지 않고 투덜댔다. "마신자한테 끌려갔다고 해도, 죽었으면 시체라도 찾아야 할 거 아냐!" 그래서 매일같이 산에 올랐다. 나는 그가 산을 헤매며 나쓰코 오바상을 찾는 모습을 상상해보았다. 죽는 것조차 잊은 떠돌이 영혼 같았으리라. 그는 산에서 돌아온 뒤 위협적인 어조로 사람들에게 경고했다. "시체를 못 찾았으니까 그 사람은 살아 있는 거야. 마신자일 리가 없다고!"

솔직히 말해, 그 모습은 무시무시했다.

그는 나쓰코 오바상을 참 끔찍이 여겼다. 그러나 너무 끔찍이 여긴 탓일까. 그 후 그는 바람 빠진 풍선처럼 순식간에 늙어버렸다. 풍선이 퓨, 소리를 내면서 자취를 감추는 것처럼 그의 시간도 빠르게 흘렀다. 심지어 아내를 잊고, 마신자를 잊은 것처럼 늙어버렸다. 어느 날, 칭쯔 아버지는 별안간 산에 오르기를 그만뒀다. 더는 나쓰코 오바상을 찾지도 않았다. 온종일 말없이 잡화점 안에 틀어박혀 있기는 했으나 관리하는 데 신경을 쓰지도 않았다. 이런 일들은 급기야 아직 소학교를 졸업하지도 못한 칭쯔의 몫이 되어버렸다.

칭쯔가 걱정된 나머지 나는 틈만 나면 거들어주러 갔다. 내가 가게에 들락거리는 게 일상이 되자 마을 사람들도 나중에 칭쯔가 나와 결혼해야 한다고 여겼다. 누군가는 사람이 어려움에 빠졌을 때를 노렸다고 말하겠지만, 난 그럴 생각이 아니었다. 그저 칭쯔를 돕고 싶었을 뿐이다. 게다가 가게에 도움이 필요한 것도 사실이었다. 황 씨네에 사람이 없는 것은 아니지만 이 가게를 돌볼 여력이 있는 사람은 없었다. 처음에는 칭쯔도 나한테 이렇게 많이 도와달라고 할 순 없다고 했다. 그러나 현실을 똑똑히 깨달은 뒤에는 칭쯔도 더는 말하지 않았다. 어쨌든 간에 내가 그 가게에 공헌한 시간에 대해서는 한 점 부끄럼이 없다.

나쓰코 오바상이 실종된 뒤 칭쯔는 자기 어머니가 마신자에게 끌려간 게 아니라고 우겼고, 이건 결혼한 이후에도 마찬가지였다. 이 일 때문에 나는 칭쯔와 평생을 다퉜다. 왜냐하면 난 칭쯔의 망상이 나쓰코 오바상이 남긴 나쁜 영향이라고 생각했기 때문이다. 더 중요한 건, 그렇다, 난 마신자를 본 적이 있다. 그건 나쓰코 오바상이 실종되기 하루 전날 밤의 일이었다. 그날 밤 나는 여기저기 쏘다니고 있었다. 칭쯔 때문에 화가 난 탓이었다.

이 일은 며칠 전으로 거슬러 올라가야 한다. 그 무렵 마을에는 무시무시한 소문이 돌았다. 리난팡에서 항구로 가는 길에 '악당'이 출몰한다는 것이었다. 내가 처음 이 이야기를 들은 건 난팡아오 극장에서였는데, 동급생 쿤쯔가 날 끌고 영화를 보러 갔을 때였다. 어린아이들은 돈이 없지만 얼굴에 철판을 깔고 극장 입구를 가로막고 있으면 마음씨 좋은 어른이 우리를 데리고 들어가주곤 했다.

극장은 만원이었다. 타오르는 것처럼 짙은 영사기의 빛이 거대한 얼굴을 스크린에 비추며 띄엄띄엄 이어졌고, 나방의 그림자도 보였다. 절반쯤 봤을 때 쿤쯔가 한눈을 팔기 시작하더니 비밀을 말하려는 것처럼 내 옆에 바싹 붙었다. 최근 리난팡에서 항구로 가는 길에 밤이 되면 괴인이 나타나는데 뭘 하려는 건진 몰라도 수상쩍게 배회한다고 했다. 또 누가 그 사람에게 말을 걸라치면 멀리 숨어버린단다. 난팡아오는 사람들이 오가는 곳인지라 낯선 얼굴이 있어도 이상하진 않았다. 그러나 리난팡에는 항구가 없었고, 외인도 드물었다. 모두가 서로를 알고 있었기에 낯선 사람은 유난히 눈길을 끌었다.

"우리 아빠는 원숭 아저씨한테 들었대. 이 일을 아는 사람이 많은가봐. 내가 아빠한테 그 많은 사람이 알고 있는데 왜 그 악당을 잡으러 안 가요? 하고 말했더니 어쨌는 줄 알아? 그 입 다물라고 하면서 날 때리더라니까! 진짜 열받아 죽겠어! 여긴 우리 동네인데! 어른들이 용기가 없는 거잖아. 진짜 다들 무능해."

쿤쯔가 딱지를 갖고 놀면서 말했다. 원랜 나도 한 귀로 듣고 한 귀로 흘렸다. 그러나 영화가 끝나고 집으로 돌아오는 길에는 어둠이 하늘가에 늘어진 실처럼 길고 아득하게 드리워 있어 더럭 겁이 났다. 극장에서 리난팡으로 돌아가려면 괴인이 출몰한다는 곳을 지나야 했다. 다행히 쿤쯔가 옆에 있어서 용기를 북돋울 수 있었다. 우리는 가는 내내 큰 소리로 떠들었고, 딱히 수상한 것을 보지도 못했다. 밤에 나는 부모님에게 이 일을 말했다. 아버지가 말했다. "그런 일이 있었어? 내일 밤에 순찰이라도 돌아야겠구나. 악당을 만나면 때려눕혀야지!"

아버지는 대수롭지 않다는 듯 말했지만, 어머니는 조금 긴장하더니 아버지를 구석으로 끌고 가서 속닥거렸다. 천천히, 아버지의 표정이 심각해지기 시작했다. 나는 불현듯 이상하다는 느낌이 들었다. 몽롱한 무형의 어둠에 실체가 생긴 것처럼, 원래는 모호하기만 했던 공포가 눈앞에 닥쳐온 위협이 된 것 같았다. 아버지가 다가왔다. "야오쯔, 내일부터 학교 끝나거든 곧장 집으로 와라. 밖에 싸돌아다니지 말고. 낯선 사람한테 가까이 가지도 마라. 알겠냐?"

"아빠, 그 악당이 누군지 아는 거 아녜요?"

"아니! 당연히 안전에 주의해야지! 아빠 말 들어라, 알겠냐?"

아버지는 뭔가를 감추려는 것 같았다. 하지만 어째서? 그때는 아무리 생각해도 알 수 없었다. 나중에 추측한 거지만 부모님은 경찰이나 비밀경찰이 밀무역 현장을 단속하러 왔다고 생각했던 게 아닐까. 전쟁이 끝난 뒤 난팡아오에는 밀무역 광풍이 불었다. 그 이익만 어마어마했던 게 아니다. 당시 맞은편의 요나구니섬은 해상 밀무역의 중심지였고, 난팡아오와 이렇게 가까운 데다가 양쪽에는 서로 통하는 인맥도 있었다. 기회만 있다면 밀무역에 가담하지 않을 리가 있었겠는가? 아버지는 나와 남동생한테 거들라고 하지 않았고, 밀무역 일을 알리지도 않았다. 하지만 우리가 모를 수 있을까? 학교 친구 중에는 집안에서 하는 밀무역을 거드는 아이도 있었고, 하교 후에는 이런 화제로 떠들어댔는데! 처음엔 나와 남동생도 우리 집은 참여하지 않았다고 추측했다. 그러나 여러 조짐으로 미루어보건대 아이들에게 숨겼을 뿐, 우리 집도 한쪽 발을 담그고 있었을 것이다.

처음부터 아이들에게 숨기기로 결정했다면 끝까지 숨겼을 것이다. 이는 부모님이 왜 설명하지 않았는지에 대한 이유가 되지 않을까? 물론 내 추측일 뿐이다. 어쨌든 민국 40년쯤에는 밀무역도 드물어졌다. 학교 친구들도 정부가 심하게 단속한다며 투덜댔다. 그러니 부모님네가 걱정했던 일도 밀무역하고는 무관할 가능성이 있다.

그들이 그 '악당'에 대해 어떻게 추측했건 간에, 전부 틀렸다. 왜냐하면 그 사람은 경찰도, 비밀경찰도 아니었으니까. 심지어 사람도 아니었다. 마신자였다.

아버지가 쉬쉬하는 바람에 나는 도리어 두려워졌다. 이튿날 하교 후, 나는 곧장 집에 돌아오라는 아버지 말을 듣지 않고 칭쯔와 함께 걔네 가게에 갔다. 나쓰코 오바상은 미소를 지으며 날 맞이해 줬지만, 칭쯔가 투덜댔다. "얜 집에 가서 일할 생각은 안 하고 아침부터 저녁까지 나한테 달라붙기만 한다니까."

나는 얼른 변명했다. "아니야! 요즘 바닷바람이 너무 세서 배가 항구에서 못 나간단 말이야. 집에 내가 거들 일도 없다고!" 나쓰코 오바상이 웃었다. 칭쯔에게는 나한테 좀 상냥하게 굴라고 말했다. 그러나 나는 개의치 않았다. 칭쯔가 그렇게 날 구박하는 게 좋았다. 그날 날씨는 유난히 상쾌했다. 산꼭대기의 햇볕이 바닥에 내리쬐면서 조금 습한 온열이 천막 아래로 들어와, 어머니가 내 머리를 쓰다듬을 때처럼 따뜻해서 기분이 좋았다. 나는 전날 쿤쯔가 말해준, 항구로 가는 길에 밤마다 괴인이 나타난다는 이야기를 꺼냈다. 원래는 칭쯔한테 겁을 줄 심산이었는데 반응이 영 시큰둥할 줄이야.

"그렇구나, 근데 왜 난 못 들었지? 쿤쯔가 너 겁주려고 한 소리 아냐?"

"아니야, 이 일을 아는 사람이 얼마나 많은데!"

"난 몰랐는데? 너희 아빠도 못 들었다면서?" 칭쯔가 말했다. 나는 순간적으로 말문이 막혔다. 내가 대꾸하지 못하자 칭쯔가 날 놀렸다. "봐봐, 쿤쯔가 아무렇게나 한 말을 홀랑 믿었구나. 진짜 바보 같아!"

평소대로라면 나는 칭쯔의 말에 순순히 동조하며 쿤쯔가 날 속이다니 참 못됐다고 웃으면서 말했을 것이다. 그러나 그날따라 어찌 된 영문인지 모욕당한 느낌이 들어 그만 울컥했다. 난 애한테 이렇게 잘해주는데 앤 나한테 어떻게 이럴 수 있지? 그래서 부루퉁하게 말했다. "함부로 말하지 마. 쿤쯔는 내 친구야. 걔가 날 속일 리 없다고!"

"알았어! 알았어! 쿤쯔가 거짓말한 거 아니고, 밤에 진짜로 악당이 나타났어. 엄청 무섭네! 야오쯔, 무서워하지 마. 누나가 지켜줄게." 칭쯔는 그렇게 말하면서 내 머리를 쓰다듬었다. 이게 위아래도 없이 날 애 취급하다니! 난 진짜로 화가 나서 칭쯔의 손을 쳐냈다. "나 갈 거야"라고 내뱉고, 나쓰코 오바상에게 인사도 하지 않은 채 가게 밖으로 달려나갔다가 가기 전에 고개를 홱 돌렸다. "잘 들어. 쿤쯔가 나한테 거짓말한 게 아니라고 증명할 테니까!"

이게 내가 밤에 몰래 나와 밖을 싸돌아다닌 이유였다. 그러나 집에서 나온 지 얼마 안 돼 후회했다. 증명한답시고 큰소리는 탕탕 쳤는데 내가 뭘 어쩔 수 있지? 그 사람을 잡아야 하나? 난 이렇게 작은데, 도리어 잡히면 어쩐다? 사진기가 있다면 악당의 생김새를 찍을 수 있을지도 모른다. 그러나 그런 최신식 물건은 집에 없었다.

맑게 빛나는 달이 슬그머니 웃는 것처럼 동쪽의 작은 동산에서 고개를 내밀었다. 난팡아오로 통하는 길은 카우카우 연못 맞은편에 있었다. 그러나 나는 달빛에 홀려 저절로 동산으로 향했다. 동산의 저쪽 끝은 바다였고, 달빛은 띠풀 뒤에 묻혀 있었다. 나는 동산 꼭대기로 올라갔다. 두 팔을 벌린 듯 양쪽으로 뻗은 해안은 끝이 없어 보였다. 행군하는 것처럼 기슭에 올랐다가 와해되는 파도 소리에 모골이 송연해졌다. 하늘에 걸린 달은 어두침침한 푸른 구름 사이에서 오만하면서도 무정했다. 나는 내가 어리석기 짝이 없다고 느꼈다. 그렇지만 칭쯔 앞에서 잘못을 인정할 수도 없었고, 내가 잘못했다고 생각하지도 않았다. 나는 칭쯔에 대한 분노와 비애라는 복잡한 감정에 빠져들었다.

돌연, 무언가가 바닷가에 나타났다. 달빛이 그것의 그림자를 만들어내자, 그것이 움직이는 것을 볼 수 있었다. 그것은 바다에서 걸어나온 듯 거대한 무게를 끌며 곶의 어두운 그림자 속에서 모습을 드러냈다. 나는 호기심이 들었다. 저건 사람 같은데. 그런데 보통 사람보다 크네. 게다가 어디서 나타났지? 여기엔 배도 없는데, 설마 헤엄쳐서 왔나?

리난팡 밖을 배회하는 악당. 악귀에 대한 상상이 소리 없이 내 머릿속을 가로질렀다. 온몸이 오싹해졌다. 저 사람 닮은 것이 쿤쯔가 말했던 그놈일까? 갑자기 그 사람이 날 보았고, 나를 향해 손까지 흔들었다. 나는 기겁했다. 날 어떻게 발견했지? 설마 달빛이 저 사람만 까발린 게 아니라 나까지 배신했나? 나는 숨어 있던 띠풀 속에서 뛰쳐나와 고개도 돌리지 않고 카우카우 연못 쪽으로 달아났다. 갑자기 어둠이 온 대지를 덮었다. 하늘의 구름도 달빛을 가렸다. 나는 등불도 갖고 나오지 않은 나 자신을 욕할 수밖에 없었다. 빛 없는 세계가 날 놀라게 했다. 온 우주에 내 발소리와 심장 박동, 거친 호흡만 남은 듯했다. 잡히면 안 돼. 얼른 집에 돌아가야 해.

"헤이!"

내 발밑이 붕 떴다. 내가 거대한 손에 잡혔다는 게 느껴졌다. 그놈이다! 어떻게 이럴 수가? 방금 그는 해변에 있었고, 나하고는 최소한 몇백 미터나 떨어져 있었는데! 도대체 얼마나 발이 빠르길래 몇 초 만에 내 곁으로 올 수가 있지? 나는 참지 못하고 비명을 질렀다. 젖 먹던 힘까지 짜내서 온갖 욕을 퍼붓고, 그의 손을 붙잡고 몸부림쳤다. 그런데 이렇게 더듬어보니 느낌이 심상치 않았다. 그건 인간의 손이 아니었다. 손 전체가 원숭이처럼 온통 털로 뒤덮여 있었다.

이놈은 사람이 아니다.

나는 퍼뜩 깨달음과 동시에 온몸에 닭살이 돋았다. 이놈은 사람이 아니야! 어쩐지 이렇게 빨리 올 수 있더라니! 이 사실을 깨달은 뒤 나는 아는 욕이란 욕은 온통 퍼부으면서 몸부림쳤다. 그것이 무언가를 말하는 것처럼 웅얼댔지만, 나는 알아들을 수 없었다. 그것은 자기를 사육하는 사람에게서 도망쳐 나온 성성이와 다를 바가 없었다. 그것이 내 옷깃을 붙잡았지만, 내 목을 조르거나 머리 가죽을 벗길까봐 겁이 나서 얼굴이 있는 쪽을 대강 가늠해 팔다리를 휘적거렸다.

이번엔 효과가 있었다. 그것은 소리를 내진 않았지만 손을 풀었다. 나는 땅바닥에 떨어졌고, 바닥에 구르는 탄환처럼 빠르게 튕겨 올랐다. 눈앞에는 어둠만 펼쳐져 있었다. 나는 달을 저주하고, 도움이 안 되는 별하늘을 저주했다. 그러나 사실 방향은 중요하지 않았다. 중요한 건 그것으로부터 도망치는 것이다! 나는 내려가는 중이었으니까 방향은 맞았다. 그런데 갑자기 몸의 균형을 잃고 '풍덩' 소리와 함께 물속에 빠지고 말았다.

카우카우 연못에 떨어진 게 틀림없었다. 나는 고개를 내밀지도 못하고 숨을 참으며 연못 속에서 천천히 이동했다. 얼마나 지났을까. 더는 숨을 참을 수가 없어 수면으로 떠올랐다. 먹구름이 지나고 다시 달빛이 모든 것을 싸늘하게 비추고 있었다. 사방에서 그것의 그림자는 찾아볼 수 없었다.

그것은 사라졌다. 한 번도 나타난 적이 없었던 것처럼.

그러나 그것은 있었다. 방금 여기에 있었다! 나는 그게 뭔지 안다. 이렇게 빠르게 이동할 수 있고, 온몸이 털투성이인 것, 마신자가 분명했다! 마신자는 온몸이 털로 뒤덮여 있어 새카맣게 보인다고 들었다. 일반적으로는 왜소하다지만 방금의 마신자는 거대했다. 어쩌면 마신자 중에서도 유난히 잘 먹고, 유난히 건장한 놈이 있을 수도 있겠지. 분명 그럴 거야! 나는 겁에 질렸고, 이상하다고 느꼈다. 설마 쿤쯔가 말한 게 사람이 아니라 마신자였나? 아니면 내가 마주친 게 애초에 그 악당이 아니라, 그냥 마신자였던 걸까?

집에 돌아온 뒤 아버지한테 흠씬 얻어맞은 기억이 난다. 어머니가 왜 나갔느냐고 물었지만, 나는 그때 벌어진 일에 대해 입도 뻥긋하지 않았다. 말한들 누가 믿기나 할까? 아니, 그보다는 마신자가 날 놓아주지 않을까봐 겁이 났다. 그 어둠 속 털이 수북한 손이 창밖에서 불쑥 들어와 날 잡아가진 않겠지? 그래서 나는 말하지도, 생각하지도 않았다. 생각하지 않으면 마신자는 오지 않을 테니까. 나는 입을 틀어막고 공포를 뱃속에 삼켰지만, 내 배는 두려움을 감당하지 못했다.

그 이후 나는 벼락에 맞기라도 한 것처럼 생각도 제대로 할 수 없었고, 계속 멍한 상태였다. 머릿속은 그 털이 부숭부숭한 손으로 가득했다. 쿤쯔에게 말할 생각도 없었고, 칭쯔 생각도 나지 않았다. 이튿날에는 아예 꾀병을 부려서 집에 틀어박혔다. 바깥은 햇볕이 쨍쨍했지만 외출하기도 겁났다. 친구와 함께라고 해도 엄두가 나지 않았다. 나는 성성이처럼 거대한 마신자가 난팡아오 극장 문 앞에서 날 가로막고, 날 보자마자 바람처럼 낚아채 산으로 끌고 가서 다시는 돌려보내지 않으리라는 환상에 시달렸다.

인제 와서 하는 생각이지만 계속 그대로 있었다면 난 폐인이 됐을지도 모른다. 가족이 날 데리고 수경收驚*을 하러 가려고 해도 힘

---

* 민간에서 어린아이가 놀랐을 때 아이의 넋을 도로 불러들이는 행위.

껏 떼를 쓰며 울고불고 난리를 피웠다. 그러나 며칠 뒤 일요일이 되자 칭쯔가 찾아왔다. 그녀는 태양이 방 안에 굴러들어온 것처럼 명랑하게 들어와서는 다짜고짜 물었다. 왜 학교에 안 왔어? 나는 그제야 그녀가 생각났다는 듯 굴었고, 그녀가 나를 놀렸기 때문에 눈을 부라렸다. 아직 제정신이 아닌 상태라서 나는 자괴감에 빠질 여력조차 없었다. 칭쯔가 날 침대에서 끌어내렸다. "일어나! 야오쯔. 너 멀쩡해 보이는데! 진짜로 아프더라도 일어나서 걸어다녀야 건강해지지."

칭쯔는 날 끌고 나갔다. 며칠이나 보지 못했던 뜨거운 햇살이 내 눈을 찌르자, 이마에 따뜻한 침이 꽂힌 것처럼 공포가 누그러졌다. 나쓰코 오바상이 문 앞에 서 있었다. 그제야 나는 그녀가 칭쯔를 데리고 온 것을 알았다. 나쓰코 오바상은 잔뜩 들고 온 과일을 어머니에게 떠안기며 내가 평소에 일손을 거들어줘서 고맙다고 했다. 당시 아버지는 없었고, 어머니는 고맙다며 호들갑을 떨었다. 나는 그저 옆에 서 있었다. 불현듯 여기엔 어둠이 발붙일 곳이 없다는 생각이 들었다. 마신자는 물속의 환영 같은 건데, 난 도대체 뭘 두려워한 걸까? 그냥 제풀에 놀란 거잖아! 난 부끄럽고 화가 났다.

"야오쯔, 괜찮니? 몸은 나아졌고?" 나쓰코 오바상이 물었다.

"이젠 괜찮아요!" 나는 정신을 차렸다. 칭쯔는 내 옆에서 맴돌았다. 보아하니 그녀는 며칠 전의 일은 전혀 기억하지 못하는 것 같았고, 나한테 밤에 악당이 출몰한다는 증거를 내놓으라고 하지도 않았다. 칭쯔는 잊어버렸다. 아니면 애초에 그런 일이 없었던 걸까? 모든 것이 꿈이고, 내가 꿈속에서의 충돌을 현실이라고 여긴 것뿐일 수도 있다. 어머니는 내가 기력을 회복한 걸 보고 칭쯔랑 같이 나가서 놀라고 부추겼다. 나는 칭쯔를 따라 카우카우 연못가로 갔다. 날씨가 너무 좋아서 다들 방에 틀어박혀 있는 편이 낫겠다 싶었는지 연못가에는 사람이 전혀 없었다. 다른 아이들은 항구 근처로 놀러 갔겠지? 나는 햇볕 아래의 칭쯔를 보며 마신자는 꿈속의 가장 어두운 구석으로 숨었고, 다시는 나타나지 않으리라고 느꼈다.

나쓰코 오바상도 있었다. 그녀의 질문 때문에 나는 그게 꿈이 아니었다는 것을 의식했다. "야오쯔, 밤마다 밖에 나오는 악당을 찾으러 간다고 했잖니. 찾았어?"

내 얼굴이 시뻘게졌다. 애초에 그 일이 없었다면 얼마나 좋았을까! 다행히 칭쯔는 듣고 있지 않았다. 그녀는 물고기를 찾으려는 듯 연못 속에 서 있었다. 내가 말했다. "없었어요. 전 아무것도 못 봤어요."

"그렇구나, 못 봤다니 다행이네!" 나쓰코 오바상은 안심한 듯 보였다.

"야오쯔!" 칭쯔가 내 옆으로 달려왔다. "우리 숨 참기 시합 안 한 지 오래됐지. 시합하자!"

칭쯔가 꽃보다 순진무구하게 웃었다. 어떤 어려움도 칭쯔를 해치지 못할 것 같았다. 나는 저도 모르게 상상의 나래를 펼쳤다. 칭쯔 곁에 있을 수만 있다면 세상은 영원히 평화롭지 않을까? 이런 근거 없는 생각이 그때의 나에겐 진리처럼 느껴졌다. 칭쯔를 보며 나는 고개를 끄덕였다. 칭쯔가 윗옷을 벗었다. 과거의 우리는 늘 그렇게 했다. 연못 바닥으로 잠수할 건데 윗옷을 벗지 않아서야 되겠는가? 그러나 우리가 시합하지 않은 지도 한참 됐다. 어째서인지 몰라도 나는 얼굴이 확 빨개지고 심장이 쿵쿵 뛰었다. 수치심이 온몸으로 퍼졌다. 칭쯔는 자연스럽게 연못 가운데로 걸어가서 고개를 돌리고 말했다. "너 왜 그래? 얼른 들어와! 안 들어오면 시합할 수가 없잖아!"

나는 어색하게 옷을 벗고 혼탁한 카우카우 연못으로 천천히 걸어 들어갔다. 풍만하고 반짝이는 태양이 수면의 잔물결을 칭쯔의 몸에 비춰 그녀의 온몸을 빛나게 하자 마치 작은 금색 뱀이 꿈틀대는 것 같았다. 그때의 칭쯔는 고작 소학생이었는데 그녀의 깊은 얼굴 윤곽은 성인 같아서 몇십 년 후의 그녀를 연상하게 했다.

"칭쯔, 야오쯔, 둘 다 조심해라!"

나쓰코 오바상이 연못가에 앉아서 외쳤다.

"엄마! 우리 둘 중 누가 이기나 봐줘요!" 칭쯔가 목청 높여 말하고는 고개를 연못에 담갔다. 나는 우리가 물안경을 갖고 있지 않다는 게 떠올랐다. 근데 그게 무슨 상관이람. 물안경이 없다고 잠수를 못 하나? 나도 머리를 담갔다. 어째서인지 몰라도 연못 물에 내 정수리가 잠기던 그 짧은 순간, 더럭 어떤 예감이 들었다. 우리 관계는 영영 바뀌리라. 원래 난 고민하고 있었다. 여름이 오면, 학기가 끝나면, 칭쯔와 함께 등교할 구실이 없는데, 그때 우린 어떻게 해야 하지? 그나저나 칭쯔는 걱정되지 않는 걸까? 칭쯔는 날 어떻게 보고 있을까, 나와 계속 함께 다닐 생각은 해봤을까?

물속에 있는데도 내 온몸에서는 열이 났다. 머릿속은 두서없는 생각으로 가득했다. 안 돼, 생각하지 말자. 이따가 밖에 나가면 꼭 이 문제들을 단숨에 물어봐야겠어……. 아니, 아니지, 이건 시합이 잖아! 이렇게 하자. 내가 이기면 칭쯔의 생각을 물어보자! 그래서 나는 평소보다 더 참으려고 노력했다. 입도 틀어막고, 코도 손으로 꽉 쥐었다. 시간이 얼마나 흘렀을까. 나는 지면을 힘껏 박차고 수면 위로 올라왔다.

둥그런 태양이 하늘 높이 걸려 있었다. 나는 얼굴의 물기를 닦아내느라 곧바로 눈을 뜨진 못했지만, 실눈으로 보면서 크게 실망했다. 칭쯔가 아직도 카우카우 연못 속에 있었던 것이다. 수면은 그 아래 사람이 없는 것처럼 평온했다. 이번엔 내가 졌다. 약 10초 후 칭쯔가 물속에서 솟아났다.

"이번에 내가 이겼어!" 칭쯔가 기뻐하며 말했다. "엄마, 보세요! 제가 이겼어요!"

칭쯔는 기슭 쪽을 쳐다보더니 표정이 조금 이상해졌다. 나도 그쪽을 보았다. 연못가에는 아무도 없었다. 나쓰코 오바상이 어디로 갔는지 알 수가 없었다. 어떻게 된 거지? 우린 서로의 얼굴만 쳐다보았다. 그때는 딱히 무섭지 않았다. 나쓰코 오바상이 어디로 간지 모르는 것뿐이었으니까. 경우의 수가 너무나 많았다. 갑자기 무슨 일이 생각난 바람에 그 일을 하러 갔을 수도 있고, 친구를 만난 김에 다른 곳으로 자리를 옮겨 대화를 나누는 것일 수도 있었다. 그러나 자세히 생각해보면 이 일은 심상치 않았다.

나와 칭쯔는 카우카우 연못 속에서 숨을 참고 있었다. 아무리 애써도 2분이면 긴 거였고, 3분을 넘을 가능성은 거의 없었다. 그러나 나쓰코 오바상이 방금 있던 위치에서는 항구 방향으로 가든, 산을 오르든, 동산을 넘어 바닷가로 가든 전부 3분 안에 도달할 수 없었다. 그러나 우리의 눈길이 닿는 사방 모든 곳에서는 나쓰코 오바상의 종적을 찾을 수가 없었다. 설마 나쓰코 오바상은 우리 시야에서 사라질 만큼 빠르게 이동할 수 있었던 걸까?

불가사의한 속도였다. 나는 며칠 전에 벌어진 일이 갑자기 떠올랐다. 마신자는 순간적으로 내 곁에 다가왔다. 내 심장이 더욱 빠르게 뛰었고, 온몸이 싸늘해졌다. 엄청 더운 날이었는데도! 칭쯔는 카우카우 연못에서 뛰쳐나와 기슭으로 올라가며 크게 소리쳤다. "엄마! 엄마! 어딨어요?"

나도 따라서 소리쳤다. "나쓰코 오바상! 들리세요? 어디 계세요?"

바람 소리와 파도 소리가 무척 아득했다. 봄인데도 평소와 달리 산에서 매미 울음소리가 들려왔다. 우리는 연못가에서 불안해하며 외쳤다. 얼마 안 돼 연못가에 사는 사람들이 집에서 나왔다. 상황을 안 뒤 그들도 사람 찾는 것을 도와주었고, 우리가 보지 못한 사각지대나 집의 뒤쪽, 내부까지 찾아봐주었다. 칭쯔는 점점 불안해했다. 그녀도 이 일이 얼마나 이상한지 알아차린 듯했다.

곧 나쓰코 오바상이 대낮에 사라졌다는 소식이 온 리난팡에 퍼졌다. 어머니는 이 사건을 들었을 때 놀란 나머지 말문이 막혔다. 방금 정오에 만났는데! 밤이 되자 칭쯔 아버지가 그녀를 데리고 항구 옆 경찰서에 가서 신고했다. 리난팡에 남은 사람들은 이러쿵저러쿵 입방아를 찧었다. 나한테는 아이들만 캐물은 게 아니라 어른들도 시시콜콜 모조리 다 털어놓으라고 들볶았다. 그리고 나는 말할수록 나쓰코 오바상이 이렇게 짧은 시간 안에 사라질 수 없다고 느꼈다.

마신자다.

모골이 송연해지고, 머리카락도 곤두서다시피 했다! 이 일은 의심의 여지 없이 마신자의 소행이었다. 며칠 전, 마신자가 리난팡에 왔다. 지금 그게 나쓰코 오바상을 데리고 간 거야. 그런 게 틀림없어! 나는 두려운 나머지 덜덜 떨었고, 동시에 조금 흥분했다. 마신자에게 끌려갔다면, 구원의 여지가 없는 건 아니었다! 산으로 끌려갔을 뿐일 수도 있다. 똥을 먹게 될 수도 있지만 살아 있을 가능성이 있다! 틀림없다. 기도하면 될 것이다. 성황신에게, 마조에게 기도하면 신명이 나쓰코 오바상을 평안하고 무사하게 돌아오도록 지켜줄 것이다! 얼른 칭쯔에게 알려줘야지.

그러나 다음 날, 칭쯔가 보이지 않았다. 평상시 우리는 함께 등교했으므로 그날 황 씨네 집 문을 두드렸는데 안에서는 아무 소리도 나지 않았다. 나는 걱정하면서 다른 학생들과 함께 극장으로 갔다. 머릿속은 온통 칭쯔의 일로 가득해서 수업에도 집중할 수가 없었다. 하교 후 나는 곧장 칭쯔를 찾으러 갔다. 그러나 칭쯔네 집에도, 황 씨네 가게에도 그녀의 그림자조차 없었다. 나는 전쟁이 끝난 뒤 칭쯔가 송환될까봐, 내 형처럼 사라져버릴까봐 걱정했던 게 떠올랐다. 설마 그런 악몽이 이제야 현실이 된 걸까? 아니면 칭쯔도 마신자에게 끌려간 걸까? 생각할수록 두려워졌다.

나는 동산으로 달려갔다. 바닷가에 드문드문 있는 몇 사람 중에서 칭쯔를 한눈에 알아봤다. 항구 옆으로 해가 지고 있었다. 석양이 붉게 물들기 전이라 바닷가의 하늘에는 쓸쓸한 짙푸른 색이 남아 있었다. 나는 칭쯔를 향해 달려갔다. 회상의 어느 단락이 흩날리는 안개처럼 내 뺨과 귓구멍을 나란히 스쳤다. 그날 칭쯔의 손에 발려 있던 문어 먹물. 먹물은 본디 문신의 형상이므로 바닷물로 씻기만 하면 사라질 터였다. 그러나 이 몇 년간 칭쯔의 손에는 기묘한 검은 도안이 느릿느릿 자라났다.

나는 조금 두려워졌다.

이건 내 회상이다. 회상이 어쩜 이렇게 생생할 수가 있지? 나는 불가사의함과 두려움을 느꼈다. 왜냐하면 앞으로 벌어질 일도 잘 알았기 때문이다. 이제부터의 대화는 우리의 평생을 얽맬 것이다. 우리는 늘 이것 때문에 상대방을 찢어버릴 기세로 말다툼하곤 했다.

회상 속의 나는 그녀 곁으로 다가갔다. 그때 칭쯔는 손등의 문신을 보고 있었다. 손바닥은 바다를, 해수면 끝자락의 섬을 향하고 있었다. 칭쯔를 본 것만으로도, 칭쯔가 사라지지 않은 것을 안 것만으로도 내 마음속에서는 담담한 기쁨이 솟아올랐다.

"칭쯔." 나는 조금 헐떡거렸다. "걱정 마. 너희 엄마는 마신자에게 끌려간 거야. 괜찮아. 걱정되면 성황신한테 가서 너희 엄마를 구해달라고 빌자. 우리 같이 가면 어때?"

칭쯔는 작은 목소리로 대답했다. 그러나 그녀의 목소리가 해풍과 파도에 덮여 제대로 듣지 못했다. 사실 그때 나는 조금 두려웠다. 칭쯔가 한 말이 이제껏 내가 들어본 적이 없는 언어 같았기 때문이다.

"뭐라고? 너 뭐라고 했어?"

내가 큰 소리로 물었다.

"내 말은, 우리 엄마는 마신자에게 끌려간 게 아니야." 칭쯔가 고개를 돌리고 조용히 날 보았다. 목소리는 노래하는 것 같았다. "엄마는 Shikkii가 데려간 거야."

8

연인만에서 바다에 가장 근접한 인도 옆에는 카페가 다닥다닥 붙어 있었다. 그 모습은 거대한 어린아이가 그것들을 들어올렸다가 모형 삼아서 한꺼번에 눌러버린 것 같았다. 이런 카페들은 아름다운 해안 경관을 주력으로 삼았고, 이를 내세우지 않는 건 소수의 카페뿐이다. 그런 카페들에는 대도시 카페의 현대적이고 산뜻한 분위기는 없지만 시간에 의해 선별된 느낌이 있었다. 낡지는 않았으나 바닷바람을 견뎌낸 자태는 그 카페들이 실제보다 좀더 고풍스러워 보이게 했다. 유어와 쉐펀은 그중 한 군데를 골라 들어갔다. 방금 식사했던 식당은 좌석 회전이 빨라서 오래 앉아 있을 수 없었다. 이 카페는 사람이 적어서 쉐펀이 보기엔 대화하기에 안성맞춤이었다. 사람이 많으면 신경 쓸 게 많아져서 어떤 이야기는 입밖으로 내기 어렵다.

자리에 앉은 뒤 유어는 아까의 화제를 이어가며 Shikkii에 대해 말하기 시작했다.

"Shikkii는 류큐에 전해지는 전설인데 가타카나로 '싯키シッキ─'라고 쓰고, 히치, 시키, 히키, 시치 등으로 읽기도 해요. 발음은 다 비슷하죠." 유어는 핸드폰으로 일본어를 입력한 뒤 쉐펀에게 보여주었다. "전설에 나오는 이런 요괴는 사람을 잡아가요. 일본에서 '가미카쿠시神隠し'•라고 하는 건 보통 여우나 덴구天狗••의 소행이죠. 그런데 류큐에서는 대부분 싯키에게 끌려가요. 구니가미國頭 지방에서 싯키에게 끌려간 사람은 정신이 혼미해져서 자기가 어디에 있는지도 몰랐다가, 나중에 400킬로미터나 떨어진 지방에서 발견됐다고 해요."

쉐펀은 화제가 '요괴'로 흘러갈 줄은 생각지도 못했다.

여기로 오는 길에 쉐펀은 유어로부터 신야오의 진외조모, 즉 천황칭쯔의 어머니인 위청샤쯔 역시 불가사의한 상황에서 실종됐다는 이야기를 들었다. 이 가족이 예전에도 이런 종류의 기이한 사건을 겪었다고? 쉐펀은 불가사의하다고 느끼면서도 좀 망연해졌다. 어쩐지 처음에 자기가 신야오와 천황칭쯔의 실종을 한데 묶어서 말했을 때 유어가 말을 하려다 말더라니. 여기에 위청샤쯔의 기이한 사건까지 더하면 이 가족은 저주에 걸린 것 같아서, 쉐펀의 직

<hr>

• 신적인 존재에 의해 사람이 숨겨졌다는 뜻의 옛 관용 표현으로, 근현대에도 기이한 실종 사건이 벌어졌을 때 사용되곤 한다.

•• 일본의 깊은 산에 산다는 요괴의 일종. 얼굴이 붉고, 코가 길며, 날개가 달린 형태로 나타난다.

감에는 딱 들어맞았다. 그런데 진짜로 '요괴'에게 잡혀갔다고 동의
해야 할까?

화제가 '싯키'로 돌아간 건 위청샤쯔는 마신자가 아닌 싯키에게
잡혀갔다고 천황칭쯔가 굳게 믿었다는 이야기를 유어가 들려줬
기 때문이다. 이 싯키는 천황칭쯔 본인이 실종됐을 때 신야오가 곧
바로 떠올린 '배후의 존재'이기도 했다. 그는 왜 그런 연상을 했을
까? 쉐펀은 방금 유어의 소개를 들으니 싯키와 마신자 둘 다 사람
의 정신을 잃게 하고, 길을 헤매게 만든다는 것을 어렵지 않게 알
수 있었다. 쉐펀이 물었다. "그러니까 이 싯키가 마신자와 비슷하
다고요?"

"제 전공은 민속학이 아니라서 단정할 순 없지만, 신야오를 위
해서 알아보려고 했어요. 싯키 전설에는 이런 게 있어요. 싯키를
만나면 싯키가 '팥밥' 먹을래 '쌀밥' 먹을래, 하고 물어본대요. '팥
밥'을 먹겠다고 하면 붉은 흙을 먹게 되고, '쌀밥'을 먹겠다고 하면
건조한 파도 거품을 먹게 돼요. 어쨌든 먹을 수 없는 거예요. 이게
바로 마신자가 피해자를 농락할 때 흔히 부리는 수작이 아닌가요?
피해자는 자기가 닭 다리를 먹은 줄 알지만 실제로는 흙이나 잡초,
분변을 먹은 거죠. 그뿐만이 아니에요. 『오키나와 민속沖繩民俗』의
「헨자平安座섬 조사 보고」를 보면 이런 얘기가 나와요. 한 아이가
양부모에게 학대를 당하자 바닷가로 달려가서 울었는데, 어부로
변신한 싯키가 아이를 데려가버렸어요. 아이가 사라지자 아이의
가족은 류큐 전통의 무당인 '노로祝女'에게 해결해달라고 부탁했

죠. 사흘 뒤 노로는 술법을 써서 무인도에 숨었어요. 그리고 여드 레째 되던 날, 어부로 변신한 싯키가 아이를 데리고 나타났죠. 그 러자 사람들을 데리고 매복해 있던 노로가 법술로 싯키의 변신을 풀었어요. 그 아이는 싯키의 본모습을 보자 울면서 도망쳤고, 싯키 는 노로의 법술에 당해 쫓겨났어요. 싯키는 변신할 수 있는데, 이 것도 마신자가 자주 쓰는 수법이에요. 마신자가 피해자에게 음식 을 대접할 때는 평범하고 무해한 모습으로 변신하잖아요? 그리고 종교 세력의 도움을 받아 마신자에게 잡혀간 사람을 찾아내는 일 은 타이완에서도 흔하고요.”

쉐펀은 조금 놀랐다. 둘이 비슷한 점이 있는지 묻긴 했지만 이 렇게까지 비슷할 줄은 몰랐다. 그녀는 저도 모르게 말했다. “그러 니까 마신자와 싯키는 동일한 존재고, 타이완과 오키나와에서 부 르는 방식이 다를 뿐인가요?”

유어는 고개를 저었다. “꼭 그렇다고 할 순 없어요. 비슷하다고 하면 비슷한데, 류큐의 수많은 문헌 속에는 확연히 다른 기록도 있 거든요. 야나기타 구니오柳田國男의 『어촌어휘漁村語彙』에서는 돗자 리를 들고 밤길을 걷거나 빗을 머리에 꽂은 채로 다니면 싯키에게 잡혀간다고 하는데, 타이완에는 그런 설이 없어요. 가장 차이가 나 는 건 기카이喜界섬에 전해오는 설인데, 거기선 싯키가 난산으로 죽은 여성이 변한 거라고 해요. 어떤 지방에서는 싯키가 하늘과 땅 을 잇는 연기와도 같은 기둥이라고 하고요. 기카이섬과 요나시로 與那城에는 전부 그런 전설이 있어요. 나카구스쿠촌中城村에서는 싯키가 길고 검은 장대 같아서 사람을 만나면 점점 더 길어지다가 쓰러지면서 싯키를 만난 사람을 죽인다고 했어요. 류큐에는 「이십삼야대인二十三夜大人」이라는 동화가 있는데, 여기서는 검은색, 흰색, 노란색 세 가지 색깔의 싯키가 주인공 앞을 가로막아요. 주인공이 노란색 싯키를 칼로 베면 싯키는 사라지고 황금만 남죠. 이건 우리가 잘 아는 마신자와는 완전히 달라요.”

“그러니까 둘이 완전히 다른 거다?”

“쉐펀 언니.” 유어가 진지하게 말했다. “둘이 같은 건지 다른 건지를 따지기는 어려울 거예요. 전설이란 여러 형태로 변형되잖아요. 싯키가 류큐에서 워낙 유명하니까 다른 전설이 싯키에 흡수됐을 가능성도 있고요. 타이완에서도 ‘마신자’가 모든 ‘대물자歹物仔’[•]를 대신할 때도 있잖아요? 비전형적인 귀신의 농간을 마신자의 짓이라고 하기도 하고요. 이것도 같은 이치겠죠. 전설 자체만 보면 다른 점이 많긴 하지만, 가장 주요한 이미지인 ‘사람을 홀려서 저도 모르는 새 다른 장소로 데리고 갈 수 있다’라는 점만은 의심의 여지 없이 매우 비슷하죠. 실제로 타이완 한인과 류큐인뿐만 아니라 원주민에게도 매우 유사한 전설이 전해지기도 하고요.”

“네? 진짜로요?”

“네, 사키자야족에게는 죽은 사람의 환영으로 변할 수 있는 ‘랄리메나Lalimenah’라는 게 있어요. 잠자는 사람을 먼 곳으로 데리고

• 타이완에서 귀신이나 불길한 것을 부르는 표현.

가서 길을 잃게 하거나 나무 위에 올려놓아서 내려오지 못하게 하
죠. 일본 시대의 인류학 문헌을 보면 랄리메나는 사람한테 쇠똥,
초목, 벌레 같은 걸 먹이기도 했대요……. 보세요. 이것도 마신자
와 아주 비슷하죠?"

확실히 비슷했다. 이런 이야기를 듣고 있으려니 쉐펀은 저도 모
르게 닭살이 돋았다.

"사야마 유키치佐山融吉의 『생번전설집生蕃傳說集』에 실린 「요
괴의 손」 편에는 이런 얘기가 기록돼 있어요. 타이중臺中 허핑구
和平區의 아타얄족 소녀가 밤중에 신비한 손에 이끌려 밖으로 나
갔다가 결국 커다란 나무 위에서 발견됐죠. 그러나 소녀는 구출
된 뒤 너무 놀란 나머지 벙어리가 돼버렸어요. 마신자의 사례 중에
는 피해자가 놀라서 바보가 되거나, 말을 하지 못하게 된 케이스
도 있어요. 핑둥屛東 파이완족에게는 마찬가지로 '우야우야츠마스
Wuyawuyatsumas'가 사람을 산으로 홀려 쇠똥을 먹인다는 이야기
가 있고요. 타이둥臺東의 아미족, 푸유마족에게는 '사라우Saraw' 전
설이 있어요. 일본 통치 시대의 문헌에 따르면 사라우를 본 사람은
까무러치거나 미친다고 해요. 사라우 역시 사람을 산속으로 잡아
가서 숨겨두죠. 이렇게 사람이 이성을 잃게 만들거나 사라지게 하
는 현상은 마신자와 유사해요. 하나 짚고 넘어갈 만한 게, 문헌에
나오는 사라우는 매우 키가 큰 마귀래요. 심지어 하늘만큼 크대요.
보세요. 이건 류큐의 어느 지방에 전해지는 싯키 전설과 유사하지
않나요?"

쉐펀은 일순간 부하가 걸렸다. 정보량이 지나치게 많았다. 게다가 죄다 모골이 송연해지는 전설이었다. 물론, 그녀는 극도로 공포스러운 일을 직접 겪긴 했다. 그러나 이렇게 같은 유형의 전설을 잇달아 받아들이기는 부담스러웠다. 원래 쉐펀은 마신자가 한 인 고유의 전설인 줄로만 알았다. 그런데 지금 유어의 말을 들으면 원주민 사이에도 이런 유형의 이야기가 전해지고 있으며, 오키나와에도 같은 유형의 전설이 있다지 않는가? 그야말로 세상에 마신자가 진짜로 있는 것만 같았다. 그러니까 서로 다른 족군에게 같은 일이 일어나는 것이다. 그저 다른 이름으로 부를 뿐.

아니지, 이건 좀 아닌 것 같은데? 쉐펀은 자신을 일깨우려는 듯 고개를 저었다. 어쩌다 괴이한 마신자 전설에 홀렸담? 내가 여기에 온 건 천신야오의 사건을 조사하기 위해서였을 뿐인데? 신야오가 불가사의하게 사라진 방식이 마신자의 농간과 흡사하긴 하지만, 이런 민속학 지식들이 정말로 도움이 되긴 할까? 하지만 그녀는 한편으로 어렴풋이 무언가를 짚은 듯했다. 마치 신야오의 비밀이 진짜로 마신자의 안개 속에 숨겨져 있어서, 이 한 치 앞도 보이지 않는 '은밀함' 속으로 손을 뻗기만 하면 진상을 찾아낼 수 있을 것만 같았다. 아니면 도리어 마신자에게 잡혀가서 산속으로 사라지거나.

"유어 씨, 지금까지 해준 얘기는 무척 흥미로웠어요. 그런데 전 아직도 잘 모르겠네요. 유어 씨는 신야오가 마음속 깊은 곳에 비밀을 감추고 있다고 했죠. 이런 요괴 얘기가 신야오의 그 비밀과 무슨 관계가 있나요?"

유어는 자기도 무슨 말을 하는지 확신하지 못하는 것처럼 고개를 숙이고 생각에 잠겼다. 그녀 역시 쉐펀처럼 기묘함을 느끼고, 자기가 한 이야기 속에서 두서를 찾으려는 것 같았다. "쉐펀 언니는…… 할머니가 왜 당신의 모친, 위청샤쯔는 싯키에게 잡혀갔다고 믿었다고 생각해요?"

이게 무슨 문제라고? 쉐펀은 직감적으로 이렇게 생각했다. 실종을 어떤 요괴의 농간이라고 해석하든 그건 각자의 자유가 아닐까? 과학적인 해석을 찾으려는 것도 물론 가능하다. 그러나 이 문제에 관해서라면 아무런 의미가 없지는 않다는 느낌이 어렴풋이 들었다. 어째서 마신자가 아닌 걸까? 아니면 이렇게 물을 수도 있을 것이다. 사키자야족의 랄리메나 아미족의 사라우도 이런 일을 할 수 있다는데, 왜 이런 귀괴의 짓이라고 하지는 않는 걸까? 천황칭쯔가 이런 것들 대신 싯키를 선택한 데는 명확한 이유가 있을 터였다. 불현듯 쉐펀은 천황칭쯔의 손에 새겨진 문신을 떠올렸다.

"……왜냐하면 천황칭쯔 씨가 오키나와 혈통이라서, 인가요?"

유어는 고개를 가볍게 끄덕였다가 곧 살짝 저으며 부정했다. "죄송해요. 틀렸다고 말하려는 건 아니에요. 그저, 제가 현장에 없는 사람의 발언을 대신할 순 없다고 느껴서 그래요. 이건 전부 제 추측이죠. 방금 쉐펀 언니가 제기한 설은 제 추측에 접근했어요. 그러나 혈통 때문은 아니에요. 할머니는 확실히 절반은 류큐 혈통인데 신야오는 고작 8분의 1이에요. 신야오의 어머니에겐 아미족 혈통이 섞였고요. 그런데도 신야오는 여전히 할머니가 싯키에게 끌려갔다고 생각해요. 사람들이 자기 배경을 상상할 때 꼭 혈통과 연관 짓는다고 볼 순 없는데도요."

인류학자가 속삭이듯 나지막하게 말했다.

"신야오가 태어났을 때…… 신야오의 할아버지는 세상을 떠난 뒤라서 신야오는 할아버지를 본 적이 없었고, 조부모님이 평소 사이가 어땠는지도 몰라요. 그런데 할머니는 신야오에게 자주 그 일을 얘기했다고 해요. 신야오의 진외조모님이 실종된 원인에 관한 얘기가 나왔다 하면 할아버지와 할머니는 늘 크게 다퉜다는 거예요. 할아버지는 할머니한테 분명 마신자가 한 짓이라고 말했대요. 여기는 타이완이지 류큐가 아닌데, 싯키가 무슨 수로 여기서 농간을 부린단 말이야? 그런 외국 미신을 타이완에 갖고 오지 말라고까지 했다네요. 할머니는 타이완에 있어도 당신의 어머니는 류큐 사람이니 당연히 싯키에게 잡혀간 거라고 했고요. 싯키는 사람을 몇백 킬로미터 밖에서 헤매게 할 수도 있는데, 바다를 건너지 못할 리가 있겠어? 하고 말했다죠. 신야오 말로는 할머니가 자기에게 이 얘기를 할 때마다 그리움이 아니라 용서할 수 없다는 감정을 드러냈대요. 할아버지가 할머니한테서 중요한 것을 빼앗아갔다는 것처럼요."

쉐편은 조금 놀랐다. 사실 첫 번째로 든 생각은 그다지 대수롭지 않다는 거였다. 이게 싸울 만한 일인가? 사람이 사라졌다면 가장 중요한 건 상실의 고통이 아닐까? 누구의 소행인지, 어떻게 일어났는지를 따지는 게 무슨 의미가 있을까? 그러나 주변 사람들은 대수롭지 않게 치부하는 일이 당사자에게는 매우 중요한 일일 수도 있다. 그러니 여기에도 그녀가 참견할 여지는 없다. 그녀는 이해하려고 시도해야 했다.

"유어 씨 뜻은…… 신야오가 할머니 손에 자랐으니까 할머니를 믿고, 이런 실종 사건이 싯키의 소행이라고 굳게 믿는다는 거예요?"

쉐펀은 본인이 말하고도 좀 황당했다. 설마 신야오는 같은 유형의 모든 괴사건을 싯키의 소행으로 여기는 걸까? 그렇다면 마신자와 싯키는 이름만 다르지 동일한 존재이므로 전혀 따질 필요가 없다. 예를 들어 학명이 Serpentes인 것을 중국어로는 '蛇'라고 하고 영어로는 'snake'라고 한다. 사람이 뱀에 물렸는데, 사람들이 '蛇'에 물렸는지 'snake'에 물렸는지를 따지는 건 황당함의 극치가 아닌가?

그러나 신야오가 어떤 실종은 싯키의 소행이고, 어떤 건 마신자의 소행이라고 특별히 구별한다면 상황은 달라진다. 유어는 천황칭쯔의 실종을 다룬 신문 보도가 정확하지 않다고 말했다. 왜냐하면 신야오는 과학적인 각도에서 마신자를 부정한 게 아니라, 이 현상이 이상 현상이라는 데는 동의하면서도 마신자의 소행이라는 것을 부정했기 때문이다. 그 말인즉 신야오의 주장은 싯키가 천황칭쯔를 끌고 갔다는 것이다. 이 주장에는 도대체 어떤 의의가 있는 걸까? 만약 신야오가 모든 괴이한 실종 사건을 두고 '이건 싯키가 한 거야'라고 말한 게 아니라면, 천황칭쯔 실종 사건의 특수한 점은 무엇일까?

어떤 생각이 종유석 동굴의 차가운 물방울처럼 똑 떨어지면서 쉐펀의 머릿속에 화면을 그려냈다. 어떤 특수한 점이 있을까? 문신, 천황칭쯔와 남편의 말다툼이 떠올랐다. 천황칭쯔는 무언가를 빼앗긴 듯했다. 그게 무엇일까?

쉐펀은 퍼뜩 떠올렸다. 신야오가 싯키의 농간이라고 고집하는 이유가 설마 천황칭쯔의 이유와 같을까? 위청샤쯔는 오키나와 사람이니까 반드시 싯키에게 끌려갔으리라. 신야오가 천황칭쯔도 싯키에게 끌려갔다고 우기는 게, 천황칭쯔 역시 자신이 오키나와 사람이라고 여긴다는 뜻일까?

쉐펀은 어디선가 바람이 불어와 안개를 날리는 것 같다고 느꼈다.

"사실 신야오는 이런 종류의 사건 전부가 싯키의 소행이라고 고집하진 않았어요. 하지만 진외조모님과 할머니한테 벌어진 일은 그런 거라고 생각했어요. 게다가 이건 확실히 할머니의 교육과 관련이 있어요. 처음엔 저도 마신자의 짓인지, 싯키의 짓인지가 중요한가? 하고 생각했거든요. 그런데 할머니는 제 상상을 아득히 뛰어넘을 만큼 강경하셨더라고요. 쉐펀 언니, 신야오의 이름이 할아버지와 똑같이 천신야오인 거 알아요?"

"아, 들었어요. 이웃 사람이 그러더라고요. 천황칭쯔 씨가 남편을 무척 그리워한 나머지 손자에게 신야오라는 이름을 붙여줬을 거라고요."

유어는 우스갯소리라도 들은 듯 눈썹을 치켜올렸다.

"뭐라고요? 전혀 아니에요! 그런 상상은 너무 이상적이고 낭만적이에요. 그렇지만 그런 셈 치는 게 사람들이 받아들이기 쉬울지도 모르죠. 정작 할머니는 이 이름을 엄청 싫어하셨거든요."

쉐펀은 좀 뜻밖이었다. "왜요?"

"신야오라는 이름은 아버지가 지은 거예요. 신야오의 어머니가 신야오를 가졌을 때 신야오 할아버지가 바다에 나갔다가 돌아오지 못했고, 결국 사망 처리가 됐대요. 할아버지를 기리느라 아버지는 신야오에게 똑같은 이름을 지어줬고요. 그런데 할머니는 무척 흥분해서 항의하셨대요. '그 사람의 뭘 이어받으려는 거냐? 네 아비의 모든 걸 이어받을 셈이야?'라는 말까지 하셨다죠. 물론 할머니는 결국 아들의 생각을 바꾸지는 못했죠. 쉐펀 언니, 제가 그런 세세한 속사정을 왜 이렇게 잘 아는지 아세요? 신야오가 말해준 거예요. 신야오는 어릴 적부터 할머니 손에 자랐고, 할머니는 반복해서 이 얘기를 꺼냈대요. 게다가 이 얘기가 끝날 때마다 신신당부했다는 거예요. '네 진외조모님은 마신자에게 끌려간 게 아니라 싯키가 데려간 거야, 알겠지?' 그다음엔 또 싯키에 대한 전설을 세세히 늘어놓는 거죠."

쉐펀은 조금 오싹해졌다. 머릿속으로는 이렇게 상상하는 것만으로도 실례가 된다는 걸 알았다. 그러나 유어의 입으로 묘사된 천황칭쯔는 쉐펀이 보기엔 편집증에 가까웠다! 그녀의 상상 속 노부인은 손자를 품에 안고 옛날이야기를 중요한 것이든 중요하지 않은 것이든 시시콜콜하게 말해주고 있지만, 사랑스럽다는 어조가 아니라 보복 같은 감정을 띠고 말하고 있었다. 어쩜 이럴 수가 있지? 이 옛이야기에서 가장 이상한 점은 화제가 어쩌다 '이름 짓기'에서 '위청샤쯔는 진짜로 싯키가 데려갔는가'로 비약했느냐였다. 그 사이에는 반드시 모종의 연결 고리가 있으리라.

"……천황칭쯔 씨가 그렇게 한 건 아들이 자기를 배신했다고 여겨서일까요?" 쉐펀은 단도직입으로 핵심을 찌르기로 했다.

"무슨 뜻이에요?"

"제 말은…… 천황칭쯔 씨의 아들, 신야오의 아버지는 자기 어머니가 남편과 충돌을 빚었다는 건 알고 있었을 거예요. 그런데 한인 사회는 부계사회고, 어쩌면 천황칭쯔 씨의 아들은 어릴 적부터 아버지의 설명을 더 잘 받아들였을지도요. 그래서 신야오는 할아버지의 이름을 이어받았어요. 천황칭쯔 씨는 이걸 부계의 주장을 계승한 거로 여겼죠. 이것도 천황칭쯔 씨의 주장이 부정되고, 버려졌다는 것을 의미하니까 천황칭쯔 씨는 받아들일 수 없었던 거겠죠. 이건 제 추측이지만요. 어떻게 생각해요?"

"쉐펀 언니, 정말 대단하네요." 유어는 조금 피로한 표정으로 웃었다. "저도 그렇게 생각했어요. 그런데 저는 한참 고민한 다음에야 생각났어요."

"유어 씨가 이미 결론을 낸 뒤에 저한테 말해줘서겠죠? 그래서 제가 바로 알아챌 수 있었겠죠. 제가 유어 씌였더라도 한참 걸렸을……."

쉐펀은 저도 모르게 말을 그쳤다.

방금 이 토론으로 무슨 수수께끼가 풀린 것 같았지만 사실은 아니었다. 아무것도 풀리지 않았다. 그러나 그와 동시에 안개 자체는 바람에 날려 곧 사라질 듯했다. 그 바람은 불고 있다기보다는 포효하고 있었다! 쉐펀은 신야오가 20년을 손에 쥐고 있던『류큐의 바람』을, 그의 독특한 소원함과 적막을 떠올렸다. 어떤 추측이 일찍부터 그녀를 부르고 있었다. 그 추측은 너무 황당해서 차마 입 밖으로 낼 수 없었다. 하지만 이런 무관해 보이는 것들은 일찍부터 은밀하게 하나로 연결돼 있었다. 마신자, 싯키, 사라우……. 그것들은 안개 속에서 천만 갈래로 존재했고, 서로 다른 것처럼 보였지만 어떤 내재적인 연결성을 지니고 있었다.

그 추측을 말할 수밖에 없겠군, 하고 쉐펀은 생각했다. 그러나 말이 목구멍까지 올라왔는데도 좀 망설여졌다. 이 추측이 맞는다면 너무 슬픈 일이었다! 한 가지 사건으로 인한 슬픔이라면 시간이 지남에 따라 희석될 수도 있다. 그러나 인생 전체가 슬픔으로 가득 차 있다면? 상상만 해도 질식할 것 같았다. 그러나 그 답을 붙잡지 않으면 쉐펀도 계속 나아갈 수 없었다. 쉐펀은 부득불 신야오의 속내를 추측하려고 시도했다. 천황칭쯔가 남편의 이름을 어떻게 거부했는지, 위청샤쯔는 오키나와의 민간 괴물이 데려간 거라고 어떻게 견지했는지, 이는 사실 전부 동일한 문제를 가리키고 있었다. 천황칭쯔의 후반생에서 그녀는 신야오를 어떻게 양육했는가?

"유어 씨." 쉐펀이 유어를 똑바로 바라봤다. "신야오는 자기가 오키나와 사람이라고 여겼어요, 그렇죠?"

유어가 눈을 깜빡거리다가 감으며 씁쓸한 표정을 드러냈다. 마음을 놓은 것처럼 입술을 감쳐물고 눈가를 살짝 찡그리면서 웃음을 터트리듯 한숨을 쉬었다.

"쉐펀 언니, 보충할 게 있어요. '오키나와인'이라는 말은 가장 적절한 표현이 아닐 수도 있어요. 오키나와는 현대 일본의 관점이고, 류큐 쪽은 모종의 저항 의식을 가지고 있거든요. 친중에 가깝기까지 하죠. 그래서 그쪽 사람들은 자기네를 '우치난추'라고 부르는 걸 더 좋아해요. 근데 쉐펀 언니 말이 맞아요. 그래요, 신야오는 확실히 그런 교육을 받았어요. 신야오는 자기가 우치난추라고 생각했어요."

정말로 그랬구나. 쉐펀은 조금 아찔해졌고, 뒤이어 슬픔을 느꼈다. 타이완에서, 중화민국에서 나고 자랐는데 신야오는 자신을 오키나와인이라고 믿고 있었다! 아니, '우치난추'라고 불러야겠지. 이건 누구에게도 말할 수 없는 비밀이었다. 얼마나 고독했을까! 과거의 신야오는 그녀에게 알려주려고 했던 걸까? 그녀가 이 일을 알았더라면, 당시에 이걸 받아들일 능력이 있었을까? 아마 없었을 것이다. 신야오도 알아채고 결국 말하지 않았다. 생각이 여기에 이르자 그녀는 신야오가 어째서 지금 눈앞에 있는 인류학 박사생과 결국 연애했는지 단숨에 이해했다. 이 사람은…… 유어는 선사시대 역사와 인류 문화를 이해했다. 그래서 신야오를 이해할 능력이 있었다. 신야오에게 유어는 절대적인 고독의 세계에서 어렵게 찾은 빛이었다. 그가 이 빛을 동료들에게 소개하지 않은 건 너무 소중해서가 아니었을까? 그는 그들이 이런 걸 이해하리라 기대하지 않았고, 둘의 관계가 이해받으리라고 기대하지도 않았다. 이해는 서로 간에 이루어지는 것으로 충분했다. 신야오는 남들이 어떻게 생각하는지 듣고 싶어하지도 않았다. 그가 자기 배경에 대해 품은 신념을 누군가가 비웃는다면, 이는 그들의 애정을 모독하는 것과 같았다.

그러나 쉐펀이 여전히 납득할 수 없는 부분이 있었다. 이런 일이 정말로 가능할까? 쉐펀은 망설이다가 표현할 말을 간신히 찾아냈다. "전…… 사실 상상하기 힘들어요. 신야오는 타이완에서 자랐잖아요? 오키나와에서 살아본 적도 없고, 여행만 해봤을 뿐이라서 그 땅에 소속감을 가질 수도 없을 거예요. 이런 일이 진짜로 가능할까요? 그 땅에 한 번도 살아본 적 없는 사람이, 자기가 그곳 사람이라고 믿는 게?"

유어가 조금 이상하다는 듯 쉐펀을 보았다.

"쉐펀 언니, 물어볼 게 있어요. 쉐펀 언니는 초등학교, 중학교 때 국편본國編本●으로 배웠죠?"

<hr>

● 타이완 교육부 산하 국립편역관國立編譯館에서 편찬한 교과서.

그녀가 느닷없이 전혀 관련 없는 일을 묻자 쉐펀은 애써 기억을 되살리고는 고개를 끄덕였다. "고등학교 때는 기억이 잘 안 나는데, 중학교 때는 그랬을 거예요. 그때 학생들이 교과서 바뀌는 일로 토론했던 기억이 나네요. 그건 왜요?"

"그럼 쉐펀 언니도 알겠네요. 당시 학교에서는 중국은 땅이 넓고 물산이 다양한 나라고, 우리는 모두 중국인이라고 가르쳤잖아요. 하지만 타이완에 있는 우리 중에서, 중국에서 자랐기 때문에 그렇게 생각한 사람이 누가 있어요? 원래 국족의 정체성이란 게 꼭 출생지와 관련 있는 것은 아니잖아요."

쉐펀은 벼락을 맞은 듯했다. 또는 폭풍 속에 있는 듯했다. 이런 식으로 생각해본 적은 한 번도 없었다! 교육은 그녀의 피부와 마찬가지로 그녀의 살과 피에 단단히 연결돼 있었다. 성장한 이후로 독립적인 사고 능력을 갖췄다지만, 과거는 검토해본 적 없이 박물관의 전시품처럼 유리 진열장에 놓여서 격리돼 있었다. 의식한 순간, 몇 가지나 되는 기억이 순간적으로 떠오르며 마치 만화경처럼 다중으로 된 거울상 안의 자신을 본 것만 같았다. 국어 선생님이 수업 시간에 감회에 젖어 '우리는 모두 뿌리를 잃은 난꽃이다'라고 말했던 게 기억났다. 당시의 교육에서 그들은 '고국'에서 자라는 게 아니었다. 고국은 아주 먼 곳에 있었다. 그들은 히말라야산, 창장長江, 황허黃河를 본 적도 없었다. 모든 아름다움은 여기가 아니라 그곳에 있었다.

당시 그들은 '대륙의 동포들은 무척 고통스럽게 살고 있다'라는 말이 우스갯소리라는 것쯤은 이미 알고 있었다. 그러나 고국에 대한 동경은 희극적 색채를 띤 꿈처럼 여전히 존재했다. 쉐펀은 권촌眷村*에서 자란 제 친구를 떠올렸다. 그는 '우리는 모두 중국인'이라고 철석같이 믿었고, 어른이 된 뒤에는 싼샤 댐이 완공되면 무수한 문화재가 수몰되리라는 말을 듣자 그 전에 서둘러 중국에 다녀왔다. 그러나 그는 중국이 그의 상상, 또는 그가 받았던 교육과는 완전히 다르다는 것을 깨닫고 돌아왔다. 허구와 환상 속의 중국은 영영 사라졌다. 살아가려면 꿈속의 중국에 의존해서는 안 된다. 그래서 그 친구는 중국을 버리고 타이완으로 돌아왔다.

그러나 신야오는 달랐다. 그들은 같은 교육을 받았고, 비슷한 상상을 하고 있었지만 신야오의 상상은 공동체에서 배제되었다. 남들에게 자기가 우치난추라고 어떻게 말하겠는가? 우선 이 단어부터 설명하기 힘들었다. 설령 오키나와나 류큐라고 설명하더라도, 오키나와는 일본의 일부분이기 때문에 한발 더 나가 신야오가 자신을 일본인이라고 여긴다는 오해를 받을 가능성이 있었다. 신야오가 직면한 건 끝없는 몰이해만이 아니라 폄훼와 멸시였다. 유어의 말대로, 신야오는 성장 과정에서 절망했으리라.

"……너무 고통스럽네요." 쉐펀은 저도 모르게 감상에 젖었다. "다행히 신야오는 유어 씨를 만났어요."

유어가 눈을 깜빡였다. 표정에는 동요가 드러났다. 그녀는 창밖

---

* 국공내전 이후 타이완으로 철수한 군인과 그 가족들이 모여 살던 마을.

을 보며 눈물을 참았다. 목소리에는 충돌이 빚어낸 부드러움이 담겨 있었다. "고마워요."

유어가 덧붙였다. "쉬펀 언니가 그렇게 말해줘서만이 아니라, 저는 당연히…… 신야오와 만나서 기뻐요. 쉬펀 언니가 우리의 만남에 가치가 있다고 말해줘서 고마워요. 신야오의 고통을 이해해 줬다는 게 가장 고맙고요. 솔직히 말해 전 신야오의 할머니를 용서하지 못했던 적도 있거든요."

"이해할 수 있어요. 제 말은, 그렇게 생각할 수도 있겠죠. 이건 애초에 불필요한 고통이었잖아요." 쉬펀이 엄숙하게 대답했다.

"그런데 할머니도 할머니 나름의 어려움이 있었겠죠? 그래서 그만뒀어요. 이 일은 누구 탓을 해도 아무 의미가 없어요. 저도 신야오가 다른 인생을 살 수도 있었다는 생각을 해봤어요. 그런데 그런 가정은 의미가 없더라고요. 구원이 필요한 건 지금 눈앞에 있는 신야오니까요. 그냥 이대로 신야오를 나 몰라라 내버려둘 수는 없었어요."

"구원이라." 쉬펀은 온갖 감정을 자아내는 단어를 들었다.

솔직히 말해 쉬펀은 '구원'이라는 이 생각은 위험하다고, 사람을 오만하게 만들기 십상이라고 여겼다. 그러나 어떤 사람들은 약세에 처해 있어서 자기 힘만으로는 곤경에서 벗어날 수 없다. 신야오는? 그의 환경은 자기 힘만으로 벗어날 수 있는 것이었을까?

쉬펀은 생각했다. 자기는 사실상 이 문제에 대답할 수 없다고.

뒤이어 그녀들은 신야오의 일을 잠시 잊은 듯 갑자기 다른 화제로 떠들기 시작했다. 쉐펀도 난팡아오에 오기 전 신흥 종교와 관련된 사건을 쫓고 있었던 일을 이야기했다. 그러나 그녀들은 다음 화제를 준비하기라도 하는 것처럼 마음이 딴 데 가 있었다. 커피를 마신 뒤 유어가 말했다. "쉐펀 언니, 저랑 같이 어디 좀 갈 수 있어요?"

"물론이죠. 어디 가려고요?" 쉐펀이 결제하려고 지갑을 꺼냈다. 유어는 무슨 결심을 한 것처럼 보였다.

"연인만 맨 끝에 커다란 바위가 있거든요. 그걸 다시 한번 보고 싶어서요. 그뿐이에요."

이 대답은 좀 걱정스러웠다. 유어가 무슨 작별을 하려고 결심한 듯한 표정을 짓고 있어서 쉐펀은 조금 불안해졌다. 그래도 쉐펀은 유어 곁에 있으면서 그녀가 어리석은 짓을 하지 않게 할 수는 있었다. 쉐펀이 상냥하게 말했다. "당연히 문제없죠. 일단 내가 결제할게요."

두 사람은 카운터에 가서 결제했다. 카페 밖에서는 연인만 전체가 눈에 들어왔다. 쉐펀은 유어가 말했던 그 커다란 바위를 어렴풋이 볼 수 있었다. 바위는 사람 키보다 컸고, 바람에 깎여나간 흔적이 있었다. 이날도 날씨 때문에 짙푸른 바다를 볼 수는 없었지만, 해수면은 반들반들한 암벽 같아서 드문드문 뜬 배를 볼 수 있었다.

유어가 앞장서서 둘은 인도를 걸었다. 바닷바람 때문에 고운 모래가 신발 속으로 들어와 걷기 좀 불편했다. 유어는 무언가 떠오른 듯 핸드폰을 꺼내 몇 번 터치하고는 쉐펀에게 건넸다. "사실, 전 이

걸 보러 가고 싶어요.”

그건 방금 본 큰 바위의 사진이었다. 매우 가까이서 찍은 거라 바위의 결이 또렷하게 보였다. 쉐펀은 아연해서 웃었다. 바위에는 ‘중유어’와 ‘천신야오’의 이름이 새겨지고, 옆에는 날짜까지 적혀 있었던 것이다. 2014년 4월 12일. 이건 두 사람의 ‘사랑의 증표’임이 분명했다.

“요즘에도 이런 방식으로 기록하다니, 참 흔치 않네요.” 쉐펀이 웃으면서 핸드폰을 유어에게 돌려주었다. 사실 그녀는 자연 유산에 글자를 새기는 행위에 거부감이 있었다. 원래는 “어머, 이렇게 낙서해도 괜찮아요? 게다가 새기기까지 했네요. 유어 씨 인류학자 아니었어요?” 하고 농담하고 싶었다. 그러나 그녀와의 관계가 아직 그 정도로 가깝지는 않았기에 자칫하다 선을 넘을까봐 참았다.

그러나 유어는 쉐펀의 생각을 꿰뚫어보았다. 그녀는 바닷바람을 맞으며 웃었다. “저희가 바위에 글자를 새기지 말았어야 한다고 생각하는 거죠? 걱정 마세요. 이건 역사의 기록이 될 거예요. 지룽의 ‘선동仙洞’과 ‘불수동佛手洞’을 아세요? 암벽 재질이 물러서 흔적을 남기기 쉽다보니 수많은 인파가 ‘여기 왔다 감’ 같은 흔적을 남겼거든요. 이런 흔적은 제2차 세계대전 이전까지 거슬러 올라가요. 이게 전부 진귀한 역사의 기록이라고요.”

그랬구나. 보아하니 유어는 다른 가치관을 가진 모양이었다. 현대 사회의 도덕관으로 보면 공중도덕성이 결핍됐다고 할 수도 있지만, 먼 미래에서 보면 기록이 될 수도 있다. 물론, 이는 가치관과는 무관한 유어의 총명한 평계에 불과할 수도 있었다.

유어는 계속 걸었다. 회상이 그녀의 입에서 흘러나왔다.

"작년에 신야오랑 같이 할머니네 집 상태를 보러 왔었거든요. 당연히 상태가 무척 안 좋았죠. 그래서 연인만을 걸으면서 상의했어요. 이 글자는 그때 새긴 거예요. 솔직히 말해서 그때는 신야오가 무척 걱정됐어요. 할머니의 실종이 끼친 영향에서 벗어나지 못한 게 분명했으니까요."

"신야오는 할머니 손에서 자랐잖아요. 게다가 풀지 못할 수수께끼에 부딪혔고요."

"그뿐만이 아니에요. 아무래도 신야오의 시간이 멈춰버린 것 같다는 느낌이 들었어요. 그게 아니라면, 신야오가 앞으로 나가려 하는 걸 저는 못 느꼈다고 할 수도 있겠죠." 유어는 인도에서 벗어나 모래밭으로 들어갔다. 이곳의 백사는 입자가 굵어서 걷기 좀 힘들었다. 그 바람에 유어는 비틀거렸다. 쉐펀도 따라 들어갔다. 사실 그녀가 오늘 신은 신발은 모래밭을 걷기에 적합하지 않았다.

"왜 그렇게 생각해요?" 쉐펀이 캐물었다.

"일상생활에서 사소한 것들을 보면 알잖아요. 남자친구가 보디워시를 바꿨다면 알아챌 수 있는 것처럼요? 굳이 말하자면 뚜렷한 징조가 있기도 했고요. 쉐펀 언니, 방금 해준 얘기 기억해요? 할머니가 실종된 그날, 저희는 원래 약혼식 일을 상의하려고 했어요. 제 입으로 신야오가 제 약혼자라고 말하긴 했지만, 엄밀히 따지면 그렇다고 할 순 없어요. 저흰 아직 약혼을 안 했거든요. 할머니가 실종된 시도 2년이 지났죠? 상견례 때부터 따지면 벌써 3년이에요. 그런데 신야오는 까먹기라도 한 것처럼 약혼 애기를 다시는 안 꺼내더라고요."

"신야오가 그랬다면 참 별로네요." 쉐펀은 유어를 쫓아갔지만 시종 몇 걸음 뒤처져 있었다. "이렇게 말하려니 좀 오지랖 넓은 것 같긴 한데, 신야오한테 얘기한 적은 있어요?"

"한번 물어봤어요. 약혼, 너 아직도 할 생각이야? 하고 물었죠. 사실 전 대답을 듣기가 무척 두려웠어요. 신야오는 제가 이렇게 물어볼 걸 알았다는 듯 재빨리 대답하긴 했어요. 할머니가 약혼식에 참석하셔야지. 그러니까 할머니가 돌아오시기 전까진 신야오는 약혼할 생각이 없어요."

"그게 무슨 소리예요?" 쉐펀은 어리둥절했다. "천황칭쯔 씨가 안 돌아오면요?"

"그렇죠? 참 핑계 같죠! 하지만 제가 거기서 고집을 피우면 '너희 할머니가 어떻게 됐는지는 전혀 중요하지 않아'라고 말하는 것 같잖아요? 그래서 저도 더는 물어보지 않았어요. 휴, 이건 많고 많은 일 중에 하나일 뿐이에요. 진짜로 털어놓기 시작하면 밑도 끝도 없어요. 그래서 전 정말이지 할머니를 원망하지 않을 수가 없어요."

유어가 말한 그 바위는 눈앞에 있는 듯했다. 금세 도착할 것 같았는데 계속 걷다보니 실제로는 상상보다 멀었다. 그녀들은 또 한참을 걸었다. 유어가 불쑥 말문을 열었다.

“그러고 보면 난팡아오에서는 참 많은 게 사라졌네요.”

“뭐라고요?”

쉐펀은 실종과 관련된 화제인 줄 알았다. 유어가 몸을 빙그르르 돌리고는 멈췄다. “쉐펀 언니, 저 뒤의 곶을 보세요. 사실 지금은 안 보이는데, 가장 먼 데 있는 저 곶 뒤에 또 카우카우곶이 있어요. 왜 카우카우곶이라고 부르는 줄 아세요?”

쉐펀이 고개를 돌렸다. 연인만의 끝자락에는 확실히 녹색 거북이처럼 생긴 곶이 있었다. 파도가 맹렬하게 그것의 몸을 때리고 있었다. ‘카우카우곶’은 바로 그 뒤에 있었다. 쉐펀이 유어를 돌아보며 농담조로 말했다. “원숭이가 아주 많아서는 아니겠죠?”•

“아니에요.” 유어가 웃었고, 계속 앞으로 나갔다. “사실 과거에 이곳에는 카우카우족이라는 원주민이 살았거든요. 매케이 박사••가 카우카우족 마을을 방문한 적도 있대요! 이 사람들은 일본 통치 시대에도 있었는데, 일본인이 쑤아오항을 개발하기 시작해서인지 어느덧 사라졌어요.”

아, 이 이야기였구나. 쉐펀은 카우카우족에 관해 들어본 적이 없었다.

“그리고 리난팡은 과거에 거대한 카우카우 연못을 둘러싸고 있었어요. 바로 신야오의 진외조모님이 실종된 곳이죠. 지금은 카우

• 카우카우곶을 한자로 猴猴角이라고 쓴 데서 나온 농담.

•• George Leslie Mackay(1844~1901), 캐나다의 선교사로 타이완에서 선교, 의료, 교육에 종사하며 교회와 병원을 세웠다.

카우 연못도 사라졌어요. 엄밀히 말해 사라진 건 아니지만, 완전히 변했어요. 대략 50년대 중반에 카우카우 연못을 개척해 네이피 어항으로 만들었을 거예요. 원래는 막힌 연못이었는데, 바다와 연결됐죠."

"잠깐만요. 네이피 어항이라면 방금 거기잖아요? 천황칭쯔 씨의 집 앞에 있는 항구 말이죠? 거기가 원래 연못이었다고요?" 쉬펀은 꽤 놀랐다. 그 무수한 배가 떠 있는 항구, 바닷새가 배 깃대에 머무르는 곳이 과거에 연못이었다곤 상상하기 힘들었다.

"음, 되게 큰 연못이었어요. 지금의 네이피 항구와 비슷한 크기예요." 쉬펀에게 설명하느라 유어는 몸을 돌리고 뒷걸음질했다. "그런데 죽은 물이라서 비가 오기만 하면 진흙과 모래가 연못으로 쓸려들어왔고, 그게 점점 쌓여서 나중엔 늪과 비슷해졌어요. 게다가 앞의 항구에선 배를 다 수용할 수가 없어서 카우카우 연못을 내륙 항구로 개발한 거예요. 하지만 이것 역시 사라진 셈이잖아요? 기억이 담긴 풍경이 적어지면 기억 자체도 곧 사라지니까요. 몇십 년 뒤에는 '카우카우 연못'이라는 이 이름을 누가 기억해주겠어요?"

"기억이 사라진다, 이건 난팡아오뿐만 아니라 어느 곳이든 마찬가지죠." 쉬펀이 말했다. "어떤 사람들은 역사란 문헌에 기록하기만 하면 된다고 해요. 그래서 그런 형체가 있는 낡은 것들을 아무렇게나 없애버려요. 어쨌든 사진을 찍어두면 보존은 한 셈이니까요. 역사에도 신체감이 있다는 것은 모르고요. 역사는 바로 시간이고, 신체에 기록될 수 있어요. 신체감이 없는 역사라면 외국사와 다를 게 뭐가 있나요?"

"쉐펀 언니가 말하는 건 유적이죠? 쉐펀 언니가 쓴 유적 기사를 본 적 있어요."

"유적이 스스로 불탔다는 기사 말이죠? 확실히 제가 공을 적잖이 들이긴 했죠. 사실 비하인드 스토리가 있긴 한데, 민감한 내용이라 기사로 쓰기엔 리스크가 너무 크더라고요. 언젠간 그런 것도 다 쓸 수 있을 거예요."

"기대되네요." 유어가 몇 걸음 걸었다. 그녀는 무슨 화제를 꺼내려다가 무언가 떠오른 모양인지 한껏 센티멘털해졌다. "저도 참, 이것저것 떠드느라 가장 중요한 애기를 못 했네요. 사실 사라진다는 애길 꺼낸 게 저 바위와 관련 있어요. 작년에 저 바위에 글자를 새기자고 한 건 신야오의 생각이었어요. 그때 전 놀랐어요. 쉐펀 언니도 이해하죠? 이건 신야오답지 않잖아요."

"그건 잘 모르겠네요. 어쨌든 신야오를 못 본 지 거의 10년이라……. 근데 대학 시절의 신야오가 그러자고 했다면 저도 놀랐을 거예요. 질서를 무너트릴 타입으로 보이진 않았거든요."

"신야오는 지금도 비슷해요. 최소한 사라지기 전엔 그랬어요. 저도 그땐 놀랐어요. 근데 예상을 벗어난 거니까 재미가 있는 거잖아요. 그래서 그러자고 했어요. 보세요. 이 부근에 좀 큰 자갈이 있죠? 제가 자갈을 몇 개 주워서 글자를 새겼어요. 뾰족한 돌을 갖다 대고 다른 돌을 망치로 쓰면 이렇게 흔적을 남길 수 있거든요. 옛날 원시인도 이런 석기를 썼겠죠!"

유어는 웃으면서 돌을 들고 치는 동작을 해 보였다. 이 비유는 진짜 인류학자답다고 쉐펀은 생각했다. 유어의 웃음은 과거의 즐거움에서 나온 것이었으므로 곧 씁쓸함도 밀려왔다. "글자를 새기고 난 뒤에 신야오가 '이러면 내가 사라지더라도 세상엔 내가 존재했던 흔적이 남을 거야'라고 하더라고요. 전 좀 오싹해졌어요."

쉐펀은 닭살이 돋았다. 이게 무슨 뜻이지?

"그때 제 심정이 어땠을지 상상할 수 있겠죠? 사실 전 화가 났어요. 얘가 무슨 소릴 하는 거야? 그렇게 사라질 리 없어! 전 당장 욕을 했어요. 진짜 엄청 화가 났다는 태도로요. 그렇지만 사실 전 무서웠어요. 할머니가 실종된 뒤로, 신야오가 어딘가로 사라질지도 모른다는 느낌이 계속 들었거든요."

날씨는 조금도 춥지 않았지만, 유어는 추위를 타는 것처럼 두 손으로 제 팔을 감쌌다. 다른 감정으로 공포를 감추는 것은 인간의 본능이다. 쉐펀은 당시 유어가 왜 화를 냈는지 상상할 수 있었다. 그러나 쉐펀에게 더욱 신경 쓰이는 건 따로 있었다. 신야오의 이 말은 모종의 예언이었을까? 그는 1년여 전부터 자기가 사라지리란 것을 알고 있었을까? 쉐펀이 물었다. "신야오가 뭐라고 했어요? 사과는 했나요?"

사실 쉐펀도 속내를 감추고 있었다. 그녀가 진짜로 궁금했던 것은 신야오가 사과를 했는지 안 했는지가 아니라 그가 실종에 관해 한발 더 나간 예언을 했는지였다. 그러나 신야오가 진짜로 예언을 했다 한들 어쩌겠는가? 그게 신야오가 작정하고 사라졌다는 뜻이 되기라도 하나? 신야오는 도대체 무슨 이유로 사라지지 않으면 안 되었던 걸까?

쉐펀은 갈피를 잡을 수 없었다. 자기가 도대체 뭘 찾는 건지 스스로도 확신할 수 없었다.

"사과했어요." 유어의 대답에 쉐펀은 조금 안심했다. "하지만 전 그냥 넘어가지 않았어요. 진짜 너무 두려워서 그랬는지는 몰라도……. 왜냐하면, 생각해보세요. 너무 꿰씸하잖아요. 신야오는 제가 계속 두려워한다는 걸 몰랐을까요? 전 계속 두려워하고 싶지 않았어요. 그래서 '너 사라지고 싶은 거야?' 하고 물어봤어요."

"신야오가 뭐라고 대답했어요?"

유어의 걸음 속도가 훨씬 느려졌다. 그녀는 고개를 수그려 백사장을 보면서 당시의 상황을 천천히 이야기했다. '너 사라지고 싶어?'라고 물었을 때 그녀를 바라보던 신야오의 표정에는 곤혹스러움이 떠올라 있었다. 그는 눈썹을 치켜올리고 입을 살짝 열더니 도로 다물었다. 가장 먼저 떠올린 대답을 삼킨 게 분명했다. 유어는 납득할 수 없어서 또 캐물었다.

"아니야." 신야오가 말했다. "하지만 우리 할머니와 진외조모님 모두 실종됐잖아."

그 말에 담긴 뜻은 '그분들이 실종됐으니까 내가 실종되는 것도 어쩔 수 없는 일이다'라는 것 같았다. 유어는 생각할수록 화가 났다. 이 분노는 공포를 뛰어넘기 시작했다. 자기 운명을, 왜 스스로 개척하려 하지 않는 걸까? 유어가 목청 높여 물었다. "신야오, 잘 들어. 그분들은 그분들이고, 넌 너야. 가장 중요한 건 네가 어떻게 생각하는지에 달렸어. 그분들 가지고 핑계 대지 마. 그래서 넌 어떻게 생각하는데?"

질문을 입 밖으로 내자마자 유어는 후회했다. 신야오의 마음에 매우 여린 구석이 있다는 것을 뻔히 알면서, 왜 그를 몰아세웠을까? 신야오는 고개를 숙이고, 유어가 잊지 못할 쓴웃음을 내비쳤다.

"이런 생각이 들어. 내가 진짜로 그분들과 마찬가지로 사라진다면, 난 마신자에게 끌려간 걸까, 싯키가 데려간 걸까?"

"신야오도 참, 진짜로 그렇게 말하면 안 되죠!" 쉐펀이 큰 소리로 투덜댔다. "너무 바보 같네요! 보통 '걱정 마, 난 아무 데도 안 가'라든가 '난 사라지지 않을 거야'라고 말해야 하는 거 아녜요? 전 예전엔 신야오가 여자의 환심을 살 줄 모른다고 생각했는데, 인제 보니 아주 매를 벌었네요."

사실 쉐펀은 신야오의 반응을 진짜로 나무라는 게 아니었다. 그저 유어가 말할수록 괴로워할까봐 걱정됐고, 분위기가 경직되지 않기를 바랐다. 유어가 눈물을 글썽이며 웃었다. "그렇죠? 저도 그때 바로 신야오의 머리통을 때렸다니까요. 얼마나 황당해요? 바위에 사랑의 증표를 새기자마자 싸우다뇨. 그때 전 그냥 등 돌리고 가버렸어요. 도무지 신야오를 이해해주고 싶지 않았어요. 근데 얼마 안 가서 또 마음이 약해지더라고요. 고개를 돌리면 신야오가 사라저 있을까봐 무서웠어요. 결국 되돌아가서 신야오를 껴안았어요. 돌아올 적에 저희는 그런 일이 없었다는 것처럼 내내 입도 뻥긋 안 했고……. 도착했네요, 쉐펀 언니. 보세요. 저희가 글자를 새긴 곳이 이 바위 뒤쪽이에요.”

그건 확실히 거대한 바위였다. 원래 쉐펀은 사람 키만큼 크겠거니 생각했는데, 엄밀히 따지자면 사람 키의 두세 배는 되지 않을까 싶었다. 특이하게도 그 바위는 옆에 있는 암벽과 같은 재질이었지만 거리는 적잖이 떨어져 있었다. 이 돌이 왜 여기에 있을까? 말 그대로 하늘에서 떨어진 듯했다. 쉐펀은 거석을 쓰다듬어보았다. 바닷물의 습기가 느껴졌다.

“어?” 유어가 놀라서 부르짖더니 작은 동물처럼 돌의 반대편으로 달려갔다.

“왜 그래요?”

“저희 서명이 사라졌어요!” 유어가 긴장해서 말했다. 쉐펀은 몹시 놀랐다. 그 서명에 담긴 의미가 특별하다는 것을 잘 알았기 때문이다. 신야오는 설령 자기가 사라지더라도 최소한 세상에 무언가를 남긴 거라고 말했었다. 그런데 지금, 서명이 보이지 않았다. 쉐펀도 서둘러 같이 찾아보았다.

“이 자리가 거의 확실한데, 아무것도 없어요…….”

두 사람은 사진을 가지고 대조해보았다. 바위의 결만 보면 이 자리가 틀림없었다. 그러나 사진에 존재하는 서명은 사라져버렸다. 유어는 멍하니 돌을 더듬다가 별안간 고개도 돌리지 않고 대해를 향해 걸어갔다. 유어의 동작이 너무 갑작스러웠고, 쉐편과 시선조차 나누지 않았기 때문에 쉐편은 순간적으로 당황했다.

"유어 씨, 잠깐만요!"

쉐편은 유어를 잡아당기려 했다. 유어는 대답하지는 않았지만 바닷속으로 들어가지도 않았다. 치맛자락을 정리하고 두 팔을 무릎 위에 올려 로봇처럼 뻣뻣하게 앉더니 침묵하며 바다를 보았을 뿐이다. 그녀는 어리석은 짓을 하지 않았다. 그래도 쉐편은 유어가 걱정됐다. 미세하게 떨리는 어깨를 보고 유어가 울고 있다는 걸 알 수 있었다. 사람이 눈물을 흘리는 시간은 신성한 것이다. 그래서 쉐편은 조금 떨어져 서서 기다렸다.

이럴 줄은 몰랐어. 쉐편은 생각했다. 만약 신야오가 진짜로 자기가 존재했던 흔적이 돌에 남기를 바랐다면, 그의 소원은 허사가 됐다. 다행히 사진을 찍어두었기에 그런 일이 있었다는 게 증명되긴 했다. 그러나 자세히 생각해보면 무시무시하지 않은가? 사진이 없었다면, 이 사건이 정말로 있었던 일이라고 보장할 수 있을까? 기억이 잘못된 게 아니라고 어떻게 증명할 수 있을까? 시간이 흐르고 나면, 유어는 그 기억이 현실과 뒤섞인 꿈이라고 의심하지는 않았을까?

쉐편은 천천히 바위 근처로 되돌아가서 글자가 있었던 곳을 쓰다듬었다. 문자가 바닷바람에 닳아버린 건 아닐까? 하지만 고작 1년이 지났을 뿐이다. 사진상의 흔적을 보면 꽤 깊게 새겼는데, 이렇게 쉽게 풍화될 수도 있나?

만약 바닷바람이 아니라면, 글자는 어떻게 사라진 걸까?

"쉐펀 언니!" 유어는 여전히 쉐펀을 등진 채 바다를 향하고 있었다. "하고 싶은 얘기가 있어요. 어쩌면 이게 제가 마지막으로 알려줄 수 있는 건지도요."

쉐펀은 바닷바람을 거스르며 다가가 유어 곁에 앉았다. "마지막이라느니 그런 말은 하지 말아요. 우린 오늘 처음 알았잖아요. 게다가 우리가 함께하면 신야오 실종 사건의 진상을 찾아낼 기회가 있을지도 몰라요."

유어는 억지로 웃었다. 그 무력한 웃음은 전혀 자신없어 보였다. 그녀가 고개를 젓고 부드러운 어조로 말했다. "이게 진짜로 마지막일 거예요. 최소한 제가 쉐펀 언니를 만나고서 꼭 알려줘야만 하는 마지막 일일 거예요. 그다음에는 저도 딱히 얘기할 만한 게 없어요. 사실 작년부터 논문을 쓰다가 틈이 나면 신야오의 진외조모님인 위청샤쯔의 일을 조사했어요. 신야오는 자기 할머니와 진외조모님이 모두 사라졌다고, 그러니까 자기도 사라질 수 있다고 말했잖아요? 그래서 전, 그분들이 사라진 원인을 알아낸다면 신야오가 조금이나마 정신을 차릴지도 모른다고 생각했어요. 할머니 일은 제가 해결할 수 없으니까 진외조모님을 조사하기로 했죠."

"그게 마신자나 싯키의 소행이 아니라고 증명할 만한 무슨 실마리라도 찾았어요?"

"결론부터 말하자면, 아니에요. 그게 아니면 방법이 없는 걸지도요. 제 능력엔 한계가 있으니까요." 유어가 고개를 저었다. "그치만 전 그때 신야오의 진외조모님이 무슨 이유가 있어서 사라졌다는 것을 알아냈어요……. 미리 말해두는데 이건 순전한 추측이고, 전혀 상관없는 우연의 일치일 수도 있어요.”

“알겠어요. 그렇게 오래된 일인 만큼 조사하기 힘들죠.”

“음, 관련된 사람은 거의 다 세상을 떠났으니까 저도 추측하는 게 고작이죠. 제가 운명이라고 여겼던 게 사실은 전부 헛발질한 걸지도 모르고요! 일단 전제가 하나 있어요. 신야오가 할머니께 들은 얘기에 따르면 진외조모님이 실종됐던 그날, 진외조모님이 할머니를 데리고 신야오 할아버지 집에 갔대요. 신야오 할아버지가 밤에 외출했다가 ‘대물자’를 마주쳐서 무척 놀랐다길래 병문안하러 간 거였죠. 그리고 할아버지가 밤에 외출한 건 당시 리난팡에 돌았던 ‘밤에 수상한 인물을 봤다’라는 소문 때문이었어요. 신야오 할아버지는 진짜로 그런 일이 있었는지를 조사하러 나간 거였고요.”

“그래서, 유어 씨는 그 위청샤쯔 씨가 수상한 사람에게 잡혀갔다고 생각해요?” 쉐펀이 부드럽게 물었다. 물론 그녀의 직감은 동의하지 않았다. 그녀가 보기에 위청샤쯔 사건의 핵심은 위청샤쯔가 어떻게 단시간에 카우카우 연못의 시야 안에서 사라졌느냐에 달려 있었다. 만약 정말로 누군가가 위청샤쯔를 잡아갔다면 이동은 더욱 번거롭고 느려졌을 것이다. 따지고 보면 범인이 꼭 카우카우 연못 주변에서 그녀를 납치할 필요가 있었을까?

“저는 그렇게 생각했어요. 물론 범인이 어떻게 그분을 데려갔는지는 저도 몰라요. 그렇지만 제가 의심한 건 진외조모님의 신분이

범상치 않다는 걸 알게 돼서거든요."

"뭐라고요? 무슨 신분요?"

"위청샤쯔는 '타이완성 류큐 인민협회' 회원이었어요⋯⋯. 난팡아오에 위청샤쯔가 두 명 있는 게 아니라면 본인이겠죠. 그리고 위청샤쯔의 오빠인 위청창타이랑은 전쟁 전에 '류큐 혁명동지회' 회원이었고요."

쉐펀은 얼떨떨한 눈으로 유어를 보았다. 그게 뭐지? 정치적인 것처럼 들렸다. 그러나 '타이완성 류큐 인민협회' 같은 것은 들어본 적이 없었다! 유어가 간결하게 설명했다.

시간은 제2차 세계대전 말로 돌아간다. 당시 미군은 류큐를 점령해 군정으로 통치하고 있었다. 그러나 미국은 류큐를 영구히 점령할 계획은 없었으므로 전쟁이 끝난 뒤 류큐를 어디로 귀속시킬지는 해결되지 않은 문제로 남았다. 원래 중화민국의 입장은 류큐가 타이완과 함께 중화민국으로 돌아와야 한다는 것이었다. 그러나 카이로 회담 이후 중화민국 정부의 태도는 모호해졌다. 당시 미국이 류큐의 독립으로 기울었기 때문이 아닐까?

그러나 대국들의 속셈이 어떻든 간에 우치난추도 그들 나름의 생각이 있었다. 그중 일부는 류큐의 독립을 주장했다. 독립하지 못하더라도 일본에 귀속될 수는 없고, 중화민국에 귀속되는 편이 낫다고 했다. 이 사람들의 우두머리, '류큐 혁명동지회' 창립자 기유나 쓰구마사는 제2차 세계대전 이전부터 류큐의 독립을 선동한 인물이었다. 그는 전쟁 후 자발적으로 국민정부에 귀순하며 중화민국이 류큐를 접수하기를 바란다고 했고, 긍정적인 대답을 얻어냈다. 그리하여 그는 타이완에 와서 '타이완성 류큐 인민협회'를 세웠고, 훗날 타이완성 참의원으로 당선되기도 했다.

이렇게 오래된 일이었다니, 하고 쉐펀은 생각했다. 그래도 이건 아주 오래된 일이었고, 쉐펀은 전쟁 후의 역사를 그리 잘 알지 못했으니 이상할 것도 없었다. 그나저나 정말로 예상치 못한 전개인걸. 설마 이 귀괴가 농간을 부린 사건의 배경에 정치적인 이유가 있었다고?

"사실 전후의 우치난추 중에는 독립하거나 중화민국에 의탁하고 싶어하는 사람이 적지 않았어요. 타이완과 가까운 요나구니섬은 특히 그랬고요. 위청샤쯔가 기유나 쓰구마사를 알았고, 류큐 독립을 주장했다는 것을 알았을 때는 저도 깜짝 놀랐어요. 명확한 증거가 없긴 하지만 전 이렇게 추측해봤어요. 기유나 쓰구마사는 전쟁 전에 타이완과 류큐를 자주 오갔어요. 위청 남매는 그때 기유나 쓰구마사와 접선했을 수도 있고요. 전쟁이 끝난 뒤 류큐는 미 군정부에 의해 관리됐지만 요나구니섬은 타이완과 매우 빈번하게 밀무역을 했죠. 어쩌면 밀무역 통로를 이용해서 진행된 정치적인 활동이 있었는지도 모르고요. 이게 정치적인 계산 속에서는 위청 남매가 목표물이 되기에 충분해요. 물론 제 망상일 뿐이지만요. 그 뒤로는 딱히 합리적인 가설을 세우지도 못했어요."

"어째서요? 만약 위청샤쯔 씨가 정치 사건에 얽혀 있다면 무슨 일을 겪더라도 이상할 게 없어요! 예를 들어 국민당 비밀경찰이 저

지른 일일 수도 있잖아요?"

"그럴 가능성은 별로 없어요. 타이완성 류큐 인민협회 자체는 친국민당이었으니까 그들이 진외조모님에게 해를 끼칠 필요는 없죠. 마찬가지로 미군일 가능성도 크지 않아요. 기유나 쓰구마사는 일본에 돌아가는 걸 반대했지만, 미국이 류큐의 독립에 협조해주기를 바랐으니 기본적으로는 미국에 우호적이었죠. 제가 생각해 낸 유일한 가능성은 일본이 전쟁 전에 류큐 독립을 책동한 기유나 쓰구마사를 눈엣가시로 여기고 그자에게 타격을 가하기로 했다는 거예요. 하지만 진외조모님은 1951년 봄에 실종됐어요. 그때는 샌프란시스코 강화조약이 체결되기 전이니까 일본은 아직 연합군의 통치하에 있었죠. 그런 수작까지 부릴 여력이 있었으리라고 생각하긴 어려워요."

확실히 그렇겠어. 쉐펀은 생각했다. 그러나 유어처럼 오랫동안 조사하고 여러 가능성을 반추하지 않아서인지, 쉐펀은 이 정치적인 상상이 큰 돌파구라고 느꼈다! 까놓고 말해 정치 싸움에 휘말렸다면 상식적인 진영 논리를 떠올린들 그게 꼭 성립한다는 보장이 없었다. 물밑에 숨은, 보이지 않는 인물과 계략이 너무 많으니까. 증거가 없다면 음모론에 그칠 뿐이니, 이 모든 것에는 증거가 필요했다. 그러나 증거를 찾기란 매우 힘들었다. 이건 60년도 더 된 일이었다!

"어쨌든 이게 제가 쉐펀 언니에게 줄 수 있는 마지막 도움이에요." 유어는 일어나면서 치마에서 모래가 후드득 떨어지자 손으로 털어냈다. "전 답을 못 찾았어요. 포기하고 싶고요……. 오늘에야 겨우 포기할 수 있겠네요. 전 난팡아오를 떠나서 타이베이로 돌아가려고 해요."

쉐펀은 멍해졌다. 둘의 협력이 이제부터 시작될 줄로만 알았는지라 저도 모르게 물었다. "이대로 그냥 돌아가게요? 혹시 며칠만 지나면 신야오가 나타나거나, 그 집으로 돌아올지도 모르잖아요. 우리가 무슨 메시지라도 남겨둘 수도 있고요."

"됐어요, 그러지 않아도 돼요. 고마워요, 쉐펀 언니." 유어가 웃으면서 말했다. "그런데 전 정말로 포기했어요. 위청샤쯔 사건을 조사하는 것만 포기한 게 아니라, 신야오를 기다리는 것도 그만두기로 했어요. 전 오래전부터 기다렸거든요."

쉐펀은 이런 고백을 듣게 될 줄은 몰랐다. 덩달아 모래밭에서 일어나긴 했지만 어찌할 바를 몰랐다. 무슨 말을 해야 할까? 유어의 결정에 행운을 빌어주거나, 긍정적으로 반응해야 할까? 상대적으로 유어는 훨씬 진정됐다. 자기가 한 말에 조금 부끄러워하는 것 같긴 했지만 이미 결정을 내렸다.

"사실, 전 진작부터 이러려고 고민했어요. 신야오가 앞으로 나가지 않겠다고 하면, 제가 기다려줘야 할까요? 저는 계속, 계속 망설였어요." 유어는 눈을 감고 한숨을 쉬었다. "자의식 과잉일 수도 있지만, 제가 신야오를 구원하지 못한다면 신야오를 구원할 수 있는 사람은 없을 거라고 생각했어요. 그래서 신야오를 그냥 내버려둘 수가 없었어요. 그런데 이젠 정말로 지쳤어요……. 앞으로 나가기를 원치 않는 사람을 억지로 끌고 갈 순 없잖아요!"

쉐펀은 퍼뜩 깨달았다. 사실 이거야말로 유어가 줄곧 전하고 싶어한 말이었다. 이 장거리 달리기에서 유어의 사랑은 닳아 사라지기 직전이었다. 사랑하지 않아서가 아니다. 정말로 지쳐서였다. 두 사람 사이에 미움이 생기기 전에 걸음을 멈추는 게 현명한 결정일 수도 있었다. 속사정을 모르는 사람이라면 왜 계속 기다리지 않느냐고 유어를 탓할 수도 있다. 유어는 바로 이 점에서 이해받고 싶어했다. 그러나 유어에게는 애초에 그 누구의 용서도 필요치 않았다! 쉐펀은 당장이라도 긍정적으로 답하고 싶은 마음이 굴뚝같았다. "유어 씨는 당연히 신야오를 포기하고 앞으로 나갈 권리가 있어요."

그러나 쉐펀은 조금 망설였다. 직감이 그녀에게 경거망동하지 말라고 했다. 쉐펀은 유어의 결정을 존중했다. 그러나 이 결정에 긍정을 표시하는 것은 별개의 일이었다. 긍정을 표시하는 것도 일종의 간섭이므로 그에 상응하는 책임을 져야 한다.

유어가 처량하게 웃었다. "여기에 오기 전까지만 해도 저 역시 쉐펀 언니를 만났으니까 상황이 달라지지 않을까? 하고 생각했어요. 어쩌면 신야오를 찾을 기회가 있을지도 모른다고요. 그런데…… 저희가 남긴 글자가 사라진 걸 보고, 전…… 포기했어요. 이것도 일종의 징조겠죠? 아무리 노력한들, 사라질 것은 사라져요. 그게 마신자든 싯키든, 차이는 없어요. 무엇보다, 설명할 방법이 없는 실종이 정말로 있다는 거잖아요! 제가 어떻게 대항하겠어요? 그건 어떤 거대한…… 인간의 힘을 뛰어넘는 건데요. 그러니까 신야오를 찾을 가능성은 없어요. 전 안 기다릴래요.”

유어의 얼굴에 비친 표정은 마치 찢어진 나비 날개가 바닷바람 속에서 연약하게 떨리는 모습 같았다. 쉐펀의 마음속에 경고가 스쳤다. 그녀가 물었다. “유어 씨, 기다리는 게 힘들다는 건 저도 이해해요. 그런데 그렇게 생각한 이유가 이 글자가 사라졌기 때문인가요?”

“저도 제가 좀 황당한 건 알아요, 근데…….”

“아뇨, 전 이해할 수 있어요. 그런데 조금만 더 생각해보면 안 될까요? 이 글자가 사라진 데에 합리적인 이유가 있을 수도 있잖아요.”

유어의 표정에는 의혹과 망설임이 섞여 있었다. 그녀는 어떻게 대답해야 할지 모르는 것 같았다. 쉐펀이 말했다. “가능성은 아주 많아요. 예를 들어 글자가 새겨지는 걸 싫어하는, 공중도덕에 집착하는 사람이 연마기를 써서 바위의 글자를 지워버렸을 수도 있죠. 심지어 흔적을 남기지 않으려고 문자 주변의 넓은 표면을 부수고 연마기로 다듬기까지 한 거예요. 그래서 우리가 흔적을 찾아내지 못한 거죠.”

“그런 사람이 있을까요?” 유어는 이렇게 대답하긴 했지만, 그녀의 곤혹은 더욱 깊은 곳에서 온 게 분명했다. 정말로 그런 사람이 있는지는 전혀 중요하지 않았다.

“제가 말한 것처럼 그럴 가능성이 있다는 거죠. 그리고 인위적이지 않으면서도 합리적인 다른 이유가 있을 듯 있죠."

"설령 글자가 사라진 데 합리적인 원인이 있다고 해도, 사람이 사라진 건요? 신야오는 밀폐된 비행기에서 실종됐고, 할머니는 2층에서 사라졌어요. 진외조모님도 카우카우 연못가에서 사라졌고요. 불가사의한 힘이 진짜로 존재한다면, 제가 노력한들 무슨 소용이 있겠어요?"

"그럼 합리적인 설명이 있다면요?"

유어는 눈썹을 찌푸리더니 고개를 저었다. 좀 서운해 보였다. 쉐펀이 상냥하게 말했다. "유어 씨, 전 강요하려는 게 아니에요. 그럴 생각은 전혀 없어요. 그렇지만 사라진 글자는 자칫하면 유어 씨의 핑계가 될 거예요. 전 유어 씨가 후회할까봐 걱정돼요. 이런 것들을 불가사의한 일로 치부하는 건 아주 간단해요. 그러나 어딘가에서, 신야오가 지금 우리의 도움을 기다리고 있다면요?"

"만약 신야오가 마신자나 다른 요괴에게 끌려간 거라면 우리가 돕고 싶어도 못 도와줘요!"

"그래서 전 이런 일들이 요괴의 소행이 아닐 수도 있다고 설명해보려 해요." 쉐펀이 잠깐 쉬었다가 부드럽게 말했다. "유어 씨한테 신야오를 기다리라고 하는 건 아니에요…… 솔직히 말해서, 신야오가 돌아온다고 해도 신야오가 유어 씨와 보조를 맞출 수 있을까요? 유어 씨는 본인의 행복을 생각하면 돼요. 만약 제 생각을 듣고도 결정이 바뀌지 않는다면, 그건 괜찮아요. 유어 씨가 이미 결정을 내렸고, 장래에도 후회하지 않을 거란 뜻이니까요. 전 제가 이 자리에 있으면서도 유어 씨의 생각만 따라가는 바람에 유어 씨가 후회할지도 모르는 판단을 내릴까봐 걱정돼서 그래요."

"그럼 쉐펀 언니 말은, 이런 사건들이 요마귀괴의 소행이 아니란 건가요?" 유어가 쉐펀에게 물었다. 그 바람에 쉐펀은 조금 망설였다. 사실 딱히 자신은 없었다. 그러나 마지막에는 유어의 두 눈을 주시하며 긍정적으로 대답했다.

"네."

유어가 눈을 질끈 감았다. 얼굴의 다른 근육도 따라 움직이더니 미간을 향해 뭉치며 괴로운 표정을 그려냈다. 그녀는 깊이 숨을 들이마셨다.

"쉐펀 언니가 이러는 거 참 잔인해요. 전 희망을 버리느라 참 힘들었는데……."

너무 안쓰러웠다. 이러지 말았어야 했나? 쉐펀은 조금 후회됐다. 솔직히 말해 그녀가 진짜로 요마귀괴의 농간일 가능성을 부정할 수 있을까? 귀괴의 농간이라고 말하는 편이 훨씬 설득력 있을지도 모른다! 쉐펀이 어떻게 사과해야 할지 생각하던 차에, 유어가 그녀를 향해 고개를 숙이고 허리를 굽혔다.

"그러면 책임져주세요! 쉐펀 언니. 부디…… 저한테 희망을 주세요!"

유어가 다시 고개를 들자 눈물이 반짝거렸다. 진주 같은 눈물방울이 수직으로 떨어지던 그 모습은 마치 바닷속으로 떨어져 내리는 유성이 어둠 속에서 환하게 빛나는 듯했다.

<h1 style="text-align:center">9</h1>

아, 드디어 알았다. 어쩐지 내 영혼을 씻어내려는 듯 회상이 조수처럼 밀려오더라니. 나는 회상 속에서 끝없이 추락하며 이리저리 오갔다. 모든 화면이 모래 알갱이까지 자세히 들여다보일 만큼 또렷했다. 왜냐하면 이건 내 기억의 농축이었으니까. 내 일생이 전부 여기에 있었다. 이 짧은 한순간에.

나는 삶의 끝에 다다랐다. 내가 본 이 장면들은 내 인생의 주마등이다.

어쩌다 이렇게 됐을까? 조금 흐리멍덩했다. 뭔가에 머리를 얻어맞았다는 것만 기억난다. 처음에는 별거 아니라고 여겼는데, 어느덧 나는 쓰러져 있었다. 마지막의 마지막 순간, 나와 함께하는 건 이 배, 끝없는 바다, 바람, 바닷새였다! 나는 갑판에 모로 누웠다. 어떻게 해도 눈을 뜰 수가 없었다. 태양이 타오르는 커다란 손으로 내 몸의 윗면을 쓰다듬는 것처럼 작열했다. 나는 햇볕에 새까맣게 그을려 반은 하얗고 반은 까맣게 될 모양이다.

생명의 마지막 한 방울이 떨어지려 한다. 숫자를 거꾸로 세는 소리가 들리는 듯했다. 다행히 지금까지 살면서 유감스러운 일은 별로 없었다. 굳이 말하자면 칭쯔가 곁에 없다는 것 정도일까. 아무래도 칭쯔에게 할 말이 있었던 거 같은데. 아, 참 멍청하긴. 할 말이 있으면 평소에 하지, 왜 죽기 직전에야 말하려고 한담. 나는 나 자신을 비웃을 수밖에 없었다.

"그래. 할 말이 있으면 평소에 하지 그랬어?" 칭쯔의 목소리가 불현듯 들려왔다. 그녀가 곁에 있는 것처럼 가까웠다. 그러나 나는 이것이 환영이고, 세계가 베푸는 마지막 자비임을 안다. 칭쯔가 내 머리를 들어올려서 그녀의 무릎에 얹었다. 이 환각은 참 실감 나는데. 칭쯔가 내 손을 잡았다. 온기를 나눠주려는 것 같기도, 안마해주려는 것 같기도 했다.

눈을 뜰 수는 없었지만 흐릿하게 칭쯔의 얼굴을 본 것 같았다. 이상하게도 칭쯔는 실제보다 훨씬 늙어 보였고, 격식을 갖춰 곱게 차려입었다. 내가 선물한 진주 목걸이를 걸고 있어서 내게는 위안이 됐다. 칭쯔의 표정은 큰 깨달음을 얻은 것처럼 환했다. 그녀가 부드럽게 말했다. "그래서? 나한테 하고 싶은 말이 뭔데?"

"칭쯔, 정말 미안해." 나는 마음의 소리를 토했다. 내가 정말로 소리 내서 말한 건가? 그냥 마음속으로 말한 건가? 나도 알 수 없었다. 유일하게 아는 거라곤 칭쯔가 들었다는 것뿐이다. 칭쯔가 작은 목소리로 물었다. 나한테 왜 사과하는데? 나는 칭쯔의 어머니 때문이라고 답했다.

"미안해. 나는 네 어머니가 마신자에게 끌려갔다고 우기면서 늘 너랑 싸우기만 했지."

"그거라면 널 용서하지 않을 거야. 그렇지만 설명할 기회는 줄게. 왜 이제 와서 사과해? 우리가 이렇게 오랫동안 함께 있었고, 너한텐 기회가 그렇게 많았잖아. 난 사과는 바라지도 않아. 날 또 화나게 하지만 않았으면 나도 기분이 괜찮았을 텐데. 너 어디가 이상해진 거 아냐?"

아, 이 환상도 너무 매섭구나! 그래도 괜찮다. 계속 내 마음대로 되기만 하면 오히려 어떤 말은 입 밖으로 내지 못할 테니까. 내가 말했다. "예전의 무지했던 내가 틀렸어. 그거 알아? 어렸을 때 난 나쓰코 오바상이 너무한다고 생각했어. 네 손에 문신을 새기다니, 남에게 놀림을 당할까 걱정도 안 됐나? 난 네가 놀림 당하는 게 싫었어. 근데 나쓰코 오바상이 실종된 뒤에도 넌 계속 문신을 새겨 나갔지! 도저히 참을 수가 없었어. 나쓰코 오바상이 너한테 남긴 영향이 너무 지독하다고, 네가 말하는 싯키도 전부 나쓰코 오바상이 남긴 나쁜 영향이라고 말하고 싶었어. 난 널 불행하게 만드는 것들을 없애려고 했어. 그러면 널 구해줄 수 있을 거라고 생각했거든. 그래서 계속 너랑 다툰 거야."

갈매기 소리가 몹시 시끄러웠다. 참 눈치 없는 짐승 같으니라고. 내가 지금 인생에서 중요한 일을 처리하는 중인 걸 모르나? 하지만 짐승은 무정하다. 그들 중 몇 마리가 내 몸 위로 날아오자 따갑고 간질간질했다. 갈매기들을 쫓아버리고 싶었지만 손가락 하나 까딱할 수 없었다. 칭쯔가 대신 그들을 쫓아주었다.

“너 진짜 바보구나.” 칭쯔가 말했다. “내 손등의 문신을 봐. 진작 피부밑까지 스며들어서 지울 수가 없어. 넌 날 좋아한다면서, 나만 좋아하고 내 손등의 문신은 싫어한 거야? 날 가졌을 적에 나라는 사람만 원하고, 내 손은 원하지 않았던 거야? 네가 내 손을 잘라버렸다면, 내가 여전히 나일 수 있었을까?”

“그래, 내가 잘못했어! 난 네 앞에서 사과해야 해.”

“우리 엄마 일은 네가 말을 안 했으면, 시간이 흐른 뒤엔 나도 자연스럽게 잊었을 거야. 근데 네가 시도 때도 없이 날 일깨우는데, 내가 무슨 수로 잊겠어? 어떻게 널 원망하지 않겠냐고. 따지고 보니까 진짜 웃긴다. 야오쯔, 네가 날 우치난추로 만든 거야!”

“진짜? 진짜로 내가 그런 거야?”

“그래, 난 네가…… 좋지만 밉기도 해. 이 바보야!”

인제 보니 그랬구나. 드디어 알았다. 내가 진짜 바보였다! 내가 타이완이니 오키나와니 구별하지 않았더라면 칭쯔에게 상처를 주지 않았을 거고, 그녀가 손에 쥐려고 했던 기억을 빼앗지도 않았을 것이다. 난 늘 내가 똑똑한 줄 알고 가장 좋은 일을 한 줄 알았지만, 결과적으로 모두를 실망시켰다.

“미안해, 칭쯔. 정말로 미안해.”

“알았어. 더는 말하지 마. 널 용서하지 않을 거라고 했잖아.”

“어떻게 해도 날 용서해줄 순 없는 거야?”

“당연하지. 넌 이미 죽었으니까 나한테 보상해줄 수 없잖아. 근데 어떻게 그리 쉽게 용서해주겠어? 됐어! 푹 쉬어. 네 머리 좀 봐. 이렇게 피를 많이 흘린 줄도 모르고. 너도 참 대단하다.”

무슨 피? 나는 정말로 모르고 있었다. 그러나 햇볕은 참 따스했다. 칭쯔의 손도 참 따뜻했다. 마치 엄마 무릎을 베고 누워 있으면 엄마가 날 쓰다듬고 달래면서 재워주었던 어린 시절로 돌아간 것 같았다.

“알았어. 그럼 난 먼저 잔다. 나중에 날 찾으러 와!” 내가 말했다.

“생각해볼게.”

“생각해볼 거 없어. 날 찾으러 와야 해. 날 욕하든 때리든 상관없으니까.”

“허, 진짜 낯짝도 두껍네. 내가 생각해보겠다고 했잖아. 내가 생각해본 다음 싫다고 하면 얌전히 그런가보다 해야지.”

“알았어. 그런데 난 네가 왔으면 좋겠어.”

배가 곧 부서지려는 소리를 내면서 아기 요람처럼 흔들리자 안정적이고 편안한 느낌이 들었다. 나는 마음의 눈을 감았다. 칭쯔는 극히 작은 한 점의 빛으로 변했다. 손의 촉감도 곧 사라지려 했다. 세계가 나한테서 점점 멀어져갔다. 천천히 암흑으로 잠겨들어가는 듯했다. 이건 안심되는 암흑이었다. 가물가물한 와중에 칭쯔가 불쑥 말했다. “……무인도, 곧 도착하겠네.”

“뭐? 무인도? 우리가 그렇게 멀리 왔다고?” 나는 힘을 짜내 그녀에게 대답했다.

무인도는 멀었다. 구이산섬과 요나구니섬보다 멀었다. 이런 배로 그곳까지 갈 수 있을까? 아, 이대로 가다간 일본인이 내 시체를 발견하지 않을까? 칭쯔가 말했다. "응, 가까워졌어. 내가 무인도를 한번 보고 싶다고 계속 말했는데, 넌 못 가게 했지. 이것도 다 똑똑히 기억하고 있어."

"그건 어쩔 수 없어. 옛날부터 여자는 배에 안 태웠으니까. 안 그러면 불길한 일이 생긴다잖아."

"네가 날 배에 안 태웠는데도 불길한 일은 생겼잖아? 근데 이건 용서해줄게. 난 무인도에 가본 적 있거든."

"뭐? 언제?"

"몰래 갔었어. 네가 없을 적에. 말해도 넌 모를 거야.

"그런가……. 그럼 넌 무슨 신분으로 갔어?"

"무슨 소리야?"

"내 말은…… 중화민국 국민으로 간 거야, 일본인으로 간 거야? 무인도에는 영토 분쟁이 있잖아."

"너 진짜 바보구나! 난 '나'라는 신분으로 갔는데? 너희 남자들이나 그딴 시시한 걸로 싸우지! 그러고 보니까 야오쯔, 너 안 들려?"

"뭘 들었는데?"

"노랫소리! 무인도의 노랫소리 말이야. 사실 무인도는 계속 노래하고 있어. 무인도에게는 무인도의 목소리가 있다고! 그런데 너희가 온종일 다투느라 아무것도 못 듣는 거야!"

그런 게 어딨어? 나는 대꾸하고 싶었지만 어찌된 영문인지 정말로 그 노랫소리가 들려왔다. 그 편안한 목소리에 온몸에 닭살이 돋았다. 그건 해옹의 노래 같기도 했고, 아주아주 오래전 칭쯔가 바닷가에서 불렀던 요나구니섬의 노래 같기도 했다. 나는 이제야 진정으로 그 노랫소리를 들었다.

내가 정말로 무인도 옆에 있단 말인가? 과거엔 내가 가려고 하면 갈 수 있었지만 지금은 거절당하는, 바닷새로 뒤덮이고 곳곳에 새알이 널린 그 섬에? 설령 곧 죽는다 해도 다시 가까이 갈 수만 있다면 난 만족했다. 그곳에도 내 기억이 있다!

"칭쯔." 나는 다시 입을 열었다.

"응?"

"미안해."

"그래봤자 소용없다고 했지."

아니, 진짜로 미안해. 난 드디어 깨달았다. 몇 번을 말해도 부족해. 아직도 하고 싶은 말이 많고, 설명하고 싶은 것도 많아. 이제야 알겠어, 칭쯔. 네 어머니는 마신자에게 끌려간 게 아니었어. 이 말을 너한테 직접 해줄 수 있다면 얼마나 좋을까? 칭쯔, 네 어머니는…….

'콰당' 하는 소리가 나며 배가 멈췄다. 배가 기슭에 닿으면서 울린 날카로운 소리였다. 세계가 거대한 거품처럼 깨지며 안쪽의 노랫소리가 조수를 삼키고, 나까지 삼켜버렸다.

10

쉐펀은 유어를 따라서 해안을 걸었다. 방금 그렇게 호언장담했지만 사실 쉐펀도 마음이 편치는 않았다. 그녀는 지금 타인의 인생에 개입하려 하고 있었다. 이건 기자가 흔히 겪는 직업의 업보라지만, 그녀는 경험이 풍부했기에 신중한 태도로 임해야 한다는 것을 잘 알았다.

"유어 씨." 쉐펀은 발걸음을 멈추고 진지하게 말했다. "제가 방금 그렇게 말하긴 했지만, 중요한 건 유어 씨의 감정이고, 제가 무슨 말을 하든 스스로에게 강요하지는 마세요. 또 제가 이런 것들을 알려주는 건 신야오를 위해서기도 해요. 만약 신야오가 무사히 돌아온다면, 위청샤쯔 씨가 도대체 무슨 귀괴에게 끌려갔는지에 대해 계속 집착하지 않기를 바라서요."

"……쉐펀 언니가 방금 말했던 것처럼, 그 일에 합리적인 해석이 있으니까요?"

"최소한 이미 알고 있는 조건하에서는요."

"저는…… 여전히 믿기가 힘들어요." 유어가 눈썹을 살짝 찡그렸다. "저도 많이 생각해봤어요. 그 일은 이미 60년도 더 지난 일이에요. 관련된 인물을 찾지 못할 뿐만 아니라 배경까지 변했잖아요. 심지어 이 이야기는 여러 사람의 입을 거쳤기 때문에 많은 세부 사항이 틀렸을 수도 있어요. 그런데도 그때의 진상을 밝혀낼 수 있을까요?"

"진상을 밝혀내긴 불가능해요." 쉐펀이 단정적으로 말했다. "지금 와서는 어떤 증거를 찾아내도 너무 오래전 일이라 애매한 공백이 생기거든요. 그럼 여기에 근거해서 세운 새로운 가설의 신빙성도 대폭 하락하겠죠."

"저도 그렇게 생각해요. 사실 그전에 저도 의심한 적이 있어요. 누가 잘못 본 건 아닐까? 샅샅이 찾아보지 않았거나? 그런데 신야오는 당사자인 할머니가 그렇게 말했는데 우리한테 의심할 자격이 있느냐고 묻더라고요. 신야오 말이 틀리진 않아요. 하지만 그런 식이면 아무것도 할 수 없잖아요? 시간이 너무 많이 흘렀으니까요. 의심하는 건 쉽지만, 동시에 의심이 성립하기도 어려워요."

"맞아요. 그러니까 추가적인 조사나 증거는 필요 없어요. 우리가 해야 하는 건 단 하나, 신야오가 들려준 이야기라는 유한한 조건 안에서 이 이야기를 와해하는 거죠."

유어는 약간 시간을 들이고서 쉐펀의 뜻을 이해했지만, 믿기는 힘들었다. "정말로 그게 가능해요?"

어째서인지 몰라도 유어는 눈앞의 기자가 처음 만났을 때보다 더욱 신비하게 느껴졌다. 그녀가 말하는 건 자신이 한 번도 생각해본 적 없는 불가사의한 일이었다.

"저는 가능하다고 생각해요. 제 가설에 문제가 없는지 유어 씨가 확인해주세요." 쉐펀은 바닷바람을 등지고 그녀의 이론을 설명하기 시작했다. "제가 이해한 바에 따르면 위청샤쯔 씨가 귀괴에게 끌려갔다고 여겨진 이유는 신야오의 할아버지와 할머니가 보지 못했던 3분 사이에 위청샤쯔 씨가 두 분의 시야를 벗어나는 게 불가능했기 때문이에요, 그렇죠? 그렇다면, '시야에서 벗어난 방법'을 찾아내기만 하면 되잖아요."

"그 말이 맞긴 한데…… 하지만 모두가 찾아봤어요. 만약 빨리 벗어날 방법이 있었거나, 숨을 만한 곳이 있었다면 그때 찾아냈겠죠. 설령 실제로 그런 게 있었다 해도 그때 찾아내지 못했다면, 이젠 풍경도 완전히 변해버렸을 테니 역시 찾지 못할 텐데요?"

"그래요, 그런데 어떤 곳은……." 쉐펀이 잠시 침묵했다. "저한테 괜찮은 가설이 있어요. 그런데 정말로 그런 상황이었다면, 제가 생각해낸 가능성은 좀 무서울 수도 있어요. 그러니까 미리 말해두는 거예요. 제가 제기한 가설에 진실이 있든 없든 간에, 이 가능성에는 불쾌한 부분이 있거든요."

"상관없어요. 쉐펀 언니, 얼른 말해주세요!" 유어가 재촉했다. 쉐펀이 지나치게 신중했던 탓인지 유어는 인내심을 잃고 말았다.

"네, 일단 제가 생각해낸 가능성을 말해볼게요." 쉐펀이 결심하고 세 손가락을 폈다. "전 세 가지 가능성을 생각해봤어요. 첫째, 위청샤쯔 씨는 아이들이 보지 못한 3분 안에 사고로 사망했고, 시체도 사고 때문에 발견되지 않았다. 둘째, 위청샤쯔 씨는 누군가에게 계획적으로 살해당했고, 시체도 어딘가에 숨겨져 있다. 셋째, 위청샤쯔 씨는 스스로 숨었고, 의도적으로 아이들에게 들키지 않으려 했다."

유어는 조금 놀랐다. '계획 살인'이라는 가설이 튀어나올 줄은 예상치 못했다. 그 바람에 유어의 얼굴이 창백하게 질렸다! 그러나 학자로서의 판단력은 빠르게 발휘됐다. 유어가 부르르 떨면서 말했다. "쉐펀 언니, 이건 추리소설이 아니에요! 방금 말했잖아요. 전 누군가가 진외조모님을 살해할 이유가 있다고 생각하지는 않아요……. 게다가 가장 중요한 건 살해당했는지가 아니라, 3분 내에 어떻게 카우카우 연못을 떠났는지예요! 방금 쉐펀 언니가 제기한 가능성은 흉수든 살해당한 사람이든 3분 안에 그곳을 벗어날 수가 없잖아요?"

"아니, 그곳에서 벗어날 필요는 없어요. '숨기만' 하면 되죠."

"하지만 모두가 찾아봤잖아요. 특히 계획 살인이라면 시체를 어떻게 숨기겠어요? 다 큰 성인이라고요! 그리고 고작 3분 안에 범인이 어디에 숨겠어요?" 유어는 소름이 돋았다. 과거에 사건이 발생한 지점과 이 해안이 무척 가깝다는 사실이 불현듯 의식됐다. 이렇게 가까운 곳에서 과거를 토론하고 있는 것만으로도 왠지 두려워졌다.

"사실 좋은 곳이 있어요……. 왜 그전에 거길 생각해낸 사람이 없는지가 더 놀라운데요. 유어 씨가 해준 얘기에 따르면 그곳을 찾아본 사람은 없을 거예요. 있었다면 다른 사람에게 얘기해줄 때 언급했겠죠. 왜냐하면 대량의 인력을 동원하지 않고서는 그곳을 철저히 수색할 수가 없거든요."

유어는 믿기 힘들었다. 그런 곳이 있었나? 이 이야기를 듣고 곰곰이 생각해보았다. 정말로 그런 곳이 있었다면, 그녀는 왜 발견하지 못했을까? 쉐펀이 천천히 말했다. "유어 씨, 유어 씨가 했던 말 기억해요? 카우카우 연못은 죽은 물이라서 비가 오면 자갈이 연못 안으로 쏟아져 들어오고, 결국엔 늪과 비슷한 곳으로 바뀌었다고 했죠. 그 말인즉 카우카우 연못은 무척 혼탁해요. 가시거리도 매우 짧을 거고요. 사람이든 물건이든 무언가 물속에 있다면, 같은 연못에 있다고 해도 꼭 보인다는 법은 없어요."

유어는 살짝 고개를 들었다. 처음에는 멍하니 쉐펀을 바라보며 어떤 극적인 반응도 보이지 않았지만, 안색이 서서히 창백해졌다.

그녀는 쉐펀의 말뜻을 퍼뜩 이해했다. 게다가 그 말에 담긴 함의를 자세히 따져보면 공포를 느끼지 않을 사람은 없을 것이다! 쉐펀이 한숨을 쉬며 말했다. "가장 간단한 상황은 위청샤쯔 씨가 사고로 사망한 경우예요. 위청샤쯔 씨는 바닷가 거주민이니까 익사했다고 상상하긴 어렵겠지만, 쥐가 났다거나 해서 무슨 사고가 벌어졌고, 불행히도 두 아이가 잠수 대결을 하는 사이에 익사했다면 사라진 것처럼 보이겠죠."

"잠깐, 잠깐만요." 유어는 이 내용를 즉시 소화하기가 힘들었다. 만약 그렇다면 위청샤쯔가 세상을 떠났을 때 두 아이는 그녀와 같은 연못 속에 있었으며, 그들은 전혀 알아채지 못했다는 뜻이 아닌가? 너무 잔인했다! 유어는 이 가능성을 거부하며 반박했다. "제가 보기에 그럴 가능성은 크지 않아요. 진외조모님이 물에 빠졌다면 몸부림치지 않았을까요? 애들이 모를 수가 있겠어요?"

"사실 사람이 물에 빠졌을 때는 저항력이 매우 적어요. 영화에서처럼 그렇게 크게 손발을 휘저으면서 물보라가 사방에 흩뿌려지는 현상은 기본적으로 발생하지 않아요. 사실 뉴스에도 그런 사건이 많이 나와요. 어떤 사람이 수영장에서 물에 빠졌는데, 보는 눈이 그렇게 많았는데도 발견되지 못했다잖아요."

"하지만 물에 빠져 죽었다면 떠올라야 하지 않나요?"

"'곧바로' 떠오르진 않아요. 몇 시간, 며칠이 지나야만 떠오를 수 있죠. 그러나 유어 씨 말처럼 이럴 가능성은 크지 않아요. 당장 발견되진 않더라도 며칠 내로 위청 씨의 시체가 발견돼야 맞잖아요. 그런데 이게 완전히 불가능한 것만은 아니에요. 가능성이 너무 낮아서 그렇지, 수초 같은 것에 걸렸을 수도 있으니까요. 하지만 그럼 항구를 개척할 때라도 발견됐어야 했겠죠. 그러니까 이 가능성은 잠시 배제하기로 해요. 다음 가능성은…… '계획 살인'이에요."

다시 '계획 살인'이라는 두 단어를 듣자 유어는 무서워져서 자세한 내용을 듣고 싶지 않았지만, 애써 정신을 차렸다. 카우카우 연못에 몸을 숨길 수 있다는 점을 의식하자 쉐펀이 무슨 말을 할지도 짐작이 갔다. "저 질문이 있어요. 쉐펀 언니는 그 살인범이 사건을 저지른 후 카우카우 연못에 숨었다고 말하고 싶은 거죠? 설령 그렇다 해도 진외조모님이 3분 안에 카우카우 연못을 떠날 수 없듯이, 그 사람도 3분 안에 진외조모님 옆으로 다가갈 수 없지 않나요?"

이건 간단하면서도 강력한 질문이었다. 두 아이가 볼 수 없는 곳으로 위청샤쯔가 3분 안에 이동할 수 없다면, 아이들의 시선이 닿는 범위 내에 존재하지 않았던 범인은 어떻게 3분 안에 그녀의 옆으로 갈 수 있었을까? 쉐펀이 말했다. "만약 범인이 처음부터 먼 곳에 서 있었다면 확실히 3분 안에 접근할 순 없었겠죠. 그런데 아이들은 연못가에 사람이 없다는 걸 언제 깨달았을까요? 위청샤쯔 씨가 실종된 걸 알아차린 후, 자세히 관찰하고 나서야 알았잖아요? 사람이 실종됐다는 걸 알아차리기 전까지는 아이들도 주변에 사람이 있는지 없는지를 신경 쓸 필요가 없었어요. 그 말인즉 당시 범인은 이미 연못가에 있었고, 아이들이 알아채지 못했을 뿐일 수도 있어요. 물론, 범인이 위청샤쯔와 멀지 않은 사각지대에 숨었을 수도 있고요. 심지어 범인이 카우카우 연못 속에 일찌감치 숨어 있었을 수도 있죠. 그런데 그럴 가능성은 정말로 너무 낮으니까 일단 고려하지 않기로 해요."

쉐펀은 가능성을 점검하려고 했을 뿐이다. 그러나 실무적인 어조는 모종의 진실에 가까운 공포감을 가져다주었다. 유어는 그 과정을 상상하기만 해도 속이 뒤집혔다. 그 악의를 품은 범인이 소리 없이 위청샤쯔 옆으로 다가가 그녀를 계획적으로 살해하고, 그녀의 시체를 끌고 카우카우 연못 속에 숨었다. 신야오의 할아버지, 할머니가 사방으로 찾아다닐 때 범인은 바로 눈앞에 있었다고? 그런데도 두 아이는 알아차리지 못했다니…….

유어는 온몸이 떨렸다.

"어떤 방식으로 살해하든 간에 잠수했다면, 먼 곳으로 이동하는 내내 약간의 콧숨만 노출하면서 들키지 않았을 수도 있겠죠. 사전에 범인이 물속에서 호흡하기 위한 공구를 준비해뒀을 수도 있고요." 쉐펀이 보충 설명을 했다.

이는 유어의 상상을 크게 벗어난 것이었다. 그녀는 고개를 저었다. "그런데 범인이 어떻게 진외조모님의 시체를 가지고 카우카우 연못을 떠났을까요? 밤에 인적이 사라질 때까지 기다리기라도 했을까요?"

"그럴 수도 있어요. 범인은 어떤 방법을 써서 시체가 떠오르지 못하게 해두고, 사람들이 신경 쓰지 않는 틈을 타 카우카우 연못을 떠난 거예요. 밤이 깊어 인적이 사라질 때까지 기다렸다가 다시 연못에 잠수해서 시체를 처리했겠죠. 그런데 이 가설의 가능성은 크지 않아요."

다행이다. '가능성이 크지 않다'라는 말을 듣자 유어는 겨우 안도했다! 그녀는 공포감에 짓눌려 무너지기 일보 직전이었다. 그래서 감정을 추스른 다음에야 물었다. "어째서요?"

“몇 가지 이유가 있어요. 위청샤쯔 씨가 카우카우 연못가에 간 건 우연이었어요. 연못가에 사람이 없었던 것도 우연이었죠. 두 아이가 잠수를 얼마나 오래 할 수 있을지도 미지수예요. 게다가 이 수법은 너무 번거로워요. 실종됐다는 인상을 남기고자 했다면 이것보다 훨씬 쉬운 방법이 있을 거예요. 전 이런 이유에서 범인이 사전에 카우카우 연못에 숨지는 않았을 거라고 생각해요. 불확실한 요소가 너무 많거든요. 까놓고 말해 꼭 카우카우 연못에서 손을 써야 하는 이유가 뭔지, 전 생각해낼 수가 없어요. 게다가 시체를 운반해갔다 해도, 시체를 버리는 것 역시 문제죠.”

유어는 가슴을 쓸어내렸다. 이게 정확한 답일까봐 두려웠던 것이다. 만약 이게 진상이라면 신야오가 돌아와도 알려줄 생각은 없었다. 쉐펀은 처음에 세 가지 가능성을 제기했다. 소거법에 따르면 마지막 하나가 남았다. 그러나 이 마지막 가능성은 상당히 곤혹스러웠다.

“……그럼 쉐펀 언니는 진외조모님이 스스로 숨었다고 생각하세요?”

“전 그럴 가능성이 가장 높다고 봐요. 위청샤쯔 씨가 가장 적절한 시기를 스스로 판단할 수 있고요. 사전에 물속에서 호흡하기 위한 도구를 준비해두기만 하면 오랫동안 잠수할 수 있죠. 의문이 남는 점을 굳이 따지자면 이 수법은 밤에 실행하는 편이 더 좋아요. 날이 저문 다음이 활동하기가 더 좋잖아요. 그런데 위청샤쯔 씨는 낮에 실종됐죠.”

"하지만 왜 그래야만 했을까요? 왜 모두를 등지고 실종돼야만 했을까요?" 유어는 흥분해서 물었다. 위청샤쯔는 남겨진 가족이 얼마나 괴로워할지 몰랐을까? 사실상 그 사건이 없었다면, 천황칭쯔와 천신야오의 운명은 확연히 달라졌을 것이다! 물론 유어도 이 문제가 억지에 가깝다는 것은 알았다. 과연, 쉐펀은 옅은 쓴웃음을 지었다.

"지금에 와선 알 수가 없죠. 그렇지만…… 만약 설명이 없다면 위청샤쯔 씨는 가정을 버린 모진 어머니가 되겠죠. 그러니까 이 이야기에는 아무래도 설명이 필요하겠죠? 유어 씨, 사실 유어 씨가 방금 들려준 정치적 사실이 또 하나의 가능성을 제공해줬어요. 예를 들어 위청샤쯔 씨는 모종의 정치적으로 곤란한 상황에 휘말리는 바람에 가족을 지키느라 일부러 실종된 거예요. 리난팡에 나타났다는 수상쩍은 사람들은 사실 위청샤쯔 씨와 접선하려던 거고요……. 이제 와서 이런 것들을 증명할 방법은 없지만, 전 존엄에서 비롯된 구상도 괜찮다고 생각해요. 어때요?"

유어는 여전히 혼란스러웠다. 쉐펀이 제기한 가설에는 귀괴의 농간보다 훨씬 더 무서운 것도 있었다. 그로 인해 흥분과 공포, 즐거움과 안위가 뒤섞인 감정이 들었다. 이게 진상이 아닐 가능성이 크다는 건 그녀도 알았다. 그러나 이 가설은 확실히 신야오가 아는 것들에 기초해서 세워졌기에 그가 돌아오더라도 쉽게 부인하지는 못할 것이다. 하지만 이 가설이 정말로 신야오를 구원할 수 있을까?

물론 위청샤쯔의 사건을 해결한다고 해서 신야오가 그의 인생을 괴롭힌 문제로부터 회복할 수는 없다는 건 알았다. 그러나 모든 상상에는 부착될 대상이 필요하다. 그렇다, 요괴가 사람 몸에 빙의하는 것처럼 말이다. 사람에게 빙의한 후의 요괴는 빙의하기 전보다 훨씬 강해지지 않던가. 신야오의 복잡하고 난해한 국족 정체성은 '마신자인가, 싯키인가'라는 문제를 통해 떠올랐다. 그리고 이는 위청샤쯔와 천황칭쯔의 사건이 판타지적인 상상이 빙의할 장소를 제공했기 때문이기도 하다. 이 케이스에서는 오히려 요괴가 빙의당한 것이었다! 어떤 상상이든, 깃들 몸을 얻기만 하면 무한하게 커질 수 있다. 멈출 줄도 모르고, 에너지가 소모되지도 않으며, 영원히 메아리치며 비웃는 '물결'처럼. 그리고 쉬펀이 제기한 가설은 정확히 빙의당한 요괴를 와해시켰다.

구원을 얻을 수 있을지는 신야오 본인에게 달렸다. 그러나 유어는 확실히 희망에 닿았다. 마신자든 싯키든 간에 귀괴가 존재하지만 않는다면, 소박하면서 순수한 문제 하나만 남는다. 신야오는 비행기에서 어떻게 자신을 숨겼을까? 현실감은 발밑을 밝히는 등불처럼, 멀리 비추지는 못해도 지면의 존재를 알리기에는 충분했다. 신야오와 함께 그 복잡한 미궁을 걸어왔던 유어는 신화와 전설 속에서 자신을 잃어버릴 뻔했다. 하지만 이는 그녀에게 처음으로 '신야오가 귀괴에게 끌려간 것이 아닐 수도 있다'라는 의식을 갖게 했다.

"……그럼 할머니는요? 할머니는 저와 신야오 앞에서 실종됐는데요. 여기에도 합리적인 해석이 있을까요?"

유어가 참지 못하고 캐물었다. 이 문제를 듣자 쉐펀은 2층 방에 순간적으로 나타났다가 사라진 허깨비가 퍼뜩 떠올랐다. 그녀는 등골이 서늘해졌지만 이 기억을 무시하기로 했다.

"이 점에 관해선 저도 아직 확신이 없어요. 기본적인 가설은 있지만……. 어쨌든 이건 60년 전의 일과는 달라요. 관련된 사람을 찾을 수도 있고, 유어 씨가 목격자이기도 하잖아요. 전 사후에 조사하는 것뿐이라 제 판단에 실수나 오류가 있을 수도 있어요. 그러니까 틀린 부분이 있으면 지적해주세요, 알겠죠?"

"물론이죠. 알겠어요." 유어가 고개를 끄덕였다.

"유어 씨 말대로라면 천황칭쯔 씨가 실종된 그날, 둘은 1층에서 그분을 기다리고 있었어요. 그분이 계속 내려오지 않길래 2층으로 올라갔고요. 그다음 곧바로 일본식 방의 문을 열었어요. 왜 그랬는지 물어봐도 될까요? 제 말은, 2층에 방이 하나만 있는 것도 아닌데, 왜 그 문을 먼저 열었어요?"

"왜냐하면 거기가 할머니 방이니까요. 다른 방은 창고고, 그쪽을 찾아볼 이유가 없어서……." 돌연 유어는 쉐펀이 왜 그 문제를 제기했는지 알아차렸다. "잠깐만요. 그때 할머니가 창고에 있었다는 거예요? 하지만 나중에 저희가 창고에 가서도 찾아봤는데요!"

"전 그렇게 생각하긴 해요." 쉐펀은 말을 하려다가 멈칫했다. "둘이 창고를 보긴 했지만, 창고의 구석구석을 자세히 살피진 않았겠죠?"

"물론 그러진 않았어요. 쉐펀 언니, 그게 무슨 소리예요? 저희가 자세히 살폈다면 할머니를 찾을 수 있었단 말인가요? 그러니까 할머니는 저희를 속일 의도로 자발적으로 숨은 거라고요?" 유어는 납득하기 힘들었다. 그녀는 천황칭쯔를 신뢰했다. 쉐펀의 이 가설은 그녀에게는 모욕이나 마찬가지였다! 쉐펀은 유어의 심정을 알아채기라도 한 듯 옅게 쓴웃음을 지었다. "그건 여러 가능성 중 하나예요. 그리고 또다른 가능성이 있어요. 천황칭쯔 씨가 어떤 질병 때문에 창고에서 혼절했을 수도 있죠."

"……뭐라고요?" 유어의 안색이 크게 변했다. 이렇게 무시무시한 가능성이 제시될 줄은 예상치 못했다. 쉐펀이 말했다. "이건 제 추측일 뿐이에요……. 천황칭쯔 씨가 둘에게 줄 것이 있다며 위층으로 올라갔고, 잠깐 기다리면 곧 내려오겠다고 말했잖아요. 그럼, 그분이 주려는 물건이 창고에 있었을 가능성은 없을까요? 그리고 천황칭쯔 씨가 그 병 때문에 혼절했는데 창고 구석에 쓰러지는 바람에 둘의 주의를 끌지 못한 거라면 신비하게 실종된 셈이죠."

유어의 이마에 땀이 흘렀다. 이 가능성은 마른하늘에 날벼락 같았다. 정말로 쉐펀이 말한 대로 천황칭쯔가 그 이후에 행방불명된 게, 그들이 발견하지 못한 바람에 창고 안에서 서서히 죽어갔기 때문일 가능성이 가장 높다고? 이건 얼마나 큰 죄인가! 하지만, 정말로 그랬을까? 당시 유어가 모든 구석을 살피지 않은 건 사실이었다. 그러나 창고는 그리 넓지도 않았다. 천황칭쯔가 두 사람에게 보이지 않는, 완벽한 사각지대에 쓰러질 수 있었을까?

"……아니, 됐어요. 이 말은 제가 안 한 셈 쳐요. 이럴 가능성은 너무 낮아요." 쉐펀이 고개를 저었다.

"네? 왜요?" 유어가 다급하게 물었다.

쉐펀은 단어를 어떻게 조합해야 할지 고민하는 것 같았지만 결국 단도직입으로 중점을 찔렀다. "만약 천황칭쯔 씨가 진짜로 골든 타임을 놓쳐서 2층에서 세상을 떠났는데 사람들에게 발견되지 않았다면, 시신이 점차 부패했을 테니 그 집에선 반드시 수상한 냄새가 났을 거예요. 그런데 전 낮에 아무 냄새도 못 맡았어요. 물론 신야오가 집을 처리하러 돌아온 적이 있으니까, 그사이에 신야오가 처리했을 가능성도 배제할 순 없죠. 하지만 그렇다면 신야오가 천황칭쯔 씨의 행방을 안다는 뜻이 돼요. 그분의 행방 때문에 골머리를 썩일 필요가 없죠. 막말로 시체가 남긴 악취를 제거하려면 그 방에 있던 물건을 모조리 버릴 가능성이 가장 큰데, 이건 혼자 힘으로 해내긴 어려울 거예요. 제가 인터뷰했던 이웃 사람은 악취를 맡지 못했고, 신야오가 딱히 거창하게 움직이는 것도 보지 못했어요. 그렇다면 천황칭쯔 씨가 2층 창고에서 세상을 떠났을 확률은 높지 않다고 생각해요."

유어가 안도했다. "그럼 다행이네요……. 그런데 그렇다면."

"남은 가능성은 천황칭쯔 씨가 자신의 의지로 창고에 숨은 거죠. 사실 이건 가능성이 커요. 천황칭쯔 씨에게 그럴 계획이 있었다면 자기를 숨길 준비를 사전에 완벽하게 해놓을 수 있었을 테니까요. 어쩌면 둘이 샅샅이 뒤졌더라도 못 찾았을 수 있어요. 그리고 또다른 가능성도 있어요. 천황칭쯔 씨는 원래 창고에 숨어 있었고, 둘이 그분의 방에 들어간 틈에 창고에서 나와 계단으로 내려간 거예요. 이러면 창고에서도 천황칭쯔 씨를 찾을 수가 없죠. 그런데 계단으로 내려가면서 아무 소리도 안 낼 수 있을지는 저도 확신하지 못하겠네요. 어쩌면 천황칭쯔 씨는 해냈을지도 몰라요. 하지만 여러 리스크를 고려했을 때 전 창고에 숨는 편이 비교적 확실하다고 봐요."

역시 결론은 이렇게 났다. 유어는 동의하진 않았지만 처음처럼 거부하지도 않았다. 그녀가 말했다. "이론상으로는 맞아요. 그럴 가능성이 있다는 데는 동의해요. 그런데 전 할머니가 그렇게 했다는 게 상상이 잘 안돼요. 본인의 실종이 신야오에게 어떤 영향을 끼칠지 알고 계셨을 텐데! 위청샤쯔의 실종은 불행한 기억만 가져오지 않았던가요? 왜 그분은 그런 경험을 신야오에게 물려줘야만 했을까요?"

"저도 몰라요. 그렇지만", 쉐펀이 고개를 저었다. "전 천황칭쯔 씨의 의도가 사람들에게 자신이 신비하게 실종됐다는 느낌을 주는 것이었다고 생각해요."

"신비하게 실종됐다는 느낌을 주기 위해서라고요……?"

"음, 그냥 되는대로 생각한 거고, 제 전문도 아니지만……." 쉐펀은 조금 망설였다. "하지만 좀 이상하단 느낌이 들어요. 유어 씨, 당시의 보도와 제가 여기서 수소문한 내용에 따르면 천황칭쯔 씨는 3년 전, 9월 25일 이후로 나타난 적이 없어요. 두 사람 앞을 제외하면요. 두 사람은 29일에 그분을 뵀죠. 하지만 25일이 되기 며칠 전, 천황칭쯔 씨는 마신자에게 홀린 것 같은 기괴한 언행을 보였어요. 이거 이상하지 않아요?”

이 이야기를 듣자 유어도 확실히 어딘가 이상하다는 느낌이 들었다. 그러나 그 이유를 당장 델 수가 없어서 질문할 수밖에 없었다. “어디가 이상한데요?”

“유어 씨, 제가 공자 앞에서 문자 쓸 순 없으니까 유어 씨 의견을 듣고 싶어요. 천황칭쯔 씨는 25일이 되기 며칠 전에 이미 홀렸어요. 자취를 감춘 건 25일, 심지어 29일이 되어서지만요. 그런데 제가 들은 마신자 전설에 따르면 환각이란 게 당사자가 사건을 겪고 난 다음에 회상한 것인 케이스가 많더라고요. 그 말인즉 환각은 마신자에게 끌려감과 동시에 발생한다는 거죠. 마신자에게 끌려갈 때는 알아채지 못하다가 그 일을 겪고 난 다음에야 환각이라고 깨닫는 거예요. 25일이 되기 전, 천황칭쯔 씨는 이미 마신자를 만났지만 곧바로 끌려가진 않았어요. 이게 합리적일까요?”

말을 마친 쉐펀은 사실 안절부절못했다. 이렇게 묻는 건 옳지 않았다. 상대방의 생각을 유도하기가 쉬웠기 때문이다. 그러나 자기가 마신자에 관해 정확히 알고 있는지 확신이 들지 않았다. 유어는 처음에는 멍했지만 학자답게 두뇌를 빠른 속도로 회전시키기 시작했다. “이건 확실히 흔한 케이스는 아니네요⋯⋯. 그런데 사람들의 체험은 천차만별이니까 그런 케이스가 없다고 단언하기도 힘들죠. 따지고 보면 ‘마신자’는 일반적으로 마귀의 ‘마魔’ 자를 쓰지만 이건 음을 기록하기 위한 것뿐이에요. '마신魔神'은 사실 '무신無神'이라는 설도 있어요. 즉 피해자가 실신한 상태를 묘사한다는 거예요. 만약 그런 거라면 할머니는 환각에 이끌려 실신했고, 마신자에게 농락당한 셈일 수도……."

"그렇다면 천황칭쯔 씨는 어째서 며칠이 지난 다음에야 실종됐을까요? 마신자에게 농락당한다는 건, 실종됐다가 돌아온 후에 그동안 '무신' 상태였음을 깨닫는 걸 수도 있고, 그냥 '무신' 상태에 빠지는 걸 수도 있어요. 그러나 천황칭쯔 씨의 경우에는 '무신'이 실종 전에, 심지어 며칠 간격을 두고 발생했어요. 설마 마신자가 그분께는 두 번이나 수작을 부린 걸까요?"

유어는 대답할 말이 없었다. 확실히 좀 드문 케이스였다. 쉐펀이 말을 이었다. "이건 아주 사소한 의문점이에요. 그렇지만 일단 의식하고 나니까 생각할 수밖에 없더라고요……. 아, 설마 천황칭쯔 씨는 자기가 마신자에게 끌려갔다는 거짓 이미지를 만들려고 했던 걸까요? 그래서 그분이 실종되기 전, 일부러 귀괴에게 농락당한 것과 비슷한 모습을 꾸며낸 거죠……. 이건 제 상상일 뿐이에요. 유어 씨, 어떻게 생각해요? 그럴 가능성이 있을까요?"

"가능성이라면…… 가능성만 말하자면…… 당연히 있죠. 하지만……." 유어가 힘껏 고개를 저었다. "할머니가 도대체 왜 그러셨던 걸까요?"

"명확한 근거는 없지만", 쉐펀이 말했다. "전 유어 씨가 방금 어떤 가능성을 지적했다고 생각해요."

"뭐가요?"

"이건 신야오가 자기를 우치난추라고 굳게 믿도록 만들기 위한 모종의 제약, 아니, 저주나 속박이라고 해야겠네요, 안 그래요? 유어 씨 말대로라면 위청샤쯔 씨의 일은 불행한 기억만 갖고 왔어요. 하지만 동시에 천황칭쯔 씨의 신념을 공고하게 해주었죠. 그래서 천황칭쯔 씨는 **이런 경험을 신야오에게 복제하려고** 한 거예요! 유어 씨, 그전에 제가 신야오는 자기를 우치난추로 여긴다고 말했었죠. 그런데 고작 그것만은 아니겠죠? 신야오가 유어 씨한테 자기가 실종된다면 마신자의 짓일까, 싯키의 짓일까 하고 물은 적이 있었다면서요? 만약 신야오가 자기를 우치난추라고 굳게 믿었다면 마신자라는 선택지는 아예 없었을 거예요. 천황칭쯔 씨는 신야오가 동요하는 것을 알아차리고, 이런 방식으로 자기 신념을 신야오에게 강요한 게 아닐까요?"

유어는 놀라서 쉐펀을 멀뚱히 보았다. 놀랐다기보다는 고통스러운 나머지 어찌할 바를 몰랐다고 해야 할 것이다. 쉐펀은 자기 말이 적중했음을 알았다. 신야오의 내심은 쉐펀도 오늘에야 갑작스럽게 깨달았다. 진순신이 신야오에게 써준 그 말, 그리고 신야오가 진순신에게서 찾으려 했던 공명까지도.

과거 쉐펀은 진순신에게 특별히 주목하지 않았다. 그러나 올해 초, 진순신이 일본에서 세상을 떠났고, 1월 말에는 그의 『아편전쟁』이 타이완에서 재판됐다. 이 책을 보면서 쉐펀은 불현듯 신야오를 떠올렸고, 친구의 추천으로 진순신에 대해 다시 알아보았다.

진순신은 나오키상을 받았고 작가로서의 명성은 일본에서 쌓이기 시작했지만, 그는 타이완인이라고 할 수 있었다. 그의 부친이 타이완인이기 때문이다. 전쟁 전, 그는 일본 고베에서 태어났다. 당시 일본과 타이완은 '동일한 하나의 나라'였다. 전쟁 후 그는 자동적으로 중화민국 국민이 되어 송환되듯 타이완으로 돌아왔다. 그가 타이완에서 체류한 시간은 길지 않았다. 특히 2·28사건°으로 자극을 받아 얼마 안 돼 다시 떠났다. 그는 중국의 역사를 제재로 삼아 많은 작품을 썼으며, 텐안먼 사건으로 인해 중국에 실망하기 전까지 중화인민공화국의 국적을 보유한 적도 있었다. 이렇게 아버지가 타이완인이고 타이완에서 살았던 경험이 있지만, 중국의 역사 이야기를 대량으로 쓴 일본 국적의 작가인 그는 도대체 일본인일까, 타이완인일까, 아니면 중국인일까? 본인은 어떻게 생각할 것이며, 타인은 또 어떻게 평가할 것인가? 단순히 국적으로만 보면 그는 일본과 중화민국 국적을 동시에 보유한 사람이라고 할 수 있다. 그러나 국적이 바로 그의 정체성일까?

진순신이 신야오가 소장한 『류큐의 바람』에 써줬다는 '아무런 국경이 없는 바다는 자유의 상징이다'라는 말이 떠오르자 쉐펀은 순식간에 깨달았다. 이게 신야오의 곤경이자 바람이 아니었을까? 신야오는 류큐에서 살았던 경험이 없지만 류큐 정체성을 완전히 버릴 수는 없었다. 그로 인해 방향을 바꾸어 류큐와 타이완의 내재

° 1947년 국민정부에 대한 반정부 봉기가 일어나자 국민정부에서 비무장 반정부 시민들을 학살한 사건으로, 타이완 민주화 운동의 중요한 계기가 됐다.

적인 연결을 추구했다. 바로 선사시대였다! 그가 찾던 것은 인류가 아직 '국경'이라는 개념을 만들어내기 전, 대해가 문명을 하나로 이어주던 상태였다. 그 요원한 시대에 사람들은 자기가 류큐인인 지, 타이완인인지 고민할 필요가 없었다.

이건 도피일까? 그럴 수도 있다. 현대 사회를 살며 국적에 귀속 되는 건 피할 수 없으니까. 그러나 국적과 정체성이 반드시 일치한 다고 할 수는 없다. 이런 고독과 절망에서는 정녕 도망칠 수 없는 걸까? 사실상 도망칠 수는 없다. 보이지 않는 투명하고 차가운 제 도는 어디에나 존재하기 때문이다. 거기에 적응한 사람이 느끼지 못할 뿐이다.

"휴……." 유어가 그제야 정신이 든 듯 깊이 한숨을 내쉬었다. 그녀는 지친 얼굴로 대해를 바라보며 쪼그려 앉아 중얼거렸다. "쉐 펀 언니, 타이완에는 탐정이 없지만 쉐펀 언니는 진짜 명탐정 같네 요. 쉐펀 언니 말처럼 신야오의 정체성은 단순히 타이완이나 류큐 냐로 정의할 수 있는 게 아니에요."

유어는 쉐펀에게 이야기 하나를 해주었다. 얼굴은 대해를 향하 고 있어서 마치 대해에게 이야기를 들려주는 느낌이었다.

몇 년 전, 유어는 신야오와 함께 지룽의 서랴오섬에 간 적이 있 다. 신야오의 류큐 정체성을 알게 된 뒤 그녀는 그를 데리고 타이 완 각지의 류큐 관련 유적지를 돌아다녔다. 서랴오섬에는 타이완 최대 규모의 류큐인 취락이 있었기에 그곳은 유어의 류큐 리스트 에서도 상단에 올라 있었다.

섬 공원에서 두 사람은 손을 잡고 걷다가 안내판을 보았다. 안내판에는 서랴오섬에 전해지는 '큰 짚신 전설'이 기록돼 있었다. 섬에 사는 사람이 커다란 짚신을 주웠다. 그 바람에 사람들은 바다에는 거인국이 있다고 여기고, 거인이 침입해오지 못하도록 더 큰 짚신을 짰다. 서랴오섬에는 더 큰 거인이 살고 있다며 거인을 속이기 위해서였다. 유어는 이 전설을 보자마자 흥분해서 신야오에게 말했다. "이건 요나구니섬의 전설과 매우 비슷해."

15세기에 요나구니섬은 '이소바イソバ'라는 여자 호걸이 통치하고 있었다. 그녀는 해적의 습격을 피하느라 사람들에게 거대한 짚신을 삼게 했다. 해적들이 섬에 거인이 있다고 믿게 하기 위해서였다. 또 이소바가 너무 용맹했던 나머지 이소바 본인이 거인이라는 소문도 생겼다. 이 전설은 여러 가지로 변형됐다. 어떤 판본에서는 거대한 짚신은 해적을 속이기 위한 것이 아니라 어딘가에 있는 거인이나 악귀, 심지어 타이완 식인족을 속이기 위한 것이라고 했다. 서랴오섬에 전해지는 전설은 이주민이 가져온 게 분명했다. 이는 전설과 문화가 국경에 의해 격리되지 않는다는 것을 증명했다.

그러나 신야오가 이 이야기를 듣고 매우 집착할 줄은 유어도 생각지 못했다. 심지어 신야오는 거인이 진짜로 존재한다고 주장하기까지 했다! 그는 잔뜩 흥분해서 어떤 연구 결과를 유어에게 보여주었다. 요나구니섬 근해에서 발견된 해저 유적과 관련된 내용이었다. 그곳에 있는 거대한 계단은 평범한 신장의 인간이 애초에 오를 수가 없기 때문에, 유적의 주인은 '거인'이 분명하다는 것이었다.

사실 이 ‘유적’에 관해서는 유어도 들어보았다. 그러나 그녀가 아는 바에 따르면 그것을 유적이라고 표명할 수 있는 고고학적인 증거는 아직 없었다. 그녀는 그것이 ‘해저 지형’이라는 쪽에 더 기울었다. 자연계에서는 이렇게 계단처럼 평평한 절단면이 있을 수 없다고 생각하는 사람도 있겠지만, 자연은 신비하다. 평후澎湖에 불가사의한 주상절리 지형이 있는 것처럼, 마치 인간이 만든 것처럼 보이는 자연물은 사실 그리 드물지 않다. 가장 중요하게는, 그것이 정말로 유적이라면 그에 상응하는 생활 유물이나 묘총 같은 취락의 흔적이 있어야 했다. 그러나 해저에서는 이런 것들이 발견되지 않았다.

둘은 해저 지형에 대한 의견이 달랐고, 이 때문에 몇 번 다투기까지 했다. 이는 유어에게는 터무니없는 일이었다. 물론 신야오는 인류학자의 적수가 될 수 없었으므로 결국엔 자기가 졌다고 인정했다. 그러나 그는 여전히 거인이 존재한다고 생각한다고 말했다. 그 거인이 서랴오섬이나 요나구니섬 사람들의 환상이 아니라 진실로 존재하기만 하면 된다는 식이었다고 말할 수도 있겠다. 그때의 유어는 신야오가 거인에게 왜 그토록 집착하는지 이해하지 못했다. 한번은 오키나와 여행을 가서 우연히 이 일을 꺼냈을 때야 신야오가 솔직한 마음을 전했다.

“거인 얘기를 들으니까 그런 생각이 들었어. 나도 그렇지 않나?” 그때 신야오는 미야코宮古섬으로 가는 배에 있었다. 햇빛이 해수면을 아름답게 비추고 있었지만 신야오는 눈이 부셔서 얼굴을 찡그리고 있었다. 얼굴에는 그늘이 스쳐 지나갔다. "요나구니섬이나 서랴오섬 사람들은 거인을 자기네가 창조했다고 생각해. 그 사람들은 허구의 거인을 만들어냈고, 그와 동시에 해외의 누군가가 이 거인을 진짜라고 믿어주길 바랐어. 이 거인이 가엾지 않아? 입에서 입으로 전해지긴 했는데 인정은 받지 못하고, 바다 위에서 하염없이 떠도는 존재일 뿐이야. 그래서 난 거인이 진짜로 존재하면 좋겠다고 생각했어. 존재했던 흔적을 남길 수 있다면, 누구에게도 부정당하지 않을 수 있겠지. 이것도 거인들을 허구라고 여기는 사람들에게 반항하는 셈이고……."

기억 속 신야오가 평온하게 했던 이 말은 유어의 마음을 흔들었다. 유어는 이 말 뒤에 있는 고통을 알아들었고, 쉐펀에게 느릿느릿 털어놓았다.

"쉐펀 언니, 보세요. 신야오의 정체성 혼란은 자기가 타이완인이자 우치난추라고 여긴 정도가 아니에요……. 그렇게 좋은 일이 아니에요. 정반대죠. 신야오는 자기를 타이완인으로도, 마찬가지로 우치난추로도 여길 수가 없었어요. 그래서 망망대해를 떠도는, 양쪽에서 동시에 추방당한 거인 전설에 자신을 투영한 거예요……. 그러니까요, 할머니는 좋은 분이지만 신야오에게 이런 신념을 주입한 바람에 불행만 가져왔어요. 제가 어떻게 할머니를 미워하지 않을 수 있겠어요?"

말을 이어가던 유어는 더는 견디지 못하고 부르르 떨면서 한숨을 내쉬었다. 그러고는 세월을 몸에서 짜내려는 듯이 숨을 깊이 들이마시더니 대해를 향해 분노를 터트렸다.

11

유어와 헤어진 뒤 쉐펀은 술이 무척 당겼다. 담배 피우는 습관이 있었다면 담배를 꺼내들었을지도 모른다. 이 중독 물질에 대한 필요는 중대한 임무를 마친 뒤 긴장을 풀려는 갈망에서 나온 게 아니었다. 전혀 아니었다. 불안을 느끼고 주의력을 전환하고자 술을 마시려는 거였다.

신야오는 어쩌다가 비행기에서 실종됐을까? 쉐펀은 아직 해답을 찾지 못했지만 설득할 말은 있었다. 이 수수께끼를 풀려면 비행기의 구조뿐만 아니라 승무원의 수속 절차, 비행 스케줄까지 포함해 모든 세부 사항을 철저히 알아야 한다. 지금은 답이 없지만 자세히 조사하기만 하면 신야오의 신비한 실종에 관한 실마리를 분명히 찾을 수 있을 것이다. 결론적으로 말해 유어는 쉐펀의 건의를 받아들였다. 그녀는 쉐펀에게 전화번호를 주고 단서를 찾거든 연락해달라며, 자기도 며칠 더 머무르겠다고 했다. 그러나 숙소가 쑤아오에 있었으므로 그녀는 쉐펀과 헤어져 쑤아오로 돌아갔다. 쉐펀도 그녀에게 머리를 식힐 시간이 필요하리라 생각했다.

유어와 헤어질 때까지도 쉐펀은 자기 행동이 옳았는지 확신할 수 없었다. 자기가 유어의 기대에 부응할 수 있다고 생각하지도 않았다. 물론, 쉐펀의 변명은 정확했다. 신야오 실종의 수수께끼를 풀려면 비행기와 항공사에 관한 모든 것을 알아야 했다. 그러나 이는 본디 수사의 기본이다. 신야오가 실종된 지 벌써 일주일이나 됐다. 비행기를 손바닥 들여다보듯이 아는 전문가들이 진작 출동했는데도 답을 찾지 못했다. 쉐펀은 자기가 그들보다 대단하다고 여길 정도로 순진하진 않았다.

천황칭쯔의 실종이라는 수수께끼도 그랬다. 쉐펀이 합리적인 가설을 제시한 것처럼 보이기는 했으나 설명할 수 없는 부분이 아직도 많았다. 예를 들어 유어의 말대로라면, 그들은 네이피에 오기 전에 천황칭쯔에게 알리지 않았다. 천황칭쯔가 그들이 올 것을 알지 못했다면 사라진다는 계획을 사전에 준비했다는 설은 성립하지 않는다. 물론 천황칭쯔는 다른 경로를 통해 신야오가 온다는 소식을 접했을 수도 있다. 아니면 그 계획은 다른 사람을 위해 준비한 것인데, 신야오가 예고 없이 오는 바람에 천황칭쯔가 즉흥적으로 생각을 바꿔 그 앞에서 계획을 실행했을 수도 있다. 그러나 이것으로도 천황칭쯔가 왜 29일에 다시 모습을 드러냈는지를 설명할 수는 없었다.

이웃의 말에 따르면 그들은 9월 25일 이후로 천황칭쯔를 보지 못했다. 집 2층에 있던 일력도 9월 24일에 머물러 있어, 천황칭쯔가 24일 자 일력을 뗄 기회가 없었음을 알려줬다. 귀괴가 사람을 유괴한 게 일종의 연출이라면 이는 그녀가 실종되기로 계획한 날짜일 것이다. 그렇다면 왜 네댓새 뒤에 다시 나타난 걸까? 만약 그녀가 9월 29일에 어떤 계획을 실행할 예정이었다면 그와 상관된 연출도 28일에 진행해야 했다! 풀린 것처럼 보였던 그 수수께끼는 제자리걸음을 하다시피 했다. 쉐펀의 가설은 물거품이 될 공산이 컸다.

그러나 쉐펀은 원래 유어가 후회할까봐 다른 가능성을 늘어놓은 것이었다. 유어가 다시 생각해주길 바랐을 뿐이므로 이게 진상이 아니라고 해도 무방했다. 그렇다고 해도 쉐펀은 유어가 너무 큰 기대를 하게 만들었다는 게 걱정됐다. 방금 말한 내용들은 추리라기보다는 화술에 가까웠다! 유어는 이게 추리소설이 아니라고 말했는데, 그 말이 맞았다. 추리소설은 모든 증거를 제시할 의무가 있다. 그러나 현실은 거칠고 막무가내로 구는 폭군이다. 소위 '증거'라는 것은 사탕을 한 움큼 집어 마구 뿌렸을 때 쟁반에 떨어진 사탕 몇 개와 비슷했다. 그 '추리'에 열중하는 사람들이라면 어찌 이 때문에 신중하지 않을 수 있겠는가?

태양이 산꼭대기에서 넘어간 뒤, 밤의 짙은 어둠도 물에 빠진 얼음처럼 잠겨들었다. 대도시와 달리 리난팡은 밤이 되자 쌀쌀해졌다. 쉐펀이 있는 난팡아오로 통하는 긴 가도에는 인적이 없었고,

가장 밝게 빛나는 가게라고 해봐야 세븐일레븐 편의점이었다. 어두운 밤은 생명을 얻은 것처럼 거리낌 없이 가도를 배회하며 사람들을 집으로 몰아넣었다.

다행히 북쪽으로 갈수록 가도가 점점 활기를 띠었다. 남천궁 일대에 도착하자 분위기가 다시 떠들썩해졌다. 먹거리를 파는 좌판에는 네온사인 간판이 반짝였고, 사당 처마에는 변색 전구가 알록달록했다. 쉐펀이 홀로 식당을 찾아서 들어갔는데 전화가 왔다. 신문사 후배 샤오쑤였다. 방금 유어를 만났을 때 이 후배에게 조사해달라고 부탁한 게 있었다. 쉐펀이 전화를 받았다.

“여보세요, 샤오쑤, 어떻게 됐어?”

“조사 끝났어요. 쉐펀 선배님 부탁이잖아요!” 샤오쑤의 목소리가 들려왔다. 그녀는 말하는 속도가 하도 빨라서 중간중간 천천히 말해달라고 부탁해야 했다. 그녀가 속사포처럼 말했다. “사실 더 일찍 전화할 수도 있었어요. 조사는 금방 끝났거든요. 근데 선배님도 알다시피 제가 자료를 조사하다보면 푹 빠지곤 하잖아요. 정신을 차리고 보니 배가 너무 고파서 일단 저녁부터 먹고 왔어요.”

쉐펀이 있는 식당은 조금 시끄러웠다. “샤오쑤, 좀 크게, 그리고 좀 천천히 말해줘. 그러니까 뭘 찾았는데?”

“알았어요. 우선, 중유어는 허구의 인물이 아니에요. 타이완대학 인류학과 박사생이고, 올해 스물아홉 살이에요. 그 사람 사진과 이메일 주소를 찾았는데, 필요하세요?” 샤오쑤가 말했다.

쉐펀은 안도했다. 지금에 와서 ‘중유어’가 가짜라는 걸 알았다면 그녀는 버티지 못했을 것이다. 너무 신중했던 탓일까. 막 유어를 보았을 때 쉐펀은 그녀의 자백을 당장 믿을 수는 없었다. 신야오에게 정말로 여자친구가 있는지를 의심하자마자 여자친구 본인이 나타나다니, 너무 공교롭지 않은가. 그러나 지금은 달랐다. 직감이 알려줬다. 유어에게는 지우기 힘든 진실이 있다고.

"나중에 사진 보내줘, 확인 좀 할게. 이메일은 일단 괜찮아. 다른 문제는?" 쉐펀이 물었다.

"2012년 9월 24일 전후로 난팡아오에서 무슨 사건이 일어나진 않았는지 말이죠? 있어요. 있었을 뿐만 아니라 아주 큰 일이에요. 위키피디아에까지 실렸다니까요!"

"어? 무슨 일이길래?" 쉐펀이 물었다. 사실 무슨 대단한 일을 기대하지는 않았다. 진짜로 큰일이라면 오히려 관련이 없을 수도 있었다.

쉐펀이 '9월 24일'이라는 날짜에 주목한 건 천황칭쯔의 집 안에 있는 일력이 이 날짜에 머물러 있었기 때문이다. 일력을 봤을 때 그녀는 자기가 틀렸다는 것을 알아차렸다. 그녀가 9월 30일 이후의 뉴스를 추적한 건 천황칭쯔 실종 사건의 후속 보도가 있었는지 알고 싶어서였다. 그런데 친황칭쯔를 사라지게 만든 이유가 그 전에 만들어졌을 줄이야! 그리하여 쉐펀은 운을 시험해보기로 하고, 그 기간에 난팡아오에서 무슨 의심스러운 일은 없었는지를 조사해달라고 했다.

"그 며칠간 난팡아오에서 일어난 큰일은 '9·25 타이완 댜오위타이釣魚臺 수호 운동'•이에요. 위키피디아 표제에는 이렇게 쓰여 있더라고요. 그렇지만 이 수호대가 9월 24일 출발했다고 해서 '9·24 다오위타이 수호 운동'이라고 부르기도 해요. 위키에서는 이게 이번 세기에 벌어진 가장 큰 규모의 민간 차원 다오위타이 수호 활동이래요! 총 어선 58척과 292명의 어민이 24일 오후 3시에 난팡아오에서 출발했어요. 이렇게 많은 사람이 모이려면 준비할 게 많았겠죠? 제 생각엔 그 며칠간 난팡아오는 이 일로 바빴을 거예요."

아, 다오위타이 수호 운동이었구나. 쉐펀은 조금 실망했다. 이 일이 천황칭쯔와 연관이 있을 것 같지는 않아서 곧바로 물었다. "그 며칠간 난팡아오와 관련된 다른 뉴스는 없었어?"

"다른 거라면…… 제가 보기엔 딱히 없는데요."

"그런가, 알았어……." 쉐펀은 고맙다고 말한 뒤 전화를 끊으려다가 영감이 번뜩 떠올랐다. "참, 배가 왜 난팡아오에서 출발했지? 다오위타이로 갈 거면 지룽에서 가는 편이 더 가깝잖아?"

"쉐펀 선배님, 선배님은 그렇게 말하지만, 중화민국의 주장에 따르면 다오위타이는 이란현 터우청진頭城鎮 관할이라고요."

"그게 중점이 아니잖아! 그렇다 쳐도 왜 터우청진에서 출발하지 않았을까?"

<hr>

• 다오위타이는 중국에서는 다오위다오釣魚島, 일본에서는 센카쿠尖閣 열도라고 부르는 타이완과 류큐 열도 사이의 무인도다. 다오위타이 수호 운동은 일본의 센카쿠 열도 국유화에 반발하여 타이완 어업협회와 시민들이 센카쿠 열도 인근 해역에 진입한 대규모 시위로, 타이완 정부도 이를 간접적으로 지원했다.

"음, 몇 가지 이유가 있겠죠? 사실 흥미로운 자료를 좀 찾았는데요, 이건 어디까지나 제 생각이에요. 과거 난팡아오의 어민은 원래 댜오위타이에 가서 물고기를 잡았는데, 댜오위타이 국유화 사건 이후로 감정이 격화돼서일 거예요. '댜오위타이 수호'라는 말만 들으면 애국이니 뭐니 하는 감정과 연결 짓기 쉽지만, 정작 어민들은 그런 생각 안 해요. 그보다는 어류를 포획할 권리에 더 신경을 쓴다고요. 행동에 나서기 전 어업협회에선 주권보다 어업권이 더 중요하다고 말한 사람도 있고요! 9월 26일 어선이 돌아왔을 때 현장에서는 애국심이 물씬 흘러넘쳤다지만, 단결된 어민들은 애초에 그런 생각을 안 했을 수도 있어요. 그냥 단순히 정치인들에게 이용당한 거죠."

샤오쑤가 갑자기 한꺼번에 쏟아내는 바람에 쉐펀도 모든 내용을 똑똑히 듣지는 못했다. 그러나 난팡아오가 과거에는 댜오위타이를 어장으로 여겼다고 하자 불현듯 마음속의 직감이 작동했다. "난팡아오 사람들이 옛날에 댜오위타이로 가서 물고기를 잡았다고?"

"네! 아마 민국 40년에서 60년대까지일 거예요. 그때 난팡아오 사람들은 댜오위타이를 '무인도'라고 불렀거든요. 댜오위타이에 가서 어업 하는 걸 '무인도 모험'이라고 했고요. 왔다 갔다 하려면 하루가 넘게 걸리는데 리스크가 커서 목숨을 걸어야 했거든요. 그 시기에는 난팡아오의 어민들이 일본 어민과 물물교환을 하고, 각종 어업법을 교류했대요. 그런데 60년대가 되니까 일본에서 댜오위타이의 주권을 주장하면서 타이완 어민들을 내쫓기 시작했죠. 난팡아오 어민들은 이걸 받아들이기 힘들었고요. 그럴 만해요! 그 어민들은 10여 년 동안 물고기를 잡던 곳을 빼앗긴 거잖아요. 게다가 댜오위타이 쪽은 어획량도 많으니까 손실이 심각하죠!"

아, 어쩐지 난팡아오 어민들이 그토록 중시하더라니. 그렇다면 어선 군단이 난팡아오에서 출발한 것도 일리가 있었다. 표면적으로는 천황칭쯔와의 관련성을 알아볼 수 없었지만, 쉐펀의 직감은 이를 추적하라는 신호를 끊임없이 보냈다. 마침 이 테마도 매우 흥미로웠다. 그래서 그녀는 한발 더 나간 질문을 했다. "샤오쑤, 그럼 일본이 왜 민국 60년대에 태도를 바꿨는지는 조사했어?"

이때 주문한 음식이 나왔다. 쉐펀은 한쪽 어깨에 핸드폰을 얹은 채 젓가락을 놀릴 수밖에 없었다.

"음, 네. 사실 이유는 엄청 단순해요. 제2차 세계대전 이후 미국이 류큐에 군정을 세웠잖아요? 그 뒤엔 민정부를 세워서 대신 관리하게 했고, 1972년이 되자 일본에 반환했죠. 댜오위타이는 그 반환 과정에서 류큐 제도의 일부로 취급됐어요. 계산해보면 민국 60년대의 일이네요. 어쩐지 그제야 일본 정부가 자기네 주권을 주장하더라니, 그게 다 일본 정부가 그때부터 주권을 가졌기 때문이었네요."

"잠깐, 그러니까 일본은 1972년에야 댜오위타이의 영유권을 주장하기 시작했단 거지? 난 이 분쟁이 훨씬 오래전에 일어난 줄 알았는데……." 쉐펀은 조금 이상하단 생각이 들었다. 중화민국에서 늘 '댜오위타이는 우리 나라 고유의 강역'이라고 주장해서 그럴까? 이 분쟁이 아주 오래됐다는 착각이 들었다.

"1972년이 맞아요. 게다가 미국이 그전에 입장을 밝혔거든요. 댜오위타이 수호 운동은 그때부터 시작됐어요. 댜오위타이 수호와 애국주의가 혼연일체 돼서 학생운동을 이끌어냈고, 그 바람에 계엄 시기의 국민정부마저 좀 꺼릴 정도였어요. 그러다 학생들이 혁명이라도 일으킬 줄 누가 알겠어요? 그리고 댜오위타이가 도대체 누구 것인지는…… 음, 저도 알아보려고 했는데요. 이쪽 말을 들으면 이쪽이 맞고, 저쪽 말을 들으면 저쪽이 맞는 거 같아요. 제가 무슨 국제법 전문가도 아니고, 뭐라고 판단을 내릴 수가 없겠더라고요. 근데 솔직히 말해서 다들 댜오위타이의 석유에 눈독 들인 거잖아요? 그게 아니면 그런 무인도를 누가 원하겠어요? 제 말은, 어민들을 제외하고요. 요컨대 이런 이익이 유도하는 주장이 애국심을 자극할 수도 있더라고요. 이 애국심이 너무 얄팍하다고 표현해도 될지 모르겠네요."

이렇게 말하고 보니 확실히 이상한 일이었다.

쉐펀의 머릿속에서 댜오위타이 수호 운동은 늘 애국심과 연결되어 있었다. 국민정부의 애국 교육이 학생운동을 선동했고, 또 학생운동을 애국적인 주장으로만 표현할 수 있게 해서가 아닐까. 그 기간에 중화민국은 국제연합에서 탈퇴하기도 했다. 이런 내우외환이 학생운동을 이끌어냈다는 건 합리적이었다. 댜오위타이 수호 운동이 이런 서사 속에 삽입됐다면 짙은 애국주의에 물드는 건 자연스러웠다.

물론 계속 파고들다보면 그 안에는 더욱 복잡한 국족 감정도 있을 것이다. 일본이 중국을 침략한 역사에 대한 불만처럼. 그 시절엔 모두 그런 교육을 받았다. 댜오위타이의 귀속이라는 영토와 관련된 문제라면 자연히 국족주의 감정을 선동할 수 있다. 그러나 샤오쑤가 말한 것처럼, 한 나라에서 댜오위타이의 귀속은 애초에 긴요하지 않은 사소한 문제였다. 이것보다 훨씬 중요한 국가적인 대사라면 얼마든지 있지 않던가? 만약 그런 일로도 애국심을 선동할 수 없었다면, 그런 감정의 참모습은 아주 미미한 것일 수도 있다.

"그럼 3년 전엔 어떻게 된 거야?" 쉐펀이 물었다. "류큐 제도가 일본에 반환된 지 한참 됐는데, 3년 전에 갑자기 이렇게 큰 댜오위타이 수호 운동이 일어난 데는 원인이 있겠지?"

"쉐펀 선배님, 제가 방금 말했잖아요? 댜오위타이 국유화 사건이요!"

"설명 좀 해줘. 난 국제부 기자가 아니라고! 설명해주지 않으면 지금 내 눈앞에 있는 난팡아오 해산물이 얼마나 맛있는지 자랑할 거야."

"너무해요! 제가 미리 배를 채웠기에 망정이네요. 알았어요. 사실 그 일은 도쿄도청이 댜오위타이를 구매하려고 한 데서 시작됐어요."

"잠깐, 일본에서는 댜오위타이의 주권을 주장했다며? 왜 구매까지 하려는 거야?"

"음……. 이건 일본 측 주장인데, 간단히 말해서 댜오위타이의 위치는 일본의 법률이 미치는 범위에 있대요. 그런데 댜오위타이 자체는 사유지였죠. 무인도라곤 하지만 토지는 구리하라 히로유키라는 사람의 것이거든요. 그리고 도쿄도청이 댜오위타이를 사들이겠다고 한 건 댜오위타이를 국유화하고, 직접 제어하겠다는 뜻이죠. 일종의 정치적 선포인 셈이에요."

쉐펀은 정말로 생각조차 해본 적 없었다. 원래 댜오위타이가 사유지였다고? 설령 그렇다고 해도 난팡아오 어민의 눈에는 무인도였다. 샤오쑤가 말을 이었다. "사실 제가 자료를 봤을 때 과거 댜오위타이는 분쟁이 있긴 해도 일본, 중화민국, 중화인민공화국이 기묘한 암묵적 룰에 따라 균형을 유지하고 있었거든요. 그런데 2010년 중화인민공화국의 어선이 댜오위타이 부근에서 어획을 하다가 일본 경비선에 발견돼 쫓겨나는 과정에서 경비선과 충돌을 빚었어요. 그래서 일본 측에선 배에 올라가 어민을 체포했는데, 이 사건이 중국을 자극했고, 민간의 댜오위타이 수호 운동도 순식간에 격렬해졌어요."

"아, 기억났다." 쉐펀은 마음이 무거워졌다. "그때 중국의 애국청년들이 일제 자동차를 보기만 하면 부수고 다녔어. 구타당해서 중상을 입은 차주도 있었지."

"쉐펀 선배님이 말한 건 2012년도의 일일 거예요. 그런데 2010년부터 차를 부수는 풍조가 생기긴 했어요. 요컨대 그때는 민간뿐만 아니라 중국 정부 측에서도 경비선을 댜오위타이 부근으로 보내 해역에서 시위했어요. 양쪽의 충돌이 격렬해진 바람에 일본에선 댜오위타위를 국유화해서 대항하려고 했던 것 아닐까요? 하지만 난팡아오 어민으로선 이게 이렇게까지 복잡해질 일이 아니었던 거죠. 댜오위타이가 일본 정부에 팔린다는 것의 의미는 단 하나뿐이에요. 어업권을 완전히 잃는다.”

그랬구나. 쉐펀은 마침내 이해했다. 1970년대부터 댜오위타이는 미국에서 일본으로 반환됐다지만, 2010년까지만 해도 각국은 상당히 모호한 태도로 댜오위타이 귀속 문제를 대했다. 무인도는 시종일관 무인도인데, 누가 어떤 신분으로 섬에 오르는지는 민감했다. 도쿄도청이 댜오위타이를 사겠다는 데 이르자 모든 애국적인 정서가 폭죽처럼 잇달아 터졌다. 이 모든 것을, 천황칭쯔는 어떻게 생각했을까?

쉐펀의 영감이 번뜩였다. 이 모든 것이 천황칭쯔의 눈에는 또다른 의미로 비치지 않았을까? 천황칭쯔는 본인을 우치난추라고 여겼고, 류큐 제도는 일본에 ‘반환’됐다. 이는 댜오위타이 분쟁의 발단이기도 했다! 그와 동시에 난팡아오에 있는 천황칭쯔는 댜오위타이가 무인도라고 여기지 않았을까? 댜오위타이의 귀속이 불분명했을 때는 다른 나라의 어민끼리 교류할 수 있어 화기애애한 시대였다. 그러나 주권 문제가 부상한 후로는 분열과 대립이 시작됐다. 자신을 우치난추라고 여기던 천황칭쯔는 댜오위타이 분쟁을 어떻게 바라봤을까?

3년 전의 일만 해도 그렇다. 난팡아오의 어민은 어업권 문제에서 발언권을 쟁취하느라 급기야 애국심까지 고취됐다. 결과적으로 이 일은 주권 문제로 취급되었고 동시에 이 일을 시끄럽게 벌인 어민의 어업권 주장은 사실상 무시돼버렸다. 그야말로 '국가'라는 관념이 자기 국민을 착복하려던 것이나 마찬가지라 쉐펀은 모골이 송연해졌다.

식사를 마치고 샤오쑤와의 통화를 끝낸 뒤, 쉐펀은 민박집으로 돌아가느라 리난팡 방향으로 걸어갔다. 길은 적막하고 어두웠다. 가로등이 있었지만 쉐펀의 딱딱한 감정의 겉껍질을 데워줄 수는 없었다. 사고의 톱니바퀴가 어긋난 것처럼 서로 부딪치며 귀를 찌르는 날카로운 소리를 냈다. 밤은 추웠지만 가슴속은 답답하다 못해 열까지 났다. 어떤 불편한 감정이 가슴에 턱 걸려 있었다.

쉐펀은 상상했다. 천황칭쯔가 그 시간이 동결된 방에 앉아 문신이 있는 손으로 텔레비전을 켰을 때, 조악한 화질의 화면은 댜오위타이에서 일어난 분쟁을 보여줬을 것이다. 매일 산책하는 길에서 아는 사람을 마주쳐도 다들 댜오위타이 일을 얘기하려들었을 것이다. 자신을 우치난추라고 여기던 천황칭쯔는 이를 어떤 심정으로 대면했을까? 만약 중점이 어업권에 맞춰졌다면, 그건 난팡아오 어민의 문화와 역사였으니 그녀는 그들과 같은 편에 설 수 있었다. 그러나 중점이 주권에 맞춰졌다면, 그녀는 온 난팡아오가 낯설게 변했다고 느끼진 않았을까?

역시 천황칭쯔를 미워할 순 없겠어, 하고 쉐펀은 생각했다. 신야오에게 잔혹한 짓을 했다지만 천황칭쯔에게도 나름의 곤경이 있었을 것이다. 쉐펀은 천황칭쯔의 실종이 댜오위타이 수호 운동과 관련이 있다고 확신하진 않았다. 하지만 만약 관련이 있다면 가장 끔찍한 상황은 무엇이었을까? 9월 24일 그날, 항구에서 무수한 손이 국기를 쥐고 흔들었을 장면을 상상해보았다. 만약 너무 거세게 흔들었다면 위협을 조성하진 않았을까? 타이완의 애국자는 중국에서처럼 차를 부수고 사람을 구타하진 않았을까? 더욱 심각했다면, 천황칭쯔를 일본인으로 오해하고 살해하려들 정도로 과열되진 않았을까? 아니, 아니, 그 정도는 아닐 거야. 쉐펀은 자신의 치닫는 상상력에 가슴이 서늘해졌다. 시체가 발견되지 않았다면 살인 사건도 없다. 하물며 천황칭쯔는 29일 다시 나타나지 않았던가. 아니, 2층에서 본 허깨비도 천황칭쯔였다. 그럼 천황칭쯔는 오늘 나타났던 것이다…….

쉐펀도 자기가 왜 이러는지 알 수가 없었다. 신경이 곤두서서 그렇다며 울적해했다. 그러나 이것도 무책임하게 감정을 표현한 것일 뿐 객관적인 평가라고 할 순 없었다. 유일하게 아는 거라곤 그녀에게 해소할 수도, 식별할 수도 없는 감정이 있다는 사실이었다. 그녀는 천황칭쯔를 동정했다. 하지만 왜? 그녀도 알 수 없었다! 따지고 보면 애초에 천황칭쯔하고 아는 사이도 아닌데, 무슨 근거로 그녀를 동정한단 말인가? 그러나 동정이 아니라면, 지금 마음속에서 나는 천불의 정체는 도대체 무엇일까?

길에는 사람 하나 없었다. 그들은 잊힌 듯했다. 네이피 어항에 가득 정박한 배들마저 까닭 없이 고독해 보였다. 쉐펀은 배가 파도 속에서 서로 부딪치는 듯한 소리를 들은 것 같았다. 그러나 항구 안의 파도는 거세지 않았다. 이 배들은 부딪치기는커녕 태산처럼 끄떡없었다. 이는 현실과 감각기관 인상 간의 괴리를 가져왔다. 그 맑으면서도 확정적인 소리는 일본 정원 안에 설치하는, 대나무 관에 흐른 물이 가득 차면 기울어지면서 석판을 '통' 하고 때리기를 반복하는 소즈添水가 내는 소리 같았다. 이 소리들은 완만하면서도 질서 있게 우주를 가득 채웠고, 불협조하고 불일치하는 풍부한 음계를 완전히 제거해버렸다. 쉐펀은 이 단조로운 진창에 빠져들었다.

통, 통, 통, 통, 통…….

시간이 정지했거나, 매우 느리게 흐르는 듯했다. 그 메마른 소리는 썩은 나무문을 밀 때 나는 소리를 백 배로 키운 것 같았다. 시간 자체도 그 소리를 따라서 찢어졌다.

통.

민간 주택 사이에 숨은 성황묘 옆에 노부인 하나가 서 있었다. 그녀가 쉐펀을 향해 다가왔다. 처음에 쉐펀은 놀란 토끼처럼 멈춰서 몸을 살짝 웅크렸다. 그러나 상대방의 얼굴을 보고는 안심했다. 뭐야, 이 노부인은 낮에 그 방에서 봤던 천황칭쯔 씨잖아? 겨울날 따뜻한 커피를 마시듯, 쉐펀은 천황칭쯔를 아주아주 오래전부터 알고 있었던 것처럼 느꼈다. 그녀가 완전히 마음을 놓을 수 있을 만큼 오래전부터. 그러나 쉐펀은 여전히 경계심을 좀 품고 있었다. 자기는 신야오 때문에 왔으며 신야오의 이야기를 쓰려 한다는 사실을 기억하고 있었던 것이다. 그러나 이건 천황칭쯔의 이야기가 아니던가? 그렇다면 당연히 눈앞의 이 중요한 인물을 인터뷰해야지! 그래서 따사롭고 느슨한 분위기 아래, 쉐펀은 관건이 되는 질문을 던졌다.

"당신은 마신자인가요, 싯키인가요?"

자기가 무슨 질문을 했는지를 이해한 순간, 쉐펀은 찬물에 빠진 것처럼 정신이 번쩍 들어서 비명을 지를 뻔했다! 방금의 편안한 느낌은 어떻게 된 걸까? 이게 바로 요마귀괴의 농간인가? 그들이 사람의 감정을 조종할 수 있다고? 몸에는 따스한 감각이 남아 있다고 해도 솜털이 곤두설 수밖에 없었다.

눈앞의 노부인은 절대로 사람이 아니었다.

쉐펀은 도망치고 싶었다. 그러나 천황칭쯔를 등지고 싶지도 않았다. 급기야 꼼짝도 할 수 없었다. 천황칭쯔가 웃더니 친구에게 이야기하려는 듯 다가와서 쉐펀의 손을 잡았다. 노부인의 손에 있는 문신이 눈에 들어왔다. 마치 투명하게 농축된 시간 속을 드나드는 가느다란 지렁이 같았다.

"아이고, 드디어 왔구나! 널 계속 기다렸단다. 자자자, 얼른 앉으렴. 너한테 줄 게 있단다." 그가 살갑게 말했다.

"……괜찮아요. 감사합니다."

쉐펀이 손을 뺐다. 침착함을 가장했지만 떨리는 목소리는 감출 수 없었다.

"괜찮다고? 정말로?" 천황칭쯔는 의아해했지만 얼굴의 웃음은 사라지지 않았다. 오히려 더욱 기뻐하는 게, 조금 비웃는 것처럼 보이기도 했다. "사양할 거 없다. 내가 너한테 주려는 건 네가 계속 찾던 것이야."

"제가 원하는 건 제가 직접 찾을게요."

쉐펀은 물러나고 싶었다. 그러나 무력한 다리는 명령을 듣지 않는 게으른 하인처럼 어떻게 해도 움직이질 않았다.

"패기가 있구나." 그것이 그녀를 응시했다. 얼굴에 비친 웃음은 사람의 영혼을 빨아들이거나 하늘을 뒤집을 수 있을 것 같았다. 아니, 이미 뒤집혔다고 해야 할 것이다. 쉐펀은 자기가 왜 이 자리에서 굳어져 있는지를 퍼뜩 깨달았다. 세반고리관이 어지럽혀진 것처럼, 거대한 파도 속에서 흔들리고 있다는 착각이 든 바람에 본능적으로 움직일 엄두를 내지 못했던 것이다. 그녀는 욕지기가 솟았다. 천황칭쯔는 모든 경계를 내려놓게 할 만큼 우호적인 태도로 쉐펀에게 접근했다.

"그런데 말이다, 내 말 들으렴. 자기를 억지로 몰아붙이는 건 좋지 않아." 노부인이 노파심에 거듭 충고했다. "어떤 것들은 네가 아무리 열심히 찾더라도, 세상 끝까지 가서 찾더라도, 시간이 흘러버리면 돌이킬 수 없거든……."

"괜찮습니다. 전 최선을 다할 거예요. 호의에 감사해요."

쉐펀의 둔중한 감각기관 속에서는 밤하늘이 통째로 이동하는 것 같았다. 유성 하나가 나타나면, 그것은 하늘에 영원히 남아 있다가 결백하고 유장한 은빛 선으로 변해서 밤하늘을 가로지를 거였다. 그녀의 현기증은 사람의 감각기관을 넘어섰다. 그러나 이게 이성과 판단력을 잃었다는 뜻은 아니었다. 그녀는 아직 합리적으로 대답할 수 있었다.

천황칭쯔는 쉐펀이 그녀의 체온을 느낄 수 있을 정도로 가까이 있었다. 노부인이 또다시 쉐펀의 손을 잡았다. 분명히 있는 거겠지? 이제 쉐펀은 그게 환각인지 아닌지 제대로 판별할 수도 없었다. 천황칭쯔의 목소리는 밤에 느닷없이 나타난 도깨비불 같았다. "이러면 안 되지. 최선을 다하긴 무슨? 핑계를 찾는 것뿐이잖아."

"뭐라고요? 전……?"

"쉬! 거짓말하지 마. 넌 도망쳤어. 가엾은 유어가 도망치고 싶어했을 땐 개를 어르고 달래서 막더라니, 정말 너무하는구나." 천황칭쯔가 혼잣말을 중얼거렸다. "겁먹은 거지? 나도 알아. 어떤 사람들은 원하는 것을 얻기 전까지 망설이다가 결국엔 포기하지. 너도 그러겠지? 진상을 네 앞에 갖다줘도 도망칠 거잖아."

"전 진상 앞에서 도망치지 않을 거예요." 쉐펀이 단호하게 말했다.

"정말로?" 천황칭쯔가 쉐펀을 노려보았다. 여전히 웃고는 있었지만 그 웃음의 느낌은 완전히 달랐다. 위협이 담긴 웃음이었다. 쉐펀은 소름이 끼쳤다. 갑자기 그렇게 어지럽지 않았다. 노부인이 말했다. "그래, 넌 그렇게 생각할 수도 있겠지. 그렇지만 진상이 네 눈앞에 놓인다면 넌 어떻게 바라볼까? 쉐펀, 넌 그게 가짜라고 의심할 거야. 히히히히히, 가엾구나. 이렇게 해서는 영영 진상을 찾지 못할 거야……"

쉐편은 따귀를 맞은 것만 같았다. 눈앞의 노부인에게는 천황칭쯔만이 아닌, 그녀가 잘 아는 인물들이 뒤섞여들어가 있는 것 같아 두려웠다. 동시에 쉐편은 화도 났다. 천황칭쯔가 그녀를 도발하고, 비웃었기 때문이다! 그러나 가장 참을 수 없었던 것은 비웃음을 당한 게 아니라 상대방에게 아픈 곳을 찔렸다는 수치심이었다. 쉐편도 이를 알고 크게 외쳤다. "아니야!"

공연히 힘만 낭비했다. 천황칭쯔는 이미 사라져버렸다. 쉐편은 허공에 대고 화풀이한 꼴이 됐다. 그러나 천황칭쯔의 목소리는 그 몸과 함께 사라지지 않았다. 사방팔방에서 닥쳐오는 목소리는 조수 같기도, 항구에 도사린 유령 같기도 했다.

"안 그래? 히히히…… 쉐편, 뻔하잖아! 난 알아. 넌 어떻게 해도 원하는 것을 얻지 못할 거야. 평생 풀지 못할 문제에 농락당하고, 욕망을 해소할 수도 없겠지. 그다음 네 무능함 때문에 우아하고 자존심을 잃지 않는 핑계를 꾸며내서 영원히 도망치기만 할 거야. 하긴 그게 맞아. 신야오는 10년이나 연락이 끊겼던 후배잖아. 네 마음속에선 그렇게 생각해왔겠지? 그 애 때문에 이렇게까지 진지해질 필요는 없다고."

"도대체 뭘 어쩌자는 거야!" 참다못한 쉐편이 국어로 분노를 터트렸다. 그녀는 모든 공포를 잊기라도 한 것처럼 소리의 근원을 추적했다. 천황칭쯔는 어딨지? 배에 있나? 주택의 창 안에 있나? 아니면 성황묘의 처마 위에? 쉐편은 별안간 성황묘 옆의 오솔길을 발견했다. 이상하네, 아까 여기에 오솔길이 있었나? 그녀는 오솔길 앞으로 다가갔다. 길은 대단히 좁아서 어린아이나 지나갈 수 있을 것 같았다.

천황칭쯔는 어두운 밤과 같은 색깔을 공유하며 이 안에 서 있었다.

노부인의 가죽을 뒤집어쓴 괴물이 조소했다. "왜 그래? 왜 또 거기에 멀뚱히 서 있어? 얼른 가! 도망칠 핑계라면 얼마든지 있잖아. 도망쳐. 그리고 후회해. 계속 그래왔잖아? 히히히히히, 결과적으로 넌 아무도 구원하지 못하겠지. 참 딱해라. 나만 따라오면 되는데……"

노부인이 오솔길 끝으로 휘청휘청 걸어가며 어둠 속에서 춤췄다. 이건 어디로 통하는 오솔길이지? 지형을 보면 리난팡과 난팡아오를 나누는 산으로 통하는 것 같은데. 이건 산의 핵심으로 도달하는 비밀 경로인가.

젠장.

쉐펀은 머리가 뜨거워졌다. 분노만이 아닌, 분노를 넘어서는 다른 감정까지 느꼈다. 바닷바람이 다시 불기 시작했다. 등 뒤의 배들이 불규칙하게 부딪치는 소리도 울리기 시작했다. 쉐펀은 느릿느릿 고개를 돌렸다. 등 뒤의 항구, 동산, 하늘은 전부 진짜였다. 마치 모래를 움켜쥐면 알갱이 하나하나를 피부로 느낄 수 있는 것처럼 생생했다.

이건 현실 세계였다.

맞은편을 돌아보니 쉐펀의 앞, 성황묘 옆의 오솔길 끝은 탁한 어둠에 잠겨 있었다.

직감이 알려줬다. 이 오솔길은 심상치 않다. 들어갔다가 무슨 일이 벌어질지는 아무도 알 수 없으리라. 쉐펀은 뒤돌아서 떠나려고 했다. 천황칭쯔가 말했던 것처럼 도망치려고 한 것이다. 그러나 그녀는 이미 홀려버렸다. 사람의 이성을 잃게 하는 마신자의 마법이 쉐펀의 어떤 감정을 일깨웠다. 게다가 그 감정은 방금 생겨난 게 아니었다. 그놈에게 정곡을 찔리기 전까지, 부단히 중첩된 시간 속에서 축적된 것이었다.

쉐펀은 냉정해졌다. 최소한 본인은 그렇게 여겼다. 그녀는 손전등을 꺼냈고, 광선이 오솔길로 미끄러져 들어갔다. 건전지를 바꾼 지 얼마 안 됐으니 몇 시간은 버틸 것이다. 이 통로를 보고 있으려니 유어에게 전화해야겠다는 생각이 들었다. 그러나 직감이 그럴 시간은 없다고 말했다. 망설이는 사이에 이 기적 같은 통로는 사라져버릴 거라고.

이 통로 안에는 뭐가 있을까? 그녀는 왜 이곳에서 멈췄을까? 그녀는 자기가 무엇을 찾는지도 몰랐다. 아니, 어쩌면 알고 있었을 것이다. 간단한 용어로 표현할 방법이 없을 뿐이다. 그녀는 포기할 수 없는 임계선 앞으로 떠밀렸다. 이는 그녀가 명석한 판단력을 상실하게 했다. 그녀의 생각은 식재료가 냄비 안에서 푹푹 끓여져서 마지막엔 뭐가 뭔지 구별할 수 없게 된 것과 같았다. 의식이 돌아오자 결론은 전기에 접촉한 것처럼 그녀의 말초신경으로 파고들어갔고, 그녀가 한 걸음을 내딛게 했다.

쉐펀은 항구에서 어둠으로 들어갔다.

그 대단히 좁은 통로는 뜻밖에도 쉽게 지나갈 수 있었다. 고개를 들자 눈앞의 밀림은 첩첩이 쌓인 것처럼 끝이 보이지 않았다. 아까까지만 해도 마음속에서는 경보가 끊임없이 울렸지만 쉐펀이 지나간 뒤에는 조용해졌다. 이젠 위험하지 않아서가 아니다. 경보음을 울리는 영혼의 기구가 쉐펀의 행동에 기겁해서 '이 멍청이, 왜 경고를 안 들어!'라고 외치다가 어쩔 수 없이 경보를 끈 것이다.

쉐펀은 물러날 길이 없다는 것을 알았다.

그 즐비한 2, 3층짜리 주택은 유사에 빨려들어간 것처럼 쉐펀의 뒤로 버려졌다. 인간에게 속하던 모든 기운이 사라지고, 소멸하고, 부식되어 없어졌다. 그녀는 어둠에 적응하기 시작했다. 달빛은 차가운 불씨처럼 산의 표면을 태웠다. 밀림 밑에 계단이 있었고, 그 괴물, 천황칭쯔가 바로 앞에 있었다. 짙은 어둠에 감싸인 얼굴은 쉐펀을 기다리는 듯했다. 쉐펀은 손전등으로 비춰보려 했지만 빛이 집중되지 않았다. 아니면 어둠에 거절당한 것일까. 그녀는 땅을 비추며 괴물에게 다가갈 수밖에 없었다.

괴물도 걷기 시작했다.

어느덧 산속의 나무가 모조리 흔들리고 있었다. 웃는 듯, 우는 듯, 분노하며 울부짖는 듯, 감정의 화신이 된 맹수가 우주를 삼키려드는 것 같았다.

뤄쉐펀은 정식으로 '산'에 들어갔다.

12

그러고 보면 '산'이란 어떤 곳인가?

통상 이런 일상적인 어휘에는 과학적인 정의가 들어 있지 않다. 보통 사람에게 산이란 직감에 부합하는 그런 것이다. 융기한 높은 곳. 저 멀리 겹겹이 쌓인 곳을 가리켜 흔히 산이라고 말한다. 근처의 땅에서 솟아난, 몇 층짜리 건물 높이라서 45도 각도로 고개를 젖히고 바라봐야 하는 지세도 산이라고 한다. 경사진 비탈에 서서 자기보다 낮은 곳에 있는 아득한 평지를 내려다보고 있노라면 자기가 산에 있다고 의식할 수 있다. 대다수 사람에게 산이란, 지형의 변화에 불과하다.

그러나 이는 큰 착각이다. 산이란 그렇게 단순하지 않아서 온도, 지형, 색깔로 환원할 수 없다. 바꿔 말해 산에는 사실 침묵이 더해져 있다. 그림자 속에 숨은 검은 고양이처럼, 산의 본질도 선 세

개로 대충 그은 개념 뒤에 숨어 있다. 비록 산을 이해하기란 쉽지 않지만 이렇게 말할 수는 있다. 산이란 인간이 정복하지 못한 곳이다. 소위 정복이란 일체의 주장을 거부하는 것이다. 인간은 먼저 자연을 정복했고, 뒤이어 지표가 본래 영유하던 사물을 정복했다. 풀 껍질, 야생 관목, 나뭇가지에 앉아 우짖는 새와 작은 동물, 그리고 나비와 꽃, 사람들이 듣다보면 게을러지는 소리 같은 것들은 모조리 소멸했다. 인간은 자기의 권력을 적극적으로 주장하고 법조문을 낭독함에 따라 자연을 깨끗이 청소해서 탄소 원자 하나 남기지 않았고, 다른 곳에 있는 자연을 정복하고 원료로 삼아 영부터 시작해 도시를 만들었다. 다시 말해 인간이 정복했다고 하는 곳은 인간의 계획과 상상에 순응해야 한다. 이것이 바로 '인간성'이다.

그러나 산은 인간성을 갖추지 않았다. 그래서 사람들은 산을 사랑하면서도 미워한다. 긴 진화의 시간을 거치기 전, 사람들은 원래 산림 속에서 살았으므로 산에 대해 모종의 향수를 품지 않기란 어렵다. 산마루에서는 마치 모유와 엇비슷한 달콤함이 흘러내리고 있어서, 산의 품을 유유히 거닐고 있노라면 유전자가 어루만져지는 기분이 든다. 그러나 사람은 산을 미워하지 않을 수도 없다. 산이 '인간성'을 거부해서 너무나 불편하기 때문이다. 물을 마셔야 할 때 음수기의 버튼을 한번 눌러서 깨끗한 물이 흘러나오게 할 수가 없다. 더운물은 말할 나위도 없이 스스로 끓여야 한다. 심지어 해발고도가 높은 곳에서는 물을 끓여도 이상적인 온도에 도달한다는 보장이 없다. 불편한 건 그렇다 치자. 산은 인간에게 전혀 친절하지 않다. 위험하다고 말하자면 확실히 위험하긴 하다. 그러나 위험보다는 '인간성'이 없다는 게 가장 중요하다. 인간의 모든 습관, 적응을 마친 직감이 산에서는 전혀 발휘되지 못한다. 원래는 귀여운 작은 동물을 관찰할 생각이었는데 극독을 가진 뱀이 풀숲에서 튀어나온 것과 비슷하다고나 할까. 산은 악의가 없다지만 사람을 미치게 만들 수는 있다.

쉐펀은 이런 미친 장치 속에 빠져 있었다.

어둠에 감싸인 산은 인간에겐 가장 무시무시한 시공이다. 쉐펀은 처음엔 손전등으로 길을 비췄지만 나중에는 꺼버렸다. 전력을 보존하는 한편으로 달빛이 앞을 밝힐 만했기 때문이다. 그녀는 천황칭쯔를, 어쩌면 천황칭쯔를 가장하고 있는 귀괴를 따라갔다. 쉐펀은 지금에 이르러서도 저게 무엇인지 몰랐다. 그녀는 그에게 마신자냐, 싯키냐고 물었지만, 상대방은 대답하지 않았다. 사실 그는 아예 다른 존재일 수도 있다. 그러나 마신자는 산의 정괴다. 저 괴물이 마신자라면, 이곳은 마신자가 각종 능력을 펼칠 수 있는 무대가 아닌가?

이는 불가사의한 괴현상에 대한 하나의 해석이 될 수도 있다. 쉐펀이 이토록 오랫동안 따라갔는데도 천황칭쯔는 변치 않는 거리를 유지하고 있었다. 쉐펀이 빠르게 걷든, 느리게 걷든 그는 그녀와 가까워지지도, 멀어지지도 않았다. 쉐펀은 전설 하나가 떠올랐다. 민국 80년대 이후, 위산玉山에는 '황의소비협黃衣小飛俠'이라는 게 나타났다고 한다. 이 노란색 비옷을 입은 괴물은 사람이 길

을 잃게 만들며, 그들을 따라가려고 아무리 빨리 뛰어도 따라잡을
수 없다고 한다.

이런 변치 않는 거리는 아마 접근이 불가능한 성질이라거나, 이
런 산정山精의 공통된 특성일지도 모른다. 그러나 이상하게도 쉐펀
은 낙담하지 않고 침묵하며 따라갔다. 마치 돌을 산으로 밀어올리
는 시시포스가 모종의 비장한 의지를 품고 노동을 받아들인 것과
같았다. 그렇다고 해도 공포는 여전히 쉐펀의 걸음을 고스란히 따
라오고 있었다.

처음에는 무언가가 쉐펀의 발치를 지나가면서 매우 큰 소리를
냈다. 차에 부딪혀 팅겨나가는 소리에 비유해도 될 만큼 거대한 소
리였다. 쉐펀은 그것이 매우 크다고 느꼈다. 인간 세상에 익숙해진
사람에게 주먹만 한 쥐는 충분히 크다. 사실상 쉐펀은 그것의 모습
을 보지도 못했다. 그러나 소리만으로도, 그리고 그녀의 다리에 부
딪힌 힘만으로도 놀라서 당황하기엔 충분했다.

곧이어 밀림의 괴물이 여기서 저기로, 이쪽 나뭇가지에서 저쪽
우듬지로 옮겨가며 울부짖었다. 그녀로서는 맹금인지 야수인지도
분간할 수 없었다. 첫 번째 괴성이 숲에서 울려 퍼졌을 때는 그녀
도 소리를 지르며 미친 듯이 마구 뛰어갔다. 천황칭쯔는 발걸음을
재촉하지 않았지만 여전히 일정한 거리를 유지하고 있었다. 어떤
의미에서 그 귀괴는 이 어둠 속에서 쉐펀이 더없이 안심하게 해주
었다. 변치 않는 거리야말로 가장 안정적인 관계였으니까.

당연히 밤의 공포는 이런 것들로 국한되지 않았다. 온갖 불가

사의, 설명하기 힘든 현상이 번갈아 나타났다. 어떤 것들은 뭐라고 말해야 할지조차 알 수 없었다. 소리인가, 촉각인가? 멀리 있는 걸까, 가까이 있는 걸까? 한번 지나가면 다신 돌아오지 않는 걸까, 영영 그치지 않는 걸까? 어쨌든 간에 이런 모호하고 혼란스러운 것들은, 심지어 어떤 것들은 그 전조만으로도 쉐펀이 실질적으로 겁에 질리게 했다. 그렇지만 쉐펀의 공포는 점차 사라졌다. 익숙해져서가 아니었다. 그녀가 문제들을 생각하기 시작해서였다. 해답을 찾는 과정은 종종 공포를 해소해주기도 한다. 그녀에게는 이것이 불경을 읊조리거나 욕설을 퍼붓는 것보다 훨씬 효과적이었다. 쉐펀이 시선을 천황칭쯔의 환영에 고정했을 때, 머릿속에 있는 방대한 기계의 태엽도 단단히 조여졌다.

첫 번째 문제, 자신은 왜 여기에 있는가?

사실 이 문제는 규명하기 힘들었다. 쉐펀은 본인의 의지로 오솔길로 들어왔다고 생각했지만, 그 이유를 설명하긴 어려웠다. 이유가 없어서가 아니라 그 이유로는 타인을 설득하지 못할 수도 있어서였다. 최소한 간단한 언어로 전환하기는 어려웠다. 물론, 자기가 귀괴에게 홀렸다는 것을 부정할 순 없었다. 그녀는 이미 귀괴가 준 안도감에서 빠져나온 적이 있으니 말이다. 그러나 그게 귀괴의 계략일지 누가 알겠는가? 이 보 전진을 위한 일보 후퇴로, 쉐펀이 주도권을 잡고 있다고 여기게 해준 게 사실은 여전히 귀괴의 제어하에 있는 거라면? 쉐펀이 아는 거라곤 여기로 들어온 것을 후회하지 않는다는 것뿐이었다.

그 이유의 주요소가 무엇인지 굳이 분석하려든다면, 아마 분노이리라.

딱히 명확한 목적이 있어서도 아니었다. 오히려 일시적인 충동에 가까웠다. 그렇다 해도 쉐펀은 후회하지 않았다. 그렇지만 왜 그랬을까? 그녀는 도대체 왜 분노했을까? 귀괴 때문에 분노했을까? 아니, 귀괴를 만나기 전부터 쉐펀은 분노하고 있었다. 그저 난팡아오에서 리난팡으로 돌아올 때까지만 해도 그런 감정의 진상을 완전히 깨닫지 못했을 뿐이다. 천황칭쯔가 도망치고 싶냐고 물을 때까지만 해도 그랬다. 어차피 신야오는 10여 년이나 연락이 끊겼던 후배가 아니냐며…….

쉐펀은 그렇게 생각한 적이 없었다. 설령 그와 비슷하게 생각한 적은 있어도 진짜로 그렇게 생각한 적은 없었다. 그 비슷하다는 것도 그녀가 야멸차서가 아니라, 자신은 도움이 되지 못할 수도 있다는 것을 의식했기 때문이다. 정보가 점점 늘어나고 일의 전모가 점점 뚜렷해질수록 쉐펀은 자기가 늪에 빠졌다는 것을 자각했다. 이런 무력함은 뜬금없이 나타난 게 아니었다. 쉐펀은 이를 진작 의식했지만, 처리할 수 없었기에 못 본 척했을 뿐이다.

귀괴는 쉐펀으로 하여금 자신이 분노한 원인을 알아차리게 했을 뿐이다. 그러나 쉐펀은 단지 자기의 무력함 때문에 분노하는 게 아니었다. 처음부터 그녀는 화가 났다. 그렇지 않은가? 그녀의 분노는 가라앉았던 적이 없다. 신야오가 실종된 뒤, 그 인터넷 키보드 탐정들은 냉소적인 말로 신야오를 모종의 죄를 저지른 범인으로 만들어버렸다. 이것이 쉐펀이 조사를 시작한 이유였다. 그녀는 원래 신야오에 관한 다른 관점을 제공하고 싶었지만, 현재는 벽에 부딪혔다. 물론 그녀가 신야오를 고통에 빠트렸던 우치난추 정체성에 관해 써낼 수는 있었다. 그러나 보도가 발표되고 나면, 네티즌들은 어떻게 생각할까? 그들이 동정할까?

누군가는 동정할지도 모른다……. 쉐펀은 모든 사람에게 실망한 것은 아니었다. 그러나 비웃음이 훨씬 더 많으리란 것은 알았다.

본질적으로 말해 신야오의 정체성은 신기루 같았다. 쉐펀은 우라시마 타로* 이야기를 떠올렸다. 어떤 사람이 갑자기 마을에 나타나서는 자기가 용궁에서 돌아왔다고 말했고, 상자를 열자 노인으로 변해버렸다. 이 이야기를 들으면 보통 사람은 비웃겠지? 결국 사람이란 자기 상식을 벗어나는 일을 진지하게 대하지 않는다. 인간에게 가장 흔한 천성이 바로 무지를 보물처럼 떠받드는 것이다. 이러니 그녀가 화나지 않을 수 있겠는가?

밤이 더욱 깊어져서 그런가, 쉐펀은 추위를 느꼈다. 그와 동시에 히히히, 하하하, 깔깔깔 하는 소리가 들렸다. 이런 조소가 해일처럼 삼림을 뒤흔들었다. 하늘의 별은 이상할 정도로 밝아서 무수

* 일본의 옛날이야기에 나오는 주인공. 어부 우라시마 타로는 낚시를 하던 중 아이들에게 괴롭힘을 당하는 거북이를 구해준다. 그 대가로 용궁에 초대를 받아 며칠간 융숭한 대접을 받지만, 그는 고향이 그리워져 돌아가기로 한다. 용왕의 딸은 그에게 보물 상자를 주며 절대로 열지 말라고 당부한다. 그가 인간 세상으로 돌아왔더니 세상은 이미 300년이 흐른 뒤였다. 슬픔에 잠겨 상자를 열자 그는 순식간에 노인이 되어버렸다.

한 눈이 쉐펀을 주시하는 듯했다.

누군가는 신야오의 정체성이 일종의 망상이니까 우리는 그의 사상을 바로잡고, 그가 현실을 마주하게 해야 한다고 주장할 수도 있다. 그러나 쉐펀은 그렇게 생각하지 않았다. 됐거든, 사람의 정체성이란 게 현실에 기초하는 거기나 해? 까불지 마! 하나의 정체성이 성립하는 건 머릿수만 충분하면 그만이잖아. 이건 상상하기 어렵지도 않아. 공통된 정체성을 가진 사람들이 단결해서 서로를 지지하면 돼. 만약 몇천 명이나 되는 사람이 자기네가 외계인의 후예라고 믿고 부락을 만든다면, 그들이 세운 전통을 누가 부정할 수 있겠어? 기껏해야 음, 이 마을 사람들은 이상하군, 하고 말할 뿐이겠지. 까놓고 말해 신야오의 정체성은 평범하기 짝이 없다고. 심지어 '이상異常'은 모든 사람의 기점이고, 서로 같은 '이상'을 가진 무리가 한데 모여 있기만 하면 사람들에게 '평범'하다는 착각이 생긴다고 말할 수 있겠지. 참 웃겨. 신야오를 별종 취급하다니. 그저 같은 부류의 숫자가 부족한 것뿐인데.

게다가 쉐펀은 잘 알고 있었다. 보통 사람들이 걸핏하면 떠들어대는 '현실'이란 평계에 지나지 않았다! 진상은 사람들이 '신화' 속에서 살고 있으며, 그 누구도 예외는 아니라는 것이다. 예를 들어 작년의 3·18학생운동●만 해도 그렇다. 어느 방송국에서는 같은 자

● 중국과의 양안서비스무역협정에 반대하여 2014년 3월 18일부터 4월 10일까지 타이완의 대학생과 사회운동 세력이 입법원을 점령한 사건으로, 이후의 타이완 정치에 큰 영향을 미쳤다. 해바라기 운동이라고도 불린다.

료를 가지고 상반된 결론의 보도를 내는 바람에 '평행 세계'라며 비웃음을 사기도 했다. 만약 인류가 진실이라는 생물을 믿고 복종했더라면 평행 세계가 나타날 리 있었을까? 현실을 사는 사람이 무수한 진실을 좇으려 한다면 너무 귀찮아질 것이다. 절대다수의 사람은 그렇게 하고 싶어하지 않는다. 분명히 그런데도 사람들은 전혀 자각하지 못하고, 자기가 진상을 독점하고 있다고 맹목적으로 믿는다! 어느 정도 선에서는 이게 축복이자 저주다. 현실을 꿰뚫어보지 않고도 살 수 있다면, 제아무리 멍청하고 어리석은 사람이라도 행복할 수 있겠지? 신야오가 고통스러워한 것은 그저 충분히 어리석지 않았기 때문이다.

이게 화낼 만한 일이 아니라고? 누군가는 이것 때문에 화를 내진 않을 거라고? 상식과 도덕이 있는 사람이라면 그 머릿수만 믿고 무리 지어 소수를 비웃는 사람들을 질책해야 마땅하지 않을까? 그러나 세상은 전혀 이치대로 굴러가지 않았다. 마치 함께 맞물려서 움직일 계획 자체가 없는 톱니바퀴 같았다. 우주는 분명 설계 단계에서 오류가 발생한 기계일 것이다……. 그런데도 인류는 여전히 지구의 패권을 쥔 물종이었다. 까놓고 말해 인류의 번성은 논리나 비열함에 의한 게 아니라 자기 연민에 의한 것이었다.

그리고 정체성을 '바로잡는' 것에 대해 말하자면, 정체성이란 게 마음대로 바꿀 수 있는 걸까? 쉐펀은 생각만 해도 가소로웠다. 대충 가정해보자. 오늘날 러시아가 타이완을 점령한다면, 타이완인은 자기를 러시아인이라고 생각할까? 국적이 변하면, 정체성도 저절로 바뀔 수 있을까?

어쩌면 누군가는 신야오의 고난을 인정할 수도 있다. 그러나 극소수의 사람만 동정할 것이고, 다른 사람들은 '확실히 참 비참하긴 해. 하지만 이건 특수 케이스니까 굳이 따질 필요는 없어'라고 여길 뿐이다. 결국 자기하고 다른 것은 특수 케이스로 취급하고, 게으르게 시선을 돌리고, 존재하지 않는 척하는 것뿐이다. 하지만 이런 삶의 역정이 정말로 희귀할까? 쉐펀에게는 원주민 친구가 있다. 쉐펀과 이런 대화를 나눴을 때 그는 반듯한 양복을 입고 있어서 우아하고 사근사근해 보였고, 너와 나의 차이는 보이지 않았다. 그는 이렇게 말했다. 타이완 원주민이란, 사실 '이국에서 태어난 것'과 마찬가지라고.

쉐펀은 이해할 수 있었다. 최근에 가장 큰 이슈가 됐던 '교육과정 미세 조정 반대 운동'*이 좋은 예가 될 것이다. 이 논쟁의 중점은 중국 문화를 다루는 비율에 있었다. 그런데 이게 원주민하고는 무슨 상관이람? 대다수 사람은 '타이완인'을 한인으로 상상하고 원주민은 아예 생각하지 못한다. 뉴스에서 원주민에 관해 보도해도 이질적인 '타자'로 취급하기 일쑤다.

그러나 원주민은 타이완에서 출생했고, 애초에 도망칠 수가 없었다. 한인은 그런 '투명한 우리'를 보지 못하고 존재하지 않는 것으로 취급한다. 이는 정말이지 기가 막혔다.

* 2015년 타이완 교육부의 교과과정 밀실 개정 및 친중 편향에 반대하여 일어난 학생 운동으로, 해바라기 운동의 연장선으로 평가된다.

쉐펀은 잔혹한 사례를 알고 있다. 원주민에게는 전통적인 사회 계급이 있다. 그러나 이 사회계급과 현대의 국가 체제는 철저하게 결렬됐다. 예를 들어 원주민은 두목의 말에 따라야 하는데 두목은 국가 제도하의 지방관이 아니므로 지방에 대한 실권이 없다. 한 토지에 두 제도가 있고, 그중 하나는 국가 기관의 기능이 작용한다면, 사람들이 전통에 무슨 수로 복종하겠는가? 2003년, 초우족의 두목이 전통에 따라 산에서 부락의 질서를 유지하느라 임반지林班地*에서 몰래 훔친 것으로 의심되는 벌꿀을 몰수했지만, 도리어 한인에게 강도죄로 고소당했다. 누군가는 원주민이 현대화를 배워야 한다고 할 것이다! 그러나 현대란 무엇인가? 서구화인가? 고작해야 두 종류의 사유고, 그중 하나가 머릿수의 우세에 의지해 다른 한쪽을 아무런 반성 없이 밀어내는 것뿐이다! 그 사람들이 말하는 현대화란 전통을 멸절하는 것일 뿐이다. 이런 균열이 우리에게 벌어진다면 그 누구도 기꺼이 받아들이지 않을 것이다. 그런데 왜 원주민을 핍박하는가?

신야오는 그들과 마찬가지였다. 자기 나라라고 할 수 없는 곳에서 생활한다. 이 얼마나 소원한 느낌일까! 타이완 원주민 수는 50여 만에 달한다. 그러면 이 특수한 경우가 흔치 않은 건가? 전혀 그렇지 않다. 그저 국가의 체제를 따라서 함께 서 있는 사람들이 보고도 못 본 척하는 것뿐이다. 원주민이 자기 토지, 자기의 정치

---

* 타이완에서 산림 관리를 위해 사용되는 산림 구획 단위.

적 권리를 가지고 한인과 정치상에서 동등했다면 한인이 이렇게 기고만장하게 굴 수 있었을까? 솔직히 말해 원주민은 타이완의 원래 주인이었으나 정복자에 의해 산으로 쫓겨났다. 정복자는 주류가 되었고, 원주민은 도리어 이질적인 것으로 몰락했다. 소위 산이란, 배척당한 이질자들에게 허락된 곳이 아니란 말인가?

쉐펀은 생각에 의지해 공포를 몰아냈다. 마음속 분노가 점점 커졌다. 그러나 분노만이 아닌, 슬픔과 혼란스러움도 쌓이기 시작했다. 쉐펀이 이토록 화난 까닭은 사회 일선의 기자로서 약자의 존엄을 비호하겠다고 결심했기 때문이다. 그러나 세상에서는 이치가 전혀 통하지 않았다. 설령 훌륭한 특집 보도를 10만여 명이 본다고 해도 타이완 전체 인구의 1퍼센트에 불과하다. 이는 쉐펀으로 하여금 사람들의 존엄을 비호한다는 게 그토록 어려운 일임을 느끼게 했다.

신야오의 처지는 결코 특수한 케이스가 아니었다. 사회부 기자인 뤄쉐펀의 눈으로 보면 진작부터 지나치게 많이 상연된 케이스였다. 타이완은 수많은 정체성이 있는 곳이다. 이는 날카로운 질의를 불러일으킨다. 그럼 '타이완'이란 도대체 무엇인가? 이토록 다양한 정체성을 가진 사람들이 이곳에서 함께 살아갈 때, 타이완이 분열하지 않을 수 있을까? 그렇다고 타이완을 단결시키기 위해 나와는 다른 종족을 철저히 소멸하고, 이질자를 철저히 동화해야 한단 말인가? 이 점만으로도 쉐펀은 뭐가 어떻든 간에 동의할 수 없었다. 자기 정체성을 남에게 강요하여, 독단적으로 남이 자기와 같아지기를 요구하는 것은 악마의 행위였으니까.

쉐펀의 이런 생각은 물론 오래된 개인적인 침전에 기초한 것이지만, 한편으로는 산의 마력과도 관련이 있었다. 산의 장벽은 인간성을 제거한다. 인간성과 관련된 모든 것은 산에 들어온 순간 경계를 잃고 물거품처럼 변한다. 그리하여 쉐펀도 인간적인 면을 잃어가는 중이었다. 이는 그녀의 사고가 과도하게 바깥으로 흘러넘치게 했다. 국가의 경계가 사라지고, 민족의 경계가 사라졌다. 사회의 경계도 사라졌다. 이대로 가다가는 가족, 개인의 경계마저 사라질 것이다. 쉐펀은 순수하게 사고하는 자가 되어 지식과 감정이 서로 충돌하는 부드러운 곳을 떠돌 뿐, 자신이 누구인지 잊고 자신이 왜 산에 있는지를 잊게 될 것이다. 사실상 쉐펀은 자기 분노에 도취했을 때 자기 목적을 잊어버렸다. 이게 산이 조성한 것이다.

이때, 천황칭쯔가 행방을 감췄다.

그는 순식간에 사라졌다. 쉐펀이 자기감정 속에 과도하게 빠져 있었다지만, 그가 언제 사라졌는지조차 모를 수 있을까? 쉐펀으로서는 알 수 없었다. 그러나 천황칭쯔가 사라졌다는 것을 알아차림과 동시에 정신이 번쩍 들었다.

쉐펀은 고개를 들었다. 막 잠자리에서 일어났는데 눈에 들어온 게 익숙한 천장이 아닌 것처럼 처음에는 좀 의아했다. 그녀는 등 뒤의 산길을 보았다. 그것은 산길이라고 할 수도 없었다. 짐승이 다니는 길조차 존재하지 않는 밀림을 뚫고 온 것이었다. 내가 왜 여기에 있을까? 아니, 쉐펀은 자기가 왜 거기에 있는지는 알고 있었다. 아니면 생각났다고 해야 할 것이다. 그러나 지금은 별로 확신이 들지 않았다. 자기가 산에 들어온 동기를 이해할 수 없어지기 시작했다.

야생 조류가 날갯짓하는 소리에 쉐펀은 어깨를 움츠렸다. 심장이 땅에 떨어진 폭탄처럼 쿵쿵 울렸고, 온몸이 식은땀에 젖었다. 손전등으로 사방을 비춰보았지만 달빛이 손전등보다 훨씬 밝아서 이렇게 한들 전혀 소용없었다. 여기는 쉐펀이 잘 아는 산이 아니었다. 심지어 난팡아오 같지도 않았다. 쉐펀은 냉정을 되찾은 뒤 현재 상황을 천천히 정리했다. 자기는 귀괴에게 농락당한 게 분명했다. 입산한 지점은 난팡아오였지만, 이곳은 난팡아오에서 멀리 떨어진 산 구역일 수도 있었다.

정말이지 울고 싶은데 눈물도 안 나왔다.

다행히 핸드폰 배터리가 남아 있어서 청화텔레콤●의 신호를 잡을 수 있었다. 신호가 매우 미약하긴 했지만 쉐펀은 당장 지도 앱을 작동시켰다. 그러나 신호가 너무 약한 탓인지, 앱이 열리긴 해도 현재 위치를 읽지는 못했고, 지도 화면조차 불러오지 못했다.

한참 기다렸지만 쉐펀은 아직도 자기가 어디에 있는지 알 수 없었다. 핸드폰 배터리가 닳아버릴까봐 앱을 끄고, 그 김에 손전등도 꺼버렸다.

이젠 어쩐다?

● 타이완의 통신사.

쉐펀은 살아남을 방법을 궁리했다. 동시에 다른 문제도 궁리하기 시작했다. 왜 그 귀괴는 나를 여기로 데려왔을까? 그는 날 죽이고 싶었던 걸까? 귀괴가 사람을 해치는 게 이상한 일은 아니라지만, 그전에 실종된 위청샤쯔, 천황칭쯔, 천신야오에게는 뚜렷한 맥락이 있었다. 자기한테 이러는 건 아무래도 그 맥락에 딱 들어맞지 않았다. 그렇지만 귀괴가 수작을 부리는 데 꼭 무슨 이유가 있으란 법도 없다.

일시적으로 충격을 받기는 했다지만, 쉐펀도 나름 세상 경험이 있는 사람이었으므로 그리 쉽게 좌절하지는 않았다. 그녀는 정신을 바짝 차렸다. 일단 산길이나 오솔길로 돌아가고 싶었지만, 올라가야 할지 내려가야 할지 정할 수가 없었다. 산에서 내려가려는 충동은 아래로 가다보면 계곡에 도달하리라는 느낌을 줬다. 그러나 직감은 이를 부정했다. 쉐펀은 위를 보았다. 멀지 않은 곳에 불쑥 솟아난 곳이 있는 것 같았다. 저만 한 각도라면 산 아래를 온통 내려다볼 수 있을 테니 자기가 어디 있는지 확인할 수 있을 것이다. 그녀는 우선 그리로 가서 상황을 파악하기로 했다. 어차피 언제든 내려갈 수는 있으니까.

쉐펀은 수풀을 헤치고 비교적 단단한 나무줄기를 붙잡아 제 몸을 위로 끌어올렸다.

뜻밖에도 가까워 보이던 그곳에 5분이 지나도록 도착하지 못했다. 그녀는 자기가 산속에서 거리를 가늠하는 능력이 너무 부족하다는 것을 깨달았다. 그녀는 도시에서 자랐고, 평소에 등산도 하지 않았으니까. 쉐펀은 돌아가면 체력 단련을 해야겠다고 투덜거리기 시작했다. 이는 모종의 안정제 역할을 했고, 자기가 정말로 돌아갈 수 있다고 믿게 해줬다. 그녀는 아직 희망을 잃지 않았다. 희망을 잃기엔 아직 일렀다.

갑자기 '후다닥' 소리가 났다. 무언가가 숲속에서 신속하게 날아왔다! 깜짝 놀란 쉐펀은 미끄러질 뻔했지만, 재빨리 나무의 덩굴을 붙잡고서는 몸을 움츠리고 방어 자세를 취했다. 그것이 어둠 속으로 들어갔다. 얼핏 봤을 때 그것은 이상하게 거대한 오랑우탄 같았다. 쉐펀은 그것이 사라진 방향을 조심스럽게 흘끔거리다가 언덕에 무언가 있는 것을 보았다. 그녀는 직감적으로 손전등을 꺼내 그쪽으로 빛을 비췄다.

사람이었다.

엄밀히 말하자면 사람의 다리였다! 쉐펀이 있는 곳에서는 전체가 보이지 않았고, 바지통과 두 발만 보였다. 사기가 치솟은 그녀는 아무런 망설임 없이 덩굴을 잡아당기며 그 사람이 있는 곳으로 이동했다. 상대방은 도움이 필요할 것이다! 제발, 이런 때 마신자가 못된 장난을 치지 말아야 하는데!

관목 수풀을 뚫고 도착했더니, 그 사람은 드넓고 지세도 비교적 평탄한 진흙 바닥에 누워 있었다. 마치 산의 손바닥에 놓인 것 같았다. 달빛이 그의 얼굴 윤곽을 또렷하게 드러냈다. 쉐펀이 아는 사람이었다. 그녀는 이걸 이상하게 여겨야 할지조차 알 수 없었다.

그 사람은 실종됐던 신야오였다.

천신야오는 조종사 제복을 입은 채 모로 누워 살짝 웅크리고 있었다. 새하얀 제복은 군데군데 더러워져 있었고, 어째서인지 몰라도 신발은 신지 않고 진흙투성이 맨발을 내놓고 있었다. 그는 죽은 것처럼 꼼짝도 하지 않았지만 표정은 고요하면서도 평화로웠다. 쉐펀은 쪼그려 앉아 신야오의 경동맥을 짚었다가 가슴이 선득해졌다. 몸이 몹시 차가웠다! 다행히 신야오의 심장은 상당히 미약하긴 했지만 아직 뛰고 있었다.

"신야오, 내 말 들려?" 쉐펀이 그의 이름을 소리쳐 불렀다. 그러나 신야오는 차가운 돌덩이 같았다. 얼굴이 딱딱했다. 그가 입을 벌리고 있으며 그 안에 무언가가 들어 있다는 걸 알아차린 쉐펀은 빛을 비춰가며 새끼손가락 손톱으로 입안을 살살 파냈다.

……갈색의 진흙.

마신자. 아니, 싯키인가? 쉐펀은 분간할 수 없었다. 그렇다면 신야오는 진짜로 귀괴에게 끌려갔던 걸까? 마음속에는 여전히 의혹이 좀 남아 있었지만, 이 산에는 그것의 분위기가 있었다. 모종의 신성함과 희극성이 뒤섞인 후광이 신야오의 몸에 강림하자 너무 설득력 있었다. 쉐펀은 이게 초자연적인 힘에 속한다고 인정할 수밖에 없었다. 불현듯 유어가 떠올랐다. 황망하고 불안한 마음에 가냘픈 온기가 타오르기 시작한 것처럼, 신야오를 찾았다는 소식을 유어에게 알려야겠다는 생각이 들었다. 쉐펀은 연락처 목록에서 번호를 찾아냈다. 신호가 강하지 않아서 걱정됐지만 얼마 안 돼 발신음이 들렸다. 유어가 전화를 받자 쉐펀은 구원받은 것처럼 안도하고, 다시 인간 세상과 연결됐다는 데 감동했다.

"여보세요? 쉐펀 언니, 무슨 일이에요?" 유어의 태도는 별다를 게 없었다. 이로써 쉐펀은 자기가 실종된 지 얼마 안 됐을 거라고, 최소한 자기의 실종이 아직 알려지지는 않았을 거로 추측했다.

"유어 씨, 확인할 게 있어요. 오늘이 2015년 6월 13일이죠?" 쉐펀은 만약을 위해 질문했다. 자기는 귀괴에게 끌려왔으니 실제 시간이 체감과는 다를지도 모른다. 유어는 조금 곤혹스러워했다. "네, 왜 그래요?"

"별거 아녜요." 쉐펀은 바로 본론으로 들어갔다. "저 마신자인지 싯키인지에게 끌려왔어요. 지금 어딘지 모르는 산에 있어요. 난팡아오는 아닐 거예요."

"네? 그게 무슨 일이에요!"

"말하자면 길어요. 걱정 말아요. 내려갈 방법을 궁리해볼게요. 전화도 터지는 거 보니까 별로 걱정 안 해도 되겠네요. 유어 씨도 귀괴의 환각이 아니라면요." 쉐펀은 농담을 했지만 속으로는 불길한 예감이 들었다. 진짜로 그럴까봐 걱정됐던 것이다. 신야오, 이 전화, 이 모든 것이 그저 귀괴가 꾸며내서 보여주는 환각일까봐.

"전 환각이 아니에요! 그런데 저도 증명할 수가 없네요……. 쉐펀 언니, 지금 어딨는지 알 방법이 있나요? 제가 도와줄 게 있어요?"

"아직은 모르겠어요. 게다가 인터넷이 안 터져서 지도 앱도 쓸 수가 없고요. 우선 높은 곳으로 가서 단서가 있는지 살펴보려고 해요. 참, 하나 더. 신야오를 찾았어요.”

“뭐라고요? 신야오를 찾았다고요?” 유어는 그다지 믿을 수 없는 듯했다. 하긴 그럴 만도 했다. 쉐펀이 평온하게 말했다. “신야오 본인을 찾았어요. 그 귀괴가 날 신야오 근처로 데려오려고 했나봐요. 어쨌든 방금 신야오를 발견했고, 아직 살아 있어요. 그런데 바이탈 사인이 아주 미약해요. 제가 불러도 정신을 못 차리네요.”

핸드폰 저편에서 잠시 침묵이 흘렀다. 그러나 쉐펀은 상상할 수 있었다. 상대방은 분명 수많은 감정을 느끼고 있으리라. 잠시 후, 유어가 조금 떨리는 목소리로 물었다. “그러니까, 신야오는 진짜로 귀괴에게 끌려간 거였다고요……?”

참, 쉐펀은 자기가 신야오의 실종을 과학적으로 설명할 수 있을 거라고 말했던 것을 깜빡할 뻔했다. 그녀가 말했다. “지금은 그래 보여요. 제가 아직까진 다른 설명을 찾아내지 못했거든요. 어쨌든 걱정 말아요. 제가 반드시 신야오를 데리고 산에서 내려갈게요.”

“……고마워요, 쉐펀 언니. 신야오는 쉐펀 언니한테 맡길게요. 제가 함께 있었다면 참 좋을 텐데, 전 쉐펀 언니가 어디 있는지도 모르고……. 어쨌든 제가 도울 수 있는 거라면 바로 알려주세요!”

“알았어요. 미안하지만 배터리를 아껴야 해서요. 저도 계속 통화하고 싶긴 한데, 일단 끊을게요.”

통화를 끝냈을 때 배터리는 32퍼센트만 남아 있었다. 미묘한 숫자였다. 그러나 유어에게 연락하고 나니 적잖이 안심됐다. 쉐펀은 주변 환경을 둘러본 뒤, 맨 처음 정한 곳을 목표로 삼아 전진하기로 결정했다. 그녀는 신야오가 있는 위치를 기억해두고, 부근의 사진도 잔뜩 찍었다.

신야오를 업고 산에서 내려갈 수는 없었다. 그럴 체력도 없거니와, 가장 적절한 방법은 산에서 내려가 사람을 찾아 신야오를 구조하는 것이었다. 그러니까 절대로 신야오의 소재지를 잊어버려서는 안 됐다. 쉐펀도 자기 위치를 확인한 뒤 신야오 옆을 지키면서 전화로 구조 요청을 하는 등의 다른 방법을 생각해보았다. 그러나 자기 위치를 정말로 확정할 수 있을까? 타이베이 101 빌딩 같은 명확한 랜드마크가 있다면 문제없겠지만, 감제고지•에서 보이는 게 아무런 변별성 없는 마을일까봐 걱정이었다. 아니, 마을은커녕 끝없는 산만 펼쳐져 있으면 더욱 곤란했다.

안절부절못하던 쉐펀은 높은 곳에 도달한 다음에야 겨우 안도했다. 여기는 고산준령 같은 곳이 아니라서 지면과 바다가 보였다. 그러나 자세히 관찰하자 마음이 다시 무거워졌다. 익숙한 랜드마크는 보이지 않았고, 평범한 항구만 있었다. 사실 이게 평범한 건지 그녀도 확신할 수 없었다. 너무 어두웠기 때문이다. 등불이 있긴 했지만 밤의 어둠 속에서는 검은 나무 모형처럼 사물이 연접한 선만 간신히 보였다. 좀더 아래를 봤더니 놀랍게도 길을 발견할 수 있었다. 마치 검은 뱀을 닮은 도로였다! 게다가 이곳은 예상외로 높지 않아서 직접 내려가면 그 도로에 도착할 수 있었다. 단 도로

• 적의 활동을 살피기에 알맞은, 주변이 두루 보이는 고지.

에는 가로등이 없는 거로 보아 몹시 외진 시골 같았다.

쉐펀은 또 사진을 찍어서 자기 위치를 기록한 뒤 과감하게 산에서 내려갔다. 기대로 충만해서 앞뒤 가리지 않고 인간 세상으로 돌아가려고 했다. 거리는 있었지만, 시야가 닿는 곳에 실재하는 희망이 있었다!

하지만 그 뒤에 벌어진 일은 쉐펀의 예상을 완전히 벗어났다! 그리 순조롭지 않았다고 하기보다는 괴이하다고 해야 할 것이다.

두 시간쯤 내려간 쉐펀은 도로를 따라 항구 옆 마을에 도착했다. 마을은 평범해 보였지만 꿈으로 들어가는 듯한, 모종의 이상한 느낌이 점점 강해졌다. 공기 냄새 때문일까? 지나치게 밝은 밤하늘 때문일까? 아니, 가로수마저 기묘했다. 길 양쪽의 가로수는 매우 키가 작고 종려나무와 비슷해 보이는 한 종류만 있었다. 쉐펀이 어느 마을에서도 본 적이 없는 종 같았다.

곧 인간 세상으로 돌아간다 해도 쉐펀의 불안은 사라지지 않았다. 마치 우라시마 타로가 고향으로 돌아왔는데 모든 것이 변했다는 것을 깨달았을 때와 같았다. 약간 공포스럽기까지 했다. 겨우 가로등이 있는 곳에 도착하자 쉐펀은 민가 하나를 찾아냈다. 그 주택 문 앞에는 주소가 붙어 있지 않아서 이곳이 어느 행정구역에 속하는지 알 수 없었다. 그래서 그녀는 문을 두드려 구조를 요청할 수밖에 없었다.

문을 연 사람은 한 여성이었다.

"××××××××?"

그녀가 입을 열자마자 쉐펀은 멍해졌다. 이상하게도 부끄러움과 비슷한 감정이 들었다. 이 사람이 하는 말을 전혀 알아들을 수가 없었다! 자기의 이상한 예감이 이런 방식으로 실현될 줄이야. 여인의 의아해하는 눈빛을 마주하자 쉐펀은 얼른 해명했다. "저는…… 산에서 조난을 당했어요. 아니지, 전 나쁜 뜻이 있는 게 아니라, 저는…… Never Mind. Can you speak in English? I come from Taiwan."

처음에 쉐펀은 국어로 말하다가 곧 이게 아니라는 걸 깨닫고, 한 줄기 희망을 품고 영어로 바꿔 말했다. 그 여인은 말을 알아들은 듯 표정이 점차 누그러졌다. "Ah! Taiwan!"

쉐펀은 안으로 초대받았다. 그러나 상대방은 사실 영어를 알아듣지 못했고, '타이완'만 알아들었을 뿐이다. 여인은 가족 모두를 불러 모아 뭔지 모를 말을 떠들었다. 어쩌다 이렇게 됐담? 설마 그녀가 진짜로 몇백 년을 뛰어넘은 바람에 언어마저 변한 걸까? 하지만 과학기술을 보면 쉐펀이 살던 시대와 별 차이가 없어 보였다! 그녀는 가장 간단한 영어, 'I need help'로 원하는 것을 표현했다. 여자아이 하나가 전자사전을 가져와서 쉐펀의 뜻을 확인하고 나자 그들은 모두 당황했다. 쉐펀은 그들에게 악의가 없다는 것은 알았다. 그러나 말이 통하지 않으니 그들이 왜 당황하는지조차 알 수가 없었다. 한바탕 혼란을 겪은 그들은 쉐펀을 집에서 멀지 않은, 경찰서 비슷한 곳으로 데려갔다. 입구에는 한자가 쓰여 있었다.

구부라주재소久部良駐在所.

주재소 앞으로 끌려오자 쉐펀은 마귀가 들리기라도 한 듯 망연해져 이 여섯 글자를 멀거니 쳐다보았다. 주재소라니, 이게 어떻게 된 거지? 설마 그녀가 일본에 있단 말인가? 어떻게 이럴 수가! 그러나 유어가 했던 말이 퍼뜩 떠올랐다. 천황칭쯔가 말하지 않았던가? 싯키는 사람을 몇백 킬로미터나 떨어진 곳으로, 바다 너머로도 데려갈 수 있다고. 설마 자신이 싯키에게 끌려온 걸까? 그러나 자신은 위청샤쯔하고는 완전히 달랐다. 오키나와 사람도 아니고, 오키나와 정체성도 없는데! 그런데 왜 여기로 끌려왔을까?

그 집 사람들은 쉐펀에게 생각할 시간을 주지 않고 경찰을 찾아서 이러쿵저러쿵 말했다. 그 말에는 'Taiwan'이 몇 번이나 섞여 나왔다. 경찰은 의심스러운 눈으로 쉐펀을 보다가 그녀에게 몇 마디 했지만, 쉐펀은 알아듣지 못했다. 그러나 경찰이 표준 일본어로 말하고 있다는 건 알 수 있었다. 원래 경찰은 기세등등하게 굴었지만, 처음의 여인이 쉐펀을 거들어주려는 것처럼 경찰에게 사납게 굴었다. 경찰은 어쩔 수 없다는 표정으로 일어나서 전화를 걸었다. 쉐펀은 조금 불안해졌다. 앞으로 어떻게 되는 거지? 여긴 진짜 일본인가? 진짜로 일본이라면, 왜 아까는 유어하고 통화할 수 있었을까? 설마 유어가 진짜로 환각이었나?

상황은 점점 혼란스러워졌다. 어느덧 경찰이 자취를 감췄다. 조용했던 주재소에 사람들이 들락거리기 시작했고, 모여드는 사람은 점점 늘어났다. 주재소는 무척 작았으므로 구경하러 온 사람은 바깥까지 밀려났다. 그들은 쉐펀을 진귀한 동물처럼 쳐다보았다.

설마 경찰이 전화를 걸어서 이 호기심 많은 사람들을 불러온 걸까? 얼마 안 돼 경찰이 나이 많은 여인을 부축하며 들어왔다. 그 노부인이 천천히 말했다.

"내가 이렇게 말하면 알아듣겠어요?"

타이완어!

쉐펀은 자기가 타이완어를 이토록 그리워했을 줄은 몰랐다! 그녀는 연신 고개를 끄덕였다. 두 사람은 타이완어로 소통했다. 얼마 안 돼 쉐펀은 간신히 상황을 파악했다. 이곳은 요나구니섬의 구부라였다. 자기가 요나구니섬에 있다는 말을 듣자 쉐펀은 모골이 송연해졌다. 여기는 바로 위청샤쯔의 고향이었다! 노부인은 무슨 일이 있었는지 물었고, 쉐펀은 자기가 싯키를 만났다고 말했다. 싯키 때문에 타이완에서 이곳까지 왔다고 말이다. 노부인은 그 말을 듣자 흥분했다.

"싯키? 싯키를 알아요?"

노부인은 상당히 흥분해서는 자기가 쓰는 말로 구경꾼들에게 말했다. 구경꾼들은 진지하게 듣더니 곧 떠들어대기 시작했다. 쉐펀은 그 말을 한마디도 알아듣지 못했다. 갈팡질팡하는 사이에 쉐펀은 자기가 겪은 일은 중요하지 않다는 게 떠올랐다. 얼른 노부인에게 산에 구조를 기다리는 사람이 한 명 더 있다고 말했다.

쉐펀이 말을 마치자마자 노부인은 당장 흉흉한 기세로 몇 마디 했다. 남자 몇 명이 뛰쳐나갔다. 얼마 안 돼 화물차 두 대가 주재소 앞에 섰다. 노부인이 타이완어로 말했다. "사람들한테 수색대를 꾸리라고 했는데……” 그녀가 고개를 돌려 옆에 있는 남자에게 물었고, 남자가 대답했다. 노부인이 말을 이었다. “스무 명이 좀 넘어요. 지금 당장 출발할 수 있어요. 그 사람이 어디 있는지 알아요?”

쉐펀은 감격한 나머지 노부인에게 허리를 숙이며 고맙다고 인사했다. 주재소 밖으로 나가자 노부인 말대로 화물차 옆에 20여 명이 서 있었다. 그중에는 젊은이도 적지 않았고, 초등학생, 중학생 나이대의 남자아이들도 있었다. 사실 늙은이들은 진작 와 있었는데, 쉐펀이라는 신비하고 낯선 인물에게 호기심을 품고 있다가 곧바로 수색대에 참여한 모양이었다.

일은 이상하리만치 순조롭게 전개됐다. 그야말로 운명이 도와주는 듯했다. 그 노부인은 나이가 많아서 동행할 수 없었지만, 대신 영어가 유창한 젊은이를 붙여주었다. 그 젊은이가 기사 역할을 맡았고, 쉐펀은 조수석에 앉았다. 그녀는 젊은이에게 사진을 보여줬다. 상대방은 그녀가 사진을 찍은 장소가 어딘지 곧바로 알아봤다. 얼마 안 돼 모두가 쉐펀이 산에서 내려온 길에 도착했다. 차가 멈췄다. 차에서 대기하기로 한 두 사람을 제외하고, 나머지는 쉐펀을 따라 산으로 들어갔다.

“××××××, ××××××××××××, ×××?”

한 소년이 쉐펀 옆에 바싹 붙었다. 활발하긴 했지만 쭈뼛거리던 그는 산에 들어온 지 얼마 되지 않아 더는 참지 못하고 질문했다. 영어 하는 젊은이가 통역해주었다. 소년은 이렇게 말했다. “두 분은 싯키에게 끌려왔다고 하던데, 진짜예요?”

“그래.” 쉐펀이 고개를 끄덕였다.

“타이완에 어쩜 싯키가 있담?”

좋은 질문이었다. 누구라도 이 일을 들으면 이렇게 생각하지 않을까? 이 모든 것을 겪고 나자 싯키인지 마신자인지는, 쉐펀의 마음속에서 모호해졌다. 그래서 그녀는 웃으면서 대답했다. “있어.”

이 말은 아무 근거가 없는 단언이었다. 심지어 사실에 어긋나기까지 했다. 그러나 쉐펀은 허무맹랑한 소리를 한 게 아니었다.

그들은 한 시간도 안 돼 신야오를 찾아냈다. 가장 먼저 발견한 사람이 고함을 지르자 다른 사람들이 달려갔다. 울려 퍼진 환호는 언어의 장벽을 뛰어넘어, 어느 나라 사람이라 해도 다 알아들을 수 있었을 것이다. 가장 건장한 남자가 신야오를 업었다. 다른 사람이 신야오 입안의 진흙을 파냈다. 쉐펀은 겨우 안심할 수 있었다. 수색대가 산에서 속속 내려갔다. 따라가던 쉐펀은 곁눈으로 은색 빛을 보았다. 인제 보니 수풀 사이를 흐른 별빛이 지면에 쌓인 것으로, 마치 극장의 스포트라이트처럼 방금 신야오가 누워 있던 곳에 호수면 같은 광택을 반사했다. 그곳에는 깊이 5센티미터 정도의 얕은 구덩이가 있었다. 이 구덩이는 당시 옹송그리고 있던 신야오의 신체보다 약간 커서 딱 그의 정수리와 발밑에 닿았다. 신야오를 옮긴 뒤에야 쉐펀은 그 구덩이의 형상을 똑똑히 볼 수 있었다.

그건 거대한 발자국이었다.

파인 형태와 세밀한 부분을 보면 오른발임이 분명했다. 발뒤꿈

치 부분은 비교적 깊이 파여 있었고, 앞쪽에서는 족궁의 형상을 볼 수 있었다. 심지어 다섯 발가락까지 똑똑히 보였다. 쉐펀은 뒤흔들렸다. 만약 이게 발자국이라면, 이 사람은 얼마나 거대한 걸까? 이렇게 커다란 발의 주인은, 흔히 말하는 '거인' 아닌가……?

서랴오섬과 요나구니섬에 공통으로 전해지는 거인 전설이 쉐펀의 머릿속으로 쏟아져 들어왔다.

"What's going on?"

쉐펀이 그 자리에 있는 걸 본 영어 하는 젊은이가 고개를 돌려 그녀를 찾았다. 그녀가 또 싯키에게 홀릴까 걱정했는지도 모른다. 쉐펀은 놀람과 공포 속에서 정신을 차렸고, 자긴 괜찮다는 뜻으로 고개를 젓고 따라 내려갔다. 가는 내내 그 발자국은 쉐펀의 머릿속을 밟은 것처럼 그녀의 사고를 휘저었다. 물론 그저 우연일 뿐이고, 대자연의 우연한 배열로 만들어진 현상을 발자국으로 착각한 걸 수도 있다. 그러나 이런 구덩이가 잃어버린 거인이 낳은 정체성을 가진 천신야오의 아래서 나타나다니, 이게 우연이라고 해도 쉐펀은 두피가 저릿해졌다.

그야말로 어떤 은유 같았다. 하지만 너무 황당했다. 소설도 아니고, 은유가 어떻게 현실에 살아 있는 것처럼 개입해서 불가사의한 전조로 자신을 드러낼 수 있을까? 이건 분명 우연일 거야.

그들은 화물차로 돌아가서 신야오를 화물차 짐칸에 눕혔다. 영어 하는 젊은이의 말에 따르면 섬에는 진료소가 있지만 지금은 운영 시간이 아니고, 진료소에서도 응급 진료를 하지는 않았다. 그러므로 신야오를 곧바로 의사 집으로 데리고 가겠다고 했다. 쉐펀은 승낙했다. 이번에 그녀는 조수석에 앉지 않고 수색대 사람들과 함께 신야오 옆에 앉았다. 화물차의 미세한 진동 속에서 쉐펀은 무거운 짐을 전부 벗어버렸다는 느낌에 잠이 오려고 했다. 참, 유어에게 전화를 해야 할 텐데. 하지만 너무 피곤해서 일단은 좀 쉬고 싶었다. 의사를 만난 뒤에 하자.

계산해보면 신야오가 비행기에서 실종된 지 여드레가 지났다. 그가 아직 살아 있다는 것 자체가 기적이었다. 만약 그때부터 먹지도 마시지도 않았다면 진작 쇠약해져서 죽어야 했다! 그의 입안에 있던 진흙에 무슨 신기한 효능이 있어서 그를 살려준 것은 아닐 텐데? 그게 아니면 신야오는 이미 인간이 아니고, 귀괴에게 끌려간 뒤 거인으로 변해 요나구니섬의 산에 거대한 발자국을 남겼다거나. 물론 이건 쉐펀의 망상이었다. 이런 것보다는 제 걱정이나 해야 했다. 그녀는 여권도 없었고, 출입국 기록도 없었다. 자기에게 일어난 일을 어떻게 설명해야 할까? 도리어 자기가 뉴스거리가 되는 건 아니겠지!

신야오는 또 어떻게 될까? 신야오가 구조된다면, 그는 자기에게 벌어진 일을 어떻게 설명할까? 설명할 수나 있을까? 쉐펀 본인도 어떻게 설명해야 할지 알 수가 없었다. 그녀를 이곳으로 잡아온 귀괴는 도대체 마신자일까, 싯키일까? 그녀는 타이완 난팡아오에서 실종됐으니까 마신자일까? 그러나 지금은 요나구니섬에 있으니까 싯키일까? 이 두 종류의 귀괴는 모두 사람을 먼 곳으로 데려간다는 기록이 있다. 물론 어느 쪽이든 이상하진 않다…….

그러고 보니 쉐펀 앞에 나타난 귀괴는 왜 천황칭쯔의 형상으로 나타났을까? 신야오가 조종실에서 '앗파'라고 외쳤다고 하니, 그가 본 것도 천황칭쯔일 게 분명했다. 그리고 그들은 모두 여기로 끌려왔다.

돌연 쉐펀은 몸을 똑바로 세웠다. 어떤 가능성이 머릿속을 스쳤다.

설마? 쉐펀은 경악했다.

설마 이런 걸까? 어떤 기상천외한 가설이 거세게 쏟아져 들어오며 그녀의 마음속에 기괴하고 복잡한 무늬를 맞춰냈다. 몹시 엉망진창이긴 했지만 나름의 이치는 있었다. 원래 이 괴사건에는 쉐펀이 이해하지 못한 점이 몇 가지 있었다. 그녀는 왜 말려들었는가? 같은 문제 말이다. 특정한 맥락이 있는 위청샤쯔, 천황칭쯔, 천신야오에 비해 자신은 외부자인데, 귀괴는 왜 자신을 선택했을까? 그리고, 귀괴는 왜 천황칭쯔의 모습으로 자기 앞에 나타났을까? 천황칭쯔는 신야오의 가족이었으니 그녀의 모습을 빌려 나타나는 것도 이상할 건 없었다. 그러나 오늘 전까지만 해도 쉐펀은 천황칭쯔를 본 적이 없었다. 장난을 치려고 했다면, 쉐펀에게 익숙한 얼굴을 써야 더 적절하지 않을까?

그리고 가장 중요한 것 한 가지. 그 귀괴는 쉐펀을 요나구니섬으로 데리고 왔고, 얼마 안 돼 그녀는 신야오를 발견했다. 이게 단순한 우연이라고 생각하긴 힘들었다. 설마 그 귀괴는 쉐펀이 신야오를 구조하길 바랐던 걸까? 그럴 리가. 마신자든 싯키든, 귀괴가 그리 우호적일 리 있겠는가!

그러나 정말로 그런 거라면? 만약 신야오가 단순한 피해자가 아니라, 이 기이한 실종 사건의 진정한 주인공이라면, 일은 또 어떻게 되는 걸까……?

쉐펀도 아직 완전히 밝혀내진 못했다. 그러나 그녀의 사고 흐름은 신야오 본인의 의문에서 시작됐다. 작년 연인만에서, 신야오는 유어에게 물었다. 자기가 실종된다면 그를 데리고 간 것은 마신자일까, 싯키일까? 이 문제는 정체성에 관한 신야오의 혼란을 반영하고 있다. 그러나 철학 비평 같은 토론은 제쳐두고, 그가 정말로 신비하게 실종됐다면, 그렇지, 지금처럼 말이다. 도대체 마신자의 소행인지 싯키의 소행인지를 어떻게 판단해야 할까?

이 문제는 규명하기 힘들다. 이 안에 너무 많은 층이 뒤섞여 있기 때문이다. 천황칭쯔의 주장을 예로 들자면, 귀괴는 문화와 혈통에 종속된 것이다. 그러므로 우치난추기만 하면 만나는 것은 싯키다. 정체성이 명확한 사람이라면 이건 단순하고 명쾌하다고 할 수 있다! 그러나 정체성의 혼동을 겪는다면? 만약 심리적인 정체성에 따라 귀괴가 판별된다면, 질문으로 혼란을 표현했을 때 답은 없다고 정해져 있다.

따지고 보면 '마신자인지 싯키인지'라는 건 이상했다. 이런 귀괴가 동시에 서로 다른 집단에서 전해지는데, 그럼 랄리메나나 사라우는 안 되나? 왜 꼭 둘 중 하나를 선택해야 하지? 이유는 간단하다. 신야오의 정체성이 둘 중 하나이기 때문이다. 마신자와 싯키가 다른 존재로 여겨진 건 그의 마음속에서 타이완인과 우치난추가 분명하게 이분된 문화체文化體이기 때문이다. 그러나 정말로 꼭 선택할 필요가 있을까? 온전함을 추구하고자 자기의 일부분을 잘라낼 필요가 있을까? 버려야만 온전해지다니, 애초에 모순적이다.

신야오는 선사시대를 통해 타이완과 오키나와 또는 류큐와의 정신적인 연결을 추구한 적이 있다. 그러나 천황칭쯔가 사라지자 신야오는 '할머니는 싯키에게 끌려갔다'를 견지할 수밖에 없었다. 아마 그때부터 반드시 선택을 해야 한다는 책임감이 귀신처럼 들러붙었을 것이다. 계속 질질 끌면서 결심을 내리지 못했다면 그도 자책했겠지? 그러니 누군가가 신야오에게 알려줘야만 했다. 그럴 필요 없다고, 억지로 자아를 분열시킬 필요는 없다고.

그런데 그걸 누가 신야오에게 알려줄 수 있을까? 누가 알려줄 자격이 있을까? 신야오의 정신세계에서의 일을, 누가 뒤흔들 수 있을까? 말하자니 좀 황당하지만, 그를 설득할 자격이 '누구'에게 있는지를 따지자면, **국족이라는 상상에 의해 빙의된 귀괴**뿐이었다! 귀괴가 튀어나와서 마신자와 싯키를 구분할 필요가 전혀 없다고 주장한다면, 신야오가 자인하며 부득불 내린 선택은 애초에 성립되지 않는다.

이게 '수작을 부린' 동기일까?

너무 황당했다. 그러나 이 설을 계속 파고든다면 신야오가 반드시 조종석에서 사라져야만 했던 이유도 설명되지 않는가? 혼란스러워하는 신야오에게, 마신자와 싯키는 간결하고 명료한 답이 될 수 없다. 그러나 신야오의 생각을 막론하고, 귀괴의 수작은 사실 객관적인 판단에 근거하고 있다. 이건 신야오 할아버지의 주장이기도 했다.

신야오 할아버지는 타이완에서 벌어지기만 하면 반드시 마신자라고 했다. 어느 정도 선에서 이는 모종의 속지주의인 셈이다. 귀괴가 수작을 부리려면 반드시 장소가 있어야 하는데, 그 귀괴의 신분은 최소한 영토를 가지고 판별할 수 있다. 그러나 대해 위를 비행하는 공중의 밀실은 도대체 어느 나라에 속할까? 이는 대다수 사람에게는 너무 애매하다. 그러므로 조종실에서 사라진 것은 '마신자인지 싯키인지'의 객관적인 근거를 실질적으로 제거해버린 것이다.

귀괴가 신야오를 사지에 몰아넣을 작정이 아니었다면 그는 어떤 곳에서 '발견돼야만' 했다. 아마 귀괴는 사람을 산으로 데려갈 수만 있는 걸지도 모른다. 그래서 신야오는 산에서 발견됐다. 그러나 타이완이든 요나구니섬의 산이든 간에 속지주의에 의하면 또다시 판단의 근거가 된다. 이건 또 어떻게 되는 걸까……?

이게 바로 쉐펀이 말려든 이유였다. 그녀는 귀괴의 장기짝이 됐다.

신야오는 요나구니섬의 산에서 발견됐다. 그가 깨어나면 이 장난을 친 귀괴가 싯키라고 판단할 수도 있을 것이다! 이 객관적인 사실을 빌려 그는 한 가지 정체성을 받아들일 수도 있다. 하지만 정체성의 충돌이 없는 다른 사람, 즉 쉐펀이 타이완에서 사라지고 요나구니섬에서 발견된다면, 불가사의하게 국경을 넘음으로써 마신자와 싯키의 구별은 모호해진다. 사실 이게 쉐펀의 진짜 느낌이었다. 그녀는 마신자와 싯키가 다른 문화권에 속한다는 것을 당연히 알고 있었다. 그러나 지금에 와서는 구분을 강행한들 아무 의미가 없다고 느꼈다. 신야오에게는 쉐펀의 체험이 부정의 근거가 되고, 영토에 의해 내려진 심판은 애매한 블랙박스로 되돌려보내지는 것이다.

그러나 이 논증이 성립하려면 중요한 전제가 필요하다. 신야오와 쉐펀이 만난 귀괴가 반드시 동일한 존재여야만 한다. 두 사람이 겪은 일이 독립된 사건이라면 쉐펀이 귀괴를 만난 일은 신야오의 독단을 부정하는 데 쓸 수 없다. 그래서 귀괴는 천황칭쯔의 외모를 써서 등장한 것이다! 어떤 특수한 신분을 통해 그들이 겪은 일이 더는 독립적이지 않도록, 두 가지 기이한 실종이 통합되어 국경을 지우도록.

그렇다. 국경을 지운 수작. 바로 이 성대한 장난의 참모습이다.

하지만 어떻게 이런 일이 있을 수 있을까. 결과적으로, 이 귀괴는 어째서 이토록 고심해 신야오 개인의 혼란을 처리하려 했을까? 증거는 없지만, 쉐펀의 마음속에는 한 가지 가능성이 떠올랐다. 이 귀괴는 천황칭쯔의 의지를 어느 정도 계승했거나, 심지어 천황칭쯔 자신일 가능성이 지극히 컸다. 천황칭쯔는 자기가 신야오에게 상처를 준 것을 통렬히 깨닫고 그것을 만회하려 한 것이다. 사실

이 추론은 황당했다. 마신자는 정괴, 싯키는 요괴로 모두 사람이 죽은 뒤에 변하는 것이 아니다. 천황칭쯔가 이런 산정으로 변할 리가 없지 않은가? 그러나 누가 알겠는가? 쉐펀이 요괴 전문가도 아니고, 어쩌면 어떤 전승에서는 사람이 죽은 뒤 요괴로 변할 수 있는 건지도.

쉐펀은 깊이 잠든 신야오를 응시했다. 머릿속에서는 생각이 천만 갈래로 흘렀다. 이게 진상인가? 그녀는 그렇게 생각하지 않았다. 이 이론은 근거가 많이 결핍돼 있어 입으로 불기만 하면 쓰러질 공중누각 같았다. 하지만 그런들 또 어떤가? 솔직히 말해 귀괴가 쉐펀의 면전에 나타나서 모든 것은 그의 심혈로 이룬 것이라고 득의양양하게 말한다면, 그런 진상에 무슨 가치가 있을까? 단지 망상이라고 해도 좋았다. 그녀가 알고 싶은 것은 이 자기중심적인 이론이 오랜 세월 이어진 고독과 어른들이 남긴 저주로부터 신야오를 해방해줄 수 있을지였다. 이는 쉐펀이 이 여정을 시작한 뒤 처음으로 본 빛이었다. 이는 인터넷에서 떠도는 그 허무맹랑한 소리, 그리고 고독을 모르는 호사가들을 하찮게 만들어버리기엔 충분했다! 쉐펀은 이 빛이 존재할 수 있으리라고는 상상도 못 했다. 아니, 사실 이건 빛이라고 부를 순 없었다. 그저 희망일 뿐이다. 빛이 될 수 있을지 어떨지는 신야오 본인이 어떻게 생각하느냐에 달렸으니까.

쉐펀은 신야오가 깨어나기를 기다렸다. 얼른 이 가설을 공유하고 싶었다! 설령 사실일 확률이 1만 분의 1도 안 된다 해도, 그것에 숨겨진 은혜는 1만 분의 1을 아득히 넘으리라. 이 일은 한 사람을 구원할 수만 있다면 충분하다. 쉐펀은 고개를 들었다. 이날 밤 그녀는 밤하늘을 무수히 보았다. 그러나 이번에는 처음 여유로운 심정으로, 온 밤하늘을 자기 마음속에 담았다. 어린 시절이 떠올랐다. 엄마 아빠는 유성에 소원을 빌라고 했다. 그녀는 처음 유성을 보았을 때 소원을 빌었을 뿐만 아니라 손을 뻗어 그 유성을 쥐려고 했다.

이 광해가 없는 요나구니섬에서는 유성이 몇 분에 한 번씩 하늘을 가로질렀다. 여기서부터 저기까지, 유성은 비보다 고요하면서도 풍요롭게 내리고 있었다.

"So beautiful……."

쉐펀은 마음에서 우러나온 찬탄을 내뱉었다. 화물차가 마을로 들어갔다. 길고 안정적인 흔들림 속에서 신야오는 꿈을 꾸는 듯했다. 그가 몸을 움찔했다. 단지 돌아누웠을 뿐이지만 편안하게 잠든 것 같았다. 어떤 만족스러운 웃음이 바위 같던 표정에 녹아 있었다. 삶이 끓어오르기 시작한 것처럼.

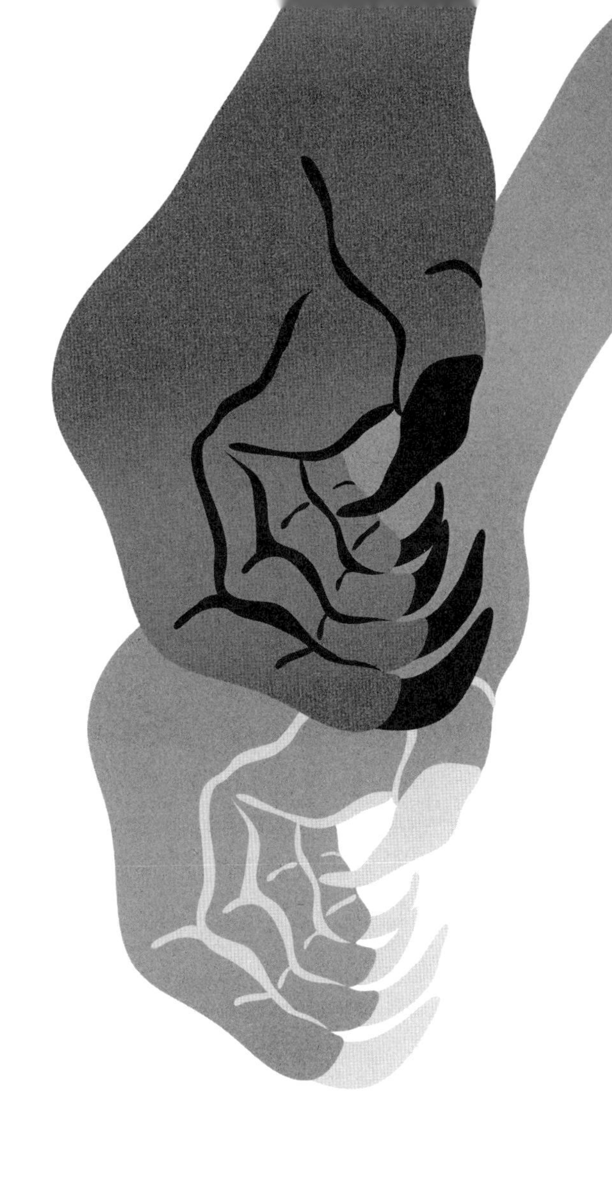

'이 소설은 애초에 끝까지 안 썼네'라고 불평하는 독자들도 있지 않을까?

아직 풀리지 않은 미스터리가 있다. 그렇다. 어떤 미스터리에 관해 내게는 답이 있지만 뤄쉐펀은 이를 알 기회가 있으리라고 생각하지 않아서 침묵하는 쪽을 택했다. 그리고 내게 설명할 기회를 주었으면 한다. 최근 내가 작품을 쓰는 경로 중 하나는 타이완의 귀괴 전설을 통해 '타이완성'을 묘사하는 것이다. 이 소설이 바로 그 가능성 중 하나다. 그런 만큼 나는 타이완에 대한 내 관점에 대응하는 두 가지 전제를 세웠다.

첫째, 지나치게 오래된 일들에 관해 우리는 추측할 수만 있을 뿐 진상을 알아낼 수는 없다. 역사에 진상이 없어서가 아니라, 우리가 역사에 대해 경의를 품어야 하기 때문이다. 절대적으로, 정확하게 역사를 설명할 수 있다고 주장하는 것이야말로 실례다. 둘째, 현대 타이완의 정체성은 아직 해결되지 않았다. 이야기로 토론을 시도할 수는 있으나 답안을 내지는 못할 것이다.

바로 타이완이라서, 모든 문제에 해답이 있을 수는 없다.

이 소설은 '마신자'를 주제로 삼고는 있으나 '거인'의 이미지를 중시한다. 왜소한 마신자와 대비되어, 독자에게는 좀 툭 튄다는 느낌을 줄 수도 있지 않을까? 사실 이 이미지에는 유래가 있다. 나는 가즈오 이시구로의 『파묻힌 기억』*을 좋아한다. 이 소설의 영문 제목은 기억이 아니라 'The Buried Giant'로, 'Giant'는 거인으로 해석할 수 있다. 도대체 'Giant'란 무엇인가? 모든 독자에게는 나름의 견해가 있을 것이다. 그러나 나는 내 해석에 따라 'The Buried Giant'를 거인으로 여겼고, 그 이미지를 이 이야기에 빌려왔다.

'난팡아오에서는 참 많은 게 사라졌네요.'

이는 유어가 이야기 속에서 했던 말이다. 이 작품이 출판된 현재, 소설에 등장했던 그 대교도 2019년 10월에 끊어짐으로써 난팡아오의 사물 하나가 또 사라졌다. 사라진 카우카우족부터 상실이 끊임없이 반복된다. 이 모든 것이 전부 '끌려간 거인'이다.

이야기가 좀 옆길로 샜다……. 아니, 옆길로 샌 건 아닐지도? 창작 이념과 관련된 것이니까. 어쨌든 이 소설은 나의 '후외지문학後外地文學'에 대한 시도다.

<hr>

* 타이완에서는 『파묻힌 기억被埋葬的記憶』, 한국에서는 『파묻힌 거인』(민음사, 2022)으로 출간되었다.

후외지문학이란 무엇인가? 사실 이건 내가 만들어낸 창작 이념이다. 그렇다. 딱히 대단한 건 아니다. 그냥 억지로 멋들어지게 말한 것뿐이다. 소위 후외지문학이란 외지문학에 대응하는 것이다. 그렇다면 외지문학이란 무엇인가? 가장 간단히 이해하자면 대략 식민지문학일 것이다. 이는 일본의 시대문학 연구자 시마다 긴지島田謹二가 제기한 것으로, 그는 외지문학에는 세 가지 요소가 있다고 했다.

1.　　엑조티즘

2.　　리얼리즘

3.　　향수

엑조티즘이란 무엇인가? 이렇게 이해할 수도 있을 것이다. 외지문학을 쓰리라고 예상되는 작가는 타이완에 있는 일본인이다. 그들은 타이완에서 살면서, 타이완에서의 삶의 경험을 이미 갖고 있다. 이 사람들이 창작해낸 타이완 풍모를 갖춘, 타이완을 주제로 한 작품이 바로 외지문학이다. 내지인內地人●에게는 이런 타이완의 풍경이 이국적인 환상에 해당했을 것이다! 그건 낭만, 아름다움, 기이한 상상력으로 충만한 것이었다. 타이완에 거주하는 일본인에게는 삶의 경험을 책으로 써낸 것뿐일 수도 있으므로 리얼리즘

● '내지'는 일본 제국에서 본토를 지칭하는 단어로, 일본의 식민지였던 타이완, 조선, 관동, 남양 군도 등은 '외지外地'라고 불렸다.

이기도 하다. 요컨대 외지문학은 식민지문학이다. 그러나 그와 동시에 우리는 그것을 지방주의 문학으로 간주할 수도 있다.

당대의 타이완 문학사 연구에서 외지문학은 실컷 비판을 받았다.

어째서인가? 그 중요한 원인 중 하나는 '엑조티즘'이 타이완을 대상화하기 때문이다. '내지'에 상대하는 '외지', 이게 상상으로 만들어낸 게 아니란 말인가? 몇 가지 예를 들어보자. 원주민에 대해 수많은 한인은 술을 좋아하고, 명랑하고, 신체 능력이 뛰어나다는 종류의 판에 박은 이미지를 갖고 있다. 그러나 이런 상상은 현실에 부합하지 않을 수도 있는데 이게 기정사실이 되어 퍼져나가면, 표면적으로 원주민을 말한 것일 뿐, 정작 원주민은 빠지게 된다……. 엑조티즘도 그렇다. 이국은 필연적으로 본국이 응시한 것이다. 즉 타자라고 바꿔 말할 수도 있다. 그렇다면 엑조티즘을 전제로 해서 써낸 타이완에는 오히려 진정한 타이완이 빠져 있을 가능성은 없을까?

이것이 외지문학의 위험이다. 분명히 타이완의 이야기를 썼는데, 타이완이 주체를 잃게 했다. 이는 식민지 체제하에서 더욱 심각해졌다. 여기까지 본 독자는 호기심이 생겼을지도 모른다. 외지문학의 악명이 이토록 자자한데 왜 후외지문학으로 그것에 대응하려고 하는가?

그건 '이국'이 확실히 낭만적이기 때문이다.

심미에는 이런 아이러니가 있다. 외국 여행을 할 때면 때때로 종교적인 장소가 관광지보다 중시된다. 우리도 그 환상적인 장식, 신비한 부호, 신성과 공포 사이에 있는 기이한 조각상에 매료된다. 그러나 국내의 전통적인 종교 장소와 활동에 대한 주류 의견은 그것이 악습이라는 쪽으로 기울어져 있다. 묘회廟會*를 우습게 여기고, 폭죽 소리가 너무 시끄럽다며 질색하는 등등. 그러나 국외에서 떠들썩한 대형 종교 활동에 휘말리면 아무리 시끄럽더라도 받아들일 수 있지 않나?

그곳은 이국이기 때문이다!

이런 아이러니는 우리가 이 환경에 너무 익숙해진 탓에 심미에서 피로함이 생겼고, 타이완을 아름다움의 대상으로 보지 못하게 된 데서 기인한 걸 수도 있다. 외국인에게 타이완의 사당은 당연히 아름답다. 이게 바로 엑조티즘이다. 한편으로 도시인인 우리 역시 전통 종교와의 연결을 잃어버렸다. 빠른 현대화로 삶이 바뀌는 바람에 전통은 어색해졌고, 우리도 더는 관심을 두지 않는다. 그와 동시에 우리는 역사에 대해서도 거의 관심을 두지 않는다.

지금 우리는 중요한 시대의 교차로에 서 있는지도 모른다.

나는 어떻게 해야만 옳다고 말하려는 건 아니다. 그러나 우리의 모든 결정이 타이완의 미래 모습을 결정한다는 데는 의문의 여지

---

* 옛날에는 사당이나 절 부근에 세워지는 장터를 가리켰으나, 현재는 신명의 탄생일 기간에 거행되며 제사 의식과 더불어 여러 가지 민속놀이, 전통 공연, 상업 활동이 결합한 문화 행사가 되었다.

가 없다. 그렇지만 타이완사를 건너뛴다면 우리가 타이완을 어떻게 정의하겠는가? 타이완의 족군은 다원화되어 복잡하다. 모든 족군은 저마다의 역사와 자기들만의 역사관을 가지고 있다. 서로 다른 족군이 공동의 타이완을 상상하려면 최소한 역사의 복잡성도 이해해야 한다. 그러나 현대 사회가 역사에 관한 관심을 상실해버리면 우리가 무슨 수로 타이완을 논하겠는가? 소설 창작자로서 내가 이 문제에서 주목하는 부분은 바로 다음과 같다. 우리가 어떻게 해야 독자에게 타이완사에 대한 흥미를 불러일으킬 수 있을까?

내 견해로는 낭만화하는 것이다.

과거의 타이완을 이국으로 삼아서 쓰고, 환상과 기괴를 의도적으로 부여하여 타이완의 아름다움을 드러낸다. 우리가 통속작품 속에서 타이완사에 대한 호기심을 불러일으킬 수 있다면 무엇이 타이완인지를 논하는 데도 도움이 될 것이다. 그리고 후외지문학은 내가 제기하는 방법론이다.

외지문학의 3요소를 참고해, 나도 후외지문학의 3요소를 다음과 같이 제시한다.

1.　　엑조티즘
2.　　실제 배경
3.　　향수

내가 말하는 엑조티즘이란 시마다 긴지의 엑조티즘과는 달리,

의식적으로 환상적인 아름다움을 부여하는 것이다. 그리고 이 환상적인 아름다움은 시간이 가져온 거리감에 기초한다. 바로 외지문학에서의 외지가 중심에서 비교적 변두리인 것처럼, 공간상의 거리가 없다면 이국은 존재하지 않는다. 후외지문학은 시간상의 거리를 통해 형성된 이국이다. 시간상의 거리란 과거의 어느 시점을 쓰는 것만이 아니라, 독자가 당대의 각도로 그 시점을 관찰하는 것을 의식한 것이다.

졸작 「조령야화潮靈夜話」(『화려도 일화: 건華麗島軼聞: 鍵』(구거출판九歌出版)에 수록)를 예로 들면, 이 책은 1930년대를 묘사하는 동시에 당시의 지역, 즉 '이제 존재하지 않는 풍경'이나 '불가능한 풍경'을 통해 환상성을 조성하는 데 특별히 공을 기울였다. 현재 선동 옆의 방파제는 옛 모습과 달라졌다. 서랴오섬의 천첩부千疊敷 바위도 거울 같은 해수면을 가질 수 없다. 그러나 이런 불가사의하고 환상적인 경치는 독자가 직접 지룽의 선동과 서랴오섬에 갈 수 있다는 데 기초한 것이다. 이 당대의 실제 지역과 오랜 시공의 격차는 환상을 현실의 지역에 덧쒸우는 것을 허락해주고, 실제의 지리 공간을 역사로 통하는 문으로 만들어주기도 한다. 그 역사는 아름답고, 기이한 상상으로 이루어져 있어 마치 이국의 역사와도 같다.

이것도 내가 실제 경치를 후외지문학의 중요 요소로 보는 이유다. 실제 경치는 신체적 경험에 기초하고 있어 유력한 상상의 참조점이 될 수 있다. 또 「악어 꿈」(『쾌: 젓가락 괴담 경연』(비채) 수록)에는 물에 잠긴 학교와 마을이 등장한다. 주인공이 물에 잠긴 폐교에 갔을 때 그 학교는 완전무결했다. 이것도 불가능한 장면이다. 그 학교는 이미 폐허가 됐기 때문이다. 만약 허구의 지역이라면 이것은 사실 '가능'하다. 그러나 실제 지역에 건립했기에 불가능한 환상적인 꿈이 되는 것이다. 이 환상적인 꿈이 성립하려면 독자가 처한 시공이 시점의 중심이 되어야 한다.

외지문학은 내지를 중심으로 하고, 후외지문학은 당대를 중심으로 한다. 중심으로 설정된 존재야말로 이국의 환상을 가능하게 할 수 있다.

그리고 향수, 이는 후외지문학을 쓰는 중요한 동기다. 현대에 타이완인은 타이완에 대한 공통적인 상상을 아직 갖고 있지 않다. 설령 있다고 해도 착취하는 방식의 상상이 되기 쉽다. 그러나 타이완인에게는 아직 나타난 적 없는 타이완에 대한 상상이야말로 이상적인 고향이다. 그렇지 않은가? 나는 이런 상상이 나타나기를 기대한다. 이것이 후외지문학을 쓰는 나의 간절한 바람이다.

여기까지 읽은 독자는 이렇게 물을지도 모른다. 이 이론이 외지문학에 대응할 필요가 있을까? 결과적으로 이 이론이 주장하는 바는 실제 지역에 근거한 환상을 씀으로써 독자가 역사에 흥미를 갖도록 유도하고, 이를 '타이완이란 무엇인가'에 대한 토론의 밑천으로 삼으려는 것에 불과하다. 굳이 외지문학에 대응하지 않더라도 이 주장은 여전히 성립한다. 그러나 나는 이렇게 생각한다. 의식적으로 짜낸 환상에는 위험이 없을까? 역사는 스스로 주장할 수도, 자신을 지킬 수도 없다. 역사에 대해 아무 경의가 없는 응시하에서라면 환상은 도리어 역사를 왜곡하게 될 것이다. 악명이 자자한 외지문학에 대응하기로 선택한 것은 바로 일종의 자아에 대한 경각이다. 타이완의 식민과 관련한 빚은 아직 청산되지 않았다. 심지어 타이완에 대한 상상이 아직 공동의 인식을 형성하지 못하고 있는 현재, 엑조티즘에 대해서는 대단히 신중해야 한다.

대중소설이 '타이완성'을 인식하는 데 도움이 될 수 있을까?

솔직히 말해 나 자신도 지나치게 낙관적이라고 생각한다. 그러나 이게 순전히 힘만 들이고 공로는 없는 것이냐면, 꼭 그렇지만도 않다. 내가 제시한 이론이 일격을 버티지 못한다고 해도 우리에게 공동의 향수가 있기만 하면, 후외지문학은 벽돌을 던져 옥을 끌어들이듯 남의 훌륭한 의견을 듣기 위해 내 졸렬한 의견을 먼저 내놓은 것과 같다. 나는 그 아름다운 옥이 놀라운 광휘를 뿜어내길 기대한다.

귀향하기 전까지, 나는 계속 작품을 써나갈 것이다.

마지막으로 감사 인사를 전하는 것을 양해해주시길. 소설 속의 오키나와 사관은 나의 지식에 한정돼 있다. 친구의 협력이 있기는 했으나 전면적으로 규명하지 못한 부분이 있으므로 양해해주시기를 바란다. 그 밖에도 타이완어는 내 모어가 아니므로 본문의 타이완어 문장은 전부 샤오허의 도움을 받아서 번역했다. 이 자리에서 위의 두 분에게 감사드린다. 그리고 내 어린 시절부터의 친구, 루 박사도 비자발적으로 우정 출연을 해준 데 감사한다.

주요 참고 자료

추쿤량邱坤良, 『난팡아오 대극장 흥망사南方澳大戲院興亡史』

마쓰다 요시타카松田良孝, 『요나구니 타이완 왕래기與那國台灣往來記』

오쿠노 슈지奧野修司, 『나쓰코 오키나와 밀무역의 여왕ナツコ 沖繩密貿
易の女王』

린메이룽林美容·리자카이李家愷, 『마신자에 관한 인류학적 상상魔神
仔的人類學想像』

고하라 다케시小原猛, 『류큐 요괴 대도감琉球妖怪大圖鑑』

마신자
끌려간 거인

초판 인쇄   2026년 4월 15일
초판 발행   2026년 4월 22일

지은이   샤오샹선
옮긴이   김지민
펴낸이   강성민 이은혜
편집   양나래 심예진 최유진
관리보조   김유나 김지우
마케팅   정민호 한민아 이민경 한경화 박진희 황승현 김경언 양지연
브랜딩   함유지 이송이 박민재 김하연 신은서 이준희 조다현
제작   강신은 김동욱 이순호

펴낸곳   ㈜글항아리 | **출판등록** 2009년 1월 19일 제406-2009-000002호
주소   10881 경기도 파주시 문발로 214-12, 4층
전자우편   bookpot@hanmail.net
전화번호   031-955-2690(마케팅) 031-941-5161(편집부)
팩스   031-941-5163

ISBN   979-11-6909-546-4 03820

잘못된 책은 구입하신 서점에서 교환해드립니다.
기타 교환 문의 031-955-2689, 3580

www.geulhangari.com